書下ろし

源平妖乱

信州吸血城

武内 涼

祥伝社文庫

目次

清和源氏 系図

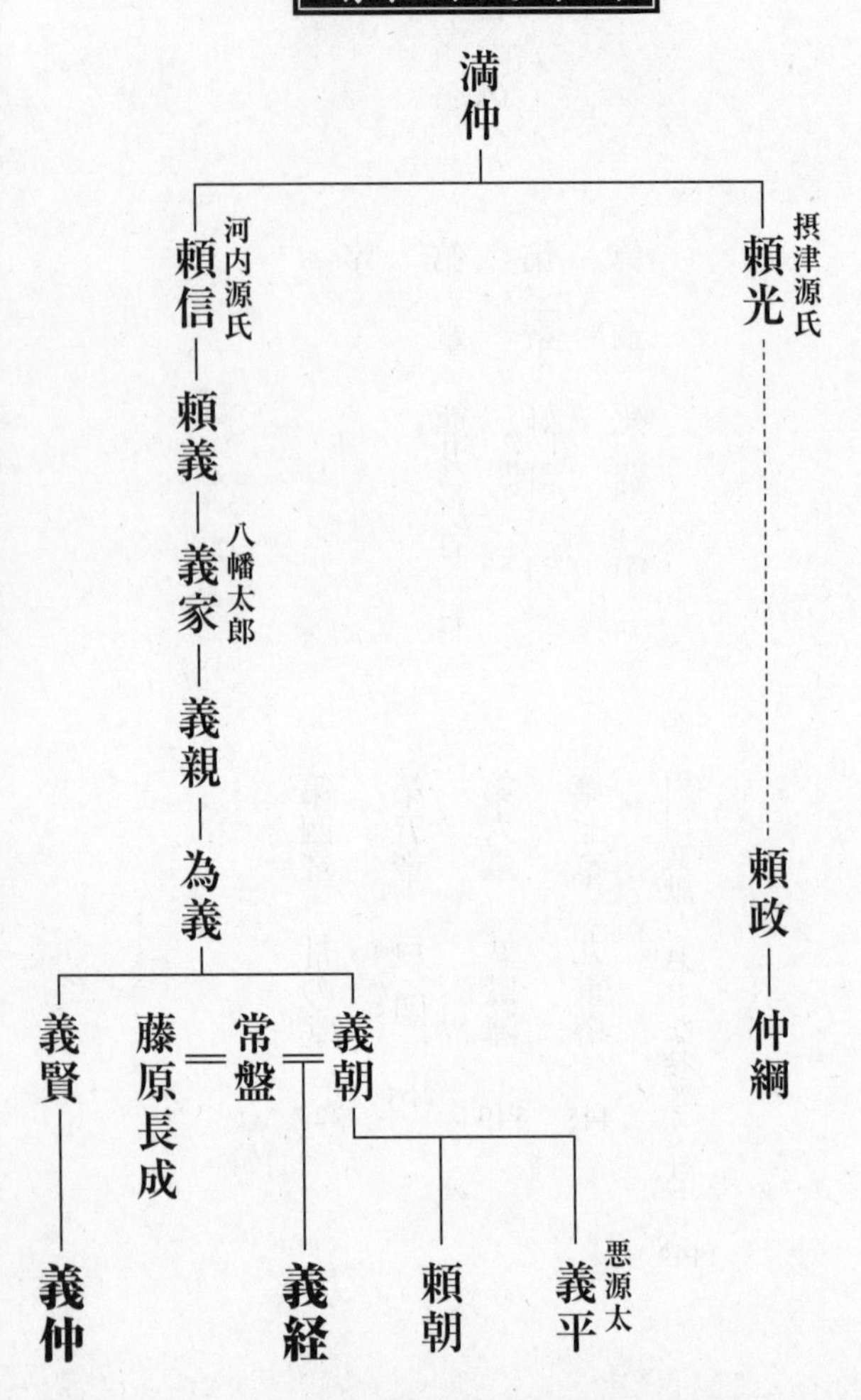

満仲
河内源氏
頼信
頼義
八幡太郎
義家
義親
為義
義賢
義仲
藤原長成
常盤
義朝
義経
頼朝
悪源太
義平
摂津源氏
頼光
頼政
仲綱

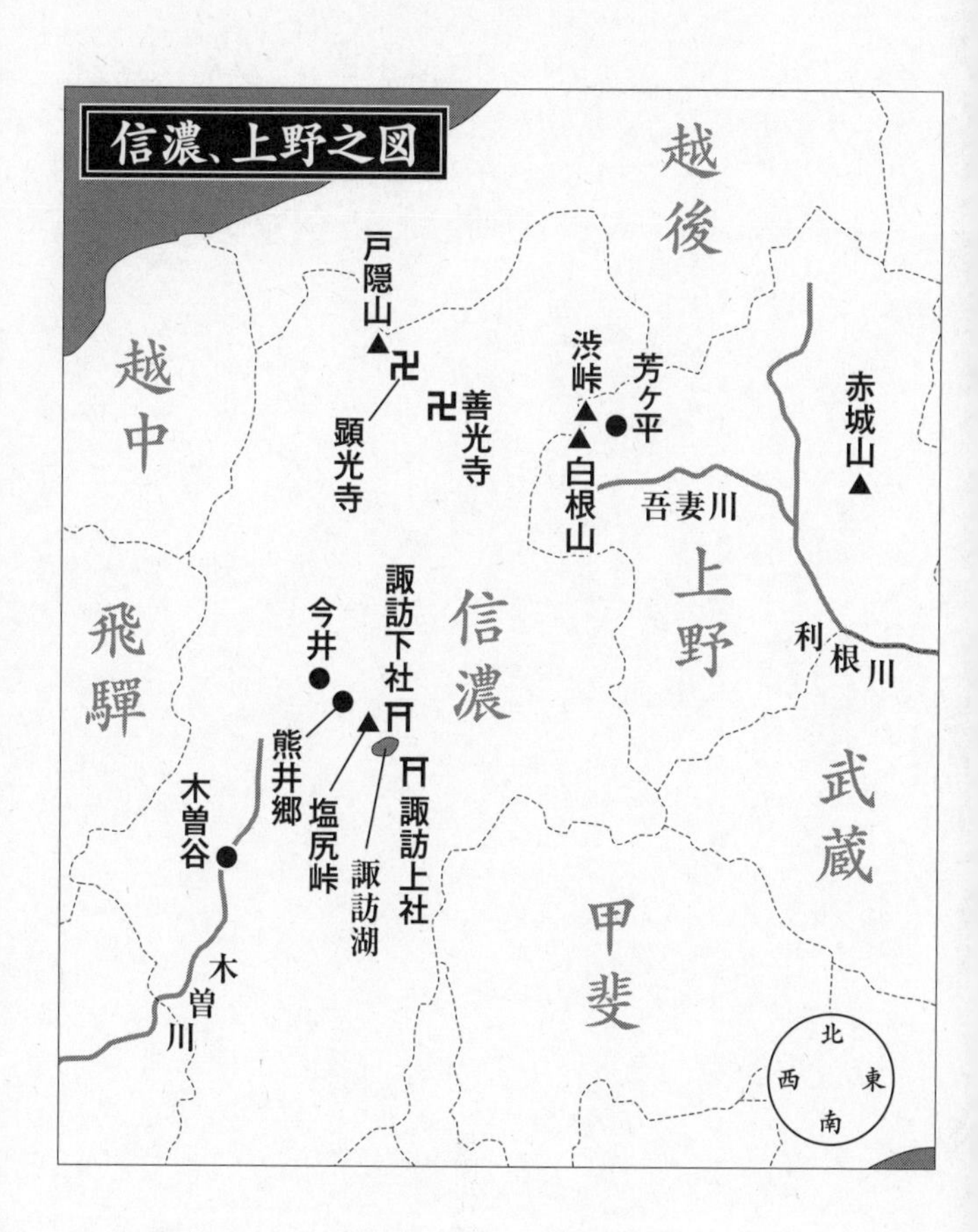

信濃、上野之図
越後
越中
飛騨
信濃
上野
武蔵
甲斐
戸隠山
顕光寺
善光寺
渋峠
芳ヶ平
白根山
吾妻川
赤城山
利根川
諏訪下社
今井
熊井郷
塩尻峠
諏訪湖
諏訪上社
木曽谷
木曽川
北
西
東
南

地図作成／三潮社

序

煮えたぎった一日が、緩慢に、立ち去ろうとしていた。

切り立った山々の裾で四手の林が不気味な影を伸ばしている。

日はかなり西にかたむき、荒野を照らす光はある色に近づいている。

血の色に――。

所は濃州。

真夏のことだ。

夕刻であるが、まだ十分な暑さが蟠り、藪蚊が飛び交う野を、深草に顔を嬲られながら女が旅していた。市女笠をかぶった女はほっそりした娘と、その弟らしい童をつれていた。

少し顎が出た、目の大きな女で、長旅によって日焼けした肌は汗ばんでいる。

女は京の馬商人の妻だった。が、たった一つの失言で、夫は武士たちに囚われ住いは壊された。隠していた蓄え、さらに着物を売って得た銭で、どうにか三月、帰りを待つも、夫はもどらない。遂には死んだという噂を聞かされた。

そんな時、

『飛騨に来よ』

飛騨の在庁官人に嫁いだ伯母から文が来ている。在庁官人とは国衙ではたらき実務をこなす役人で、この頃は武士がその任に当っている。

伯母の夫は、飛騨土着の侍だったが、京から来た大身の武士に所領の一部を奪われ、困窮しているという。それでもこの家族の面倒を見るくらいは出来るのだ。

様々な思いが胸でぶつかった。

父親の生存を信じ、待っていたいという子供らを何とか掻き口説いた。

こうして、女は、子供二人をつれ、山深き飛騨に旅している。

「母上」

娘が疲れた声を出す。

「何じゃ？」

「鷹丸が……歩くのが辛そう」

小さな男の子は摩(す)り切れた草鞋(わらじ)を引きずるように歩いている。

「も少し歩けば……人里がある。ここは辛抱じゃ。水を飲むか、鷹丸」

弟の方が、こくりとうなずく。

くたくたに疲れた鷹丸は母親がわたした竹筒に顔を顰(しか)めて口をつけた。その表情が、魚の骨が喉(のど)に刺さった時の夫の顔に似(に)ていて、胸が鋭く痛んだ。

夫は橘(たちばな)姓の京武者であったが、馬商人の家に生れた自分と一緒になる時、

『今のご時世……俺は出世出来んだろう。喜んで、商人になるぞ』

明るくこう言って、商人になっている。陽気だけどしっかり者で、頼もしく、常識をわきまえた人だった。鷹丸にはいつも、武士の子であることを忘れるなと話していた。

――生きているの？　貴方(あなた)。だけど、もはや待てませぬ。御免(ごめん)なさい……。

「こら、自分の水を飲み干(ほ)した上に母上のを全て飲むなんてっ」

娘が弟を叱(しか)る。

鷹丸は姉の叱責(しっせき)が耳に入らぬような顔で、竹筒をもったまま母親を見上げた。

都にいた時、白かった顔はすっかり焼けていた。

そんな鷹丸は消え入りそうな細声で、

「さっきの山伏と一緒にいた方が……よかったのではないですか？」

先ほど――この親子は、三人組の山伏と、すれ違った。

何処か獣じみた逞しさがある目付きが鋭い山伏たちだった。

すれ違い様、もっとも年かさの先達らしき山伏が、

『そこな御方』

白眉を顰め、硬質な声をかけた。

『何処に行かれる？』

『……飛騨に』

女は、素直に答えた。

頭が白い山伏は若い髭面の山伏二人と顔を見合わせている。そして、

『山犬や山賊が多い道。心細かろう。……さとりの噂はご存知か？』

『何です？　それは』

『この辺り、古くからさとりと申す化物が出て、人の心を読むという。さとりは血を吸うとか。他に供の方は？』

『……おりませぬ』

女は、頭を振った。山伏三人はまた顔を見合わせる。

子供たちは、野性的な山伏どもを恐れたか、女の後ろに隠れるようにして、硬くなっていた。

若い山伏が鋭い眼差しで女を直視したまま、ごわごわした鬚に手を当てる。

『じき、日も暮れる。我らと共に来ませぬか。その方が安心じゃ』

山伏どもの汗臭さが鼻を衝く。

若山伏の表情から心の内は読み解けない。女は少し考えてから、

『この広い野の先に里があると聞きました』

『あることはあるが、かなり歩くぞ』

『歩いてみます。……先を急ぐ旅。もどる訳にはゆきませぬ』

妖怪の噂も怖いが、今、目の前にいる山伏たちが悪心を起したら、という警戒も女にはあった。

再び北へ歩きはじめても――山伏たちが後ろからじっと見ている気がした。

その山伏たちと一緒に泊った方がよかったのではないかと言った鷹丸に、

「よいか？」

女は、言い聞かせる。

「世の中には親切なふりをした悪い者もおるのじゃ。化物の話が、嘘であったらどうする」

「化物なんて言い伝えの中のもの。まさか、鷹丸、本気で信じていたの？」

少女が指を二本頭に立て角をつくる。この子の首には山葡萄のような大きな黒子があり、本人はそれを気にしている。

「さあ、水も飲んだことゆえ、参りましょう。暗くなってしまうぞ」

少し歩くと——血色の西日が、完全に没した。

刹那、荒野の遥か先で、狼か野犬の遠吠えが聞こえた……。

胃を圧迫するように恐怖がふくらんでいる。

まだ、人里はおろか、一軒の明りも見当たらぬ。

ただ草や灌木が茫々に広がっていた。

焦りをにじませながら、女は、

「急ごうっ」

面を強張らせた子供たちに、告げた。

静かなる夕闇が刻一刻と青みをます中、女は子供二人をつれて先へ急ぐ——。

涼しげな虫の声がやけに傍から聞こえる。

少女がおびえたように、

「……母上……まことに人里はこちらでしょうか？」

「こちらでよいはず」

断じるような語勢だが、自信はない。子供をこれ以上、不安にさせたくないため、強い声を出した。

「道が細くなっている気が」

鷹丸が呟いた刹那、遠吠えが、さっきよりずっと傍でする。

子供らは凍てつき女は叫びそうになっている。

右方、荊の茂みから茂みに、黒く長い影がさっと走ったのを見た気がした。

野犬の大きさではない……。狼。

口の中から――カタカタ音がした。歯同士が勝手に嚙み合わさっている。

「走る」

押し殺した声を絞り出す。

疲れ切った三人が駆け出すと、また、藪から藪へ――大きな影が素早く動いた。

世界はますます青く暗くなり、生温かい野風がどっと吹きつけ、草葉が一気に怖気(おじけ)づいた――。

狼は走る三人から数間向うを並行に動いていた。素早い動きで、とても逃げ切れぬと思う。

血が混じった咳(せき)が、喉から出そうな気分だ。

鷹丸が足をもつれさせ動きを止める。

「如何した?」

「棘(とげ)がっ……痛い!」

荊が――足に絡みついていた。

「母上、もう走れませぬっ」

鷹丸が泣き出した。

「何を言うか、武士の子でしょう!」

狼が隠れている方に、竹杖(たけづえ)を構える。

灌木の向うで草木を踏みしだく音がして、荒々しい獣の息遣いが聞こえる。凶暴な牙が子供らの肌を喰(く)い破り、腱(けん)を裂く様が胸に浮かんだ。血だらけになり助けをもとめる子供の姿が。

――断じて喰わせるものか！

歯噛みした女は少女に、

「わたしが鷹丸を背負うゆえ、もし狼が襲ってきたら、そなたはこの杖で戦え」

「……はい」

少女は不安を噛みしめ、ふるえながら同意した。

杖を少女にわたし、女は鷹丸を背負っている。

くたびれ切った体に少年の重みは応（こた）える。

限界を超え悲鳴を上げそうになった足を何とか前に出し、狼から逃げた。子供を背負った女と杖をもった娘の後ろで荒々しい息遣いが街道に飛び出す気配があった――。

狼と人では、まるで走力が違う。しかも子を背負っている。

腥（なまぐさ）い殺意が急速に迫ってくる。

が、怖くて振り返れぬ。

左手に深草と灌木が茂った人の背丈ほどの茂みがある。直線的な街道よりもこの茂みに潜（もぐ）った方が生き延びられると思った。

「こっちぞ！」

背が高い荻の中に三人はわけ入る。

羽虫の群れが、ざーっと面に当っている。

ハッ、ハッ、ハッという吐息をすぐ後ろに感じた。

鷹丸が泣き叫ぶ。

——咬み殺される。

その時だ。

視界が、開けた。

深草の原に——広場の如き場所が開けていた。

刺々しいサイカチの枝をずらりと並べ、荊を巻く形で、物々しい柴垣がめぐらされている。閉ざされた網代戸があり、垣根の向うに、今にも崩れそうな茅ヶ軒がある。

その小家が見えたとたん、背後で野獣の猛気はふつりと絶えた。

……狩人の家？

女は思った。

亡き父が馬の買い付けに東国に行った折、同道した覚えがある。関東の野で見られる狩人の住いと似た造りであった。庭に筵がしかれており獣肉が干されていた。筵の端には、獣威し(おど)の矢が一本、立っていた。

さらに、四角く切られた動物の赤い皮が、木枠に固定され、柴垣に立てかけられていた。

何の肉や皮かは……知れない。

女は地獄に仏とはこのことかと思う。狼は、まだ近くをうろついているかもしれない。狩人なら狼を退け(しりぞ)られよう。親切な人なら、泊めてくれるかもしれない。

狼が後ろにいないのをたしかめると、

「母上」

少女が頓狂(とんきよう)な声を上げている。

娘が指す方を見ると——閉じていた網代戸が、ギーイッと開いてゆく処(ところ)だった。誰もいないのに開く戸。

胸のもっとも奥から、灰色の不安がせり上がってきた。

だが、荒野の何処かでまたひびいた遠吠えが、侘(わび)しき門に、背中を押す。

母と子は網代戸を潜る(くぐ)。

娘が素早く戸を閉めた。

その時、茅葺屋根の下で、明りが灯った。

喜色が母子の面貌をよぎる。もう一度、狼が迫っていないかたしかめながら、鷹丸を下ろし、その手を引いて足早に小家に近づき、

「たのもう、たのもう！　どなたかおりませぬか！　狼に襲われ難渋しているのですっ」

しばし、答えはない。

「たのもう」

もう一度、女が言った時だ。

「……何ぞ用かな？」

老いた女の声がした。

梅干しの如く萎びた小さな媼が上がり框に現れた。老いが瞼を重くし、両眼は黒い線状になっている。薄暗い雰囲気がある老女だが、ともかく人がいたことに、ほっとしている。

「倅が狩人でのう。こんな人里はなれた所に暮しておる。……旅の方が訪ねて来られるのはずいぶん、久しぶりじゃ」

皺深い女だ。が、肌はこういう野に暮す女にしては――やけに白い。

粗衣を着た媼だが面差しはよく見れば親切そうだ。

「危ない処でした……狼に襲われたのです。地獄に仏を見た心地です」

女が言うと、媼は唇の片端だけ、きゅっとほころばせ、

「此処は美濃の片田舎。雉を見るより、狼を見ることの方が多いよ」

手招きした媼は、

「さ、さ、上がられよ。どちらから？」

「都から。飛騨の国まで行きます」

「それは難儀なことよ。京の御方か。……倅も喜ぶでしょう。むさい所ですが、今宵は……ゆるりと、ゆるりと、泊っていかれよ」

——満面に笑みを浮かべて誘ってくれた。

「よいのですかっ」

「もちろんぞ」

その時、旅の女は——老婆の犬歯がやけに尖っているような気がしたが、

「さ、さ」

また手招きした時に注視すると、そんなことはない。妖魔の話を聞いて、狼に追われたから、心が乱れ、そんなふうに見えたようである。

鷹丸も親切な人に会えてほっとしたようだった。ただ、姉の氷月は、やや硬い面差しをしていた。

上がり框に上がると、染みが夥しく散った、古筵がしかれていた。

菅を編んだらしい筵に足がふれた刹那、女は——言い様もない腥さにつつまれる。

狩人の家だから仕方ないと自分に言い聞かせた女の眼前に、真っ黒い暖簾が下がっている。

闇の空が降りてきたような暖簾だった。

媼は、いとやわらかい、絹の如き声で、

「旅の方。こっちぞ」

やさしい声である。だが、逆らい難い気持ちにさせる、不思議な強さがある——。三人は後につづく。暖簾をくぐった先は板の間で、炉が切られ、玉杓子が入った鉄鍋、曲物桶、汚れた藁束があった。

右奥は黒ずんだ板戸。

——何処が気になるのだろう。何かむしょうに居心地が悪い部屋である。

「此処でくつろがれよ」

女が座ると媼は、

「夕餉を仕度するには薪が足りぬ。……取って参るゆえ、しばし待たれよ」

「狼がおりますから、どうぞお気遣いなく」

一度下ろした腰をやや浮かすと、老婆は閉ざされた戸を顎でしめす。

「わしがもどるまで、あの戸は決して開けてはならぬ。なぁに、倅の仕事部屋なのじゃ。倅は仕事道具を他人に見られるのを、ひどく嫌う……。狼など怖くないわ。よいか、あの戸だけはな、どうか、開けて下さるな」

低い声調で念を押された時、胸の奥に引っ掻かれる感覚が走っている。

媼はなかなかもどらぬ。待たされているうちに二人の子、氷月と鷹丸はもじもじしはじめた。

——あの人は、薪を取りに行って狼に喰われてしまったのでは？

そんな考えが、胸をよぎる。

と、

「……母上、あの戸の向うには何があるのでしょう？」

氷月は眉を顰め、黒き戸を見詰めていた。

「狩人の仕事部屋と言ったでしょう？　見てはならぬと言われたゆえ……じっとしていなさい」

断固たる強さは籠っていない言い方だった。板戸の向うに何があるか見たいという、秘かな欲求が、女の胸底でも渦巻いていたからだ。

「何があるか……気になります。ちょっとだけ、ほんのちょっとだけ開けて見るぶんには……？」

「……駄目じゃ」

弱くたしなめている。すると鷹丸が立ち、黒ずんだ戸の前まで歩いて行った。氷月もそれにならう。氷月は弟を押さえるようにして立つと、たしかめるように女を眺めた。

——糸のように細く開けて見るなら許されるのでないか？

後味悪いのに、ほのかに甘い考えが、女を揺さぶる。揺さぶりに耐えられない。

じっと見詰めてくる氷月に女は、

「少しだけよ」

氷月は、弟の水干の、黒い袖括りの緒を、そっと引き、自分に向かせ、やわらかい唇に人差し指をぎゅっと当て——静かにね、とつたえた。

それからゆっくり板戸に手をかけている。

娘は訝しげに、細い隙間に顔を当てていた。よく見えぬらしい。氷月の手はもう少し大きく戸を開け——強く打たれたように止った。

「如何した？」

氷月は、恐れで固まり、答えぬ。

戸の向うをのぞいた鷹丸が叫んだ——。

何事かと思った女は子供たちの許に向う。隙間からのぞく。視覚神経を貫いた光景が、あまりに現実離れしており、より大きく戸を開けている。

「————っ」

迸りかけた悲鳴が詰まった。

杉戸の向うにあったもの……。

それは、地獄であった。

いくつもの骨が白く不気味な山をつくっている。

桃色の水干を着た男の、成れの果てだろうか。血だらけの衣に袖を通した腕だけが白骨の山頂に転がっており、胴部は見当たらない。

裾濃（裾に行くほど濃くなるグラデーション）、乃ち腰の辺りが白、裾の辺りが赤紫の括袴をはいた少年の惨殺死体であろうか。衣を血でべっとり汚し首が根から断ち切られた屍が骨の山裾に転がっている。

市女笠をかぶった女人の腐りかけた死体がある。腰から下が、猛悪な力で引き千切られ、なくなっていた。

何よりも恐ろしいのが——逆さ吊りにされた娘。

足に荒縄を巻かれた、その娘は天井から吊るされ、剝き出しにされた白い乳や腹に幾筋もの傷をきざまれ、そこから血が垂れており、真下に置かれた曲物桶には鮮血が満々とたたえられていた。

間違いない。此処は——狼などより恐るべき存在の巣、血を啜り、人肉を喰らう鬼の巣だ。化物が出るという噂は真であった。自分たちを襲った狼も魔の眷族かもしれない。

恐怖の嵐が、三人を襲っていた。

叫びそうになる息子の口に女はふるえながら手を当てる。

「声を出しては駄目」

子供たちに、囁く。幼い鷹丸は唖然とし、氷月は一生懸命首肯した。
「助けっ……助けて……」
逆さ吊りにされた娘が呟いている。——まだ、生きていたのだ。
丸顔の百姓娘は、哀願するような面差しでこっちを見ている。
だが、彼女を助けていたら——自分たちが鬼に殺される。早く逃げねば。
涙を潤ませた女は、すまぬというふうに、首を横に振った。
その時、
「己だけ助かれば……よいか。己らさえよければ？　ふふ」
嗄れた囁きが、傍でした。
振り向く。
さっきの老婆が——黒々とした殺意をまとい、すぐ後ろで笑っていた。小音も
気配も立てず、媼は三人の真後ろに移動していた——。
……こ奴が、さとり？
一気に噴き出た汗が恐れで冷たくなる。子供たちが悲鳴を上げる。
女も、叫びながら、懐剣を出す。
夫からもらった、守り刀を。

媼の粗衣に、短刀をくり出している。

至近から胸を刺したのに——手応えはない。媼は、消えていた。

後ろ、乃ち、狂気と凶行に血塗られ、屍が山となった部屋から、

「……都とはまた懐かしき地よ。わしもずいぶん前、都におった。不殺生鬼どもに追われたがの」

振り向くと双眼が陰になったさとりは逆さ吊りになった娘の横に立ち、長い爪を恐怖で最大まで瞳孔を広げた百姓娘の首に立てた処であった。

指が首肉にずっぽり入り、鮮血が、散る。

凄い力だ。

憐れな百姓娘は、息絶えた。

女は子供たちをつれ素早く逃げる。

黒暖簾の方に。

御仏の加護を祈りながら。

と、風が吹き、鷹丸が急に金切り声を上げ、黒い暖簾の向うに誰か立つ気配があった——。

狩人をしているというさとりの倅がもどってきたか？　それとも……？

「母上！　鷹丸の耳がっ――」

氷月が叫ぶも、女は暖簾から、目をはなせない。

赤く小さな二つの光が、黒布の向うに、灯っていた。

恐ろしいけど目をはなしたくない、そんな不思議な気持ちを掻き立てる光だった。

「盗み見ねば……京の噂を聞くために、も少し長く生かしてやったのじゃ」

――魔性じゃ、人の力では抗えぬ魔性……。

女は思う。

暖簾が揺らぎ、向うに立つ者がこちらに入ってきて女と氷月は一歩後退っている。鷹丸は血だらけの耳を押さえ、蹲るようにして泣いていた。

女は一瞬、何が起きたかわからない。暖簾を揺らして出てきた妖婆は子供の耳らしきものを口にくわえ、端の処から血を吸っている。双眸は溶岩みたいにぎらついていた。

娘が、わななきながら、

「こいつが、鷹丸の耳を取ったのよっ」

怪しい老婆は荒武者を上まわる桁外れの腕力と、目にも留まらぬ素早さをもっようだ。移動しながら鷹丸の耳を毟(むし)ったのだ。

我が子の無惨な傷に、魂(たましい)が千切れそうになった女は、鷹丸を庇(かば)わんとする。

鷹丸の前に立ち、これ以上の邪襲から守ろうとしている。

刹那——頭上で妖気の風が吹く。

媼はあっという間に、眼前から消え、後ろで子供の悲鳴がひびいた。

妖怪はまたも素早く動き、女の後ろで鷹丸を確保したに相違ない。だがこれは
もう一人の子を逃がすまたとない好機だった。

逃げよ、唇の動きが氷月につたえる。

「嫌っ」

「行けぇ！」

娘に命じた女は懐剣を振り——後ろに体をまわす。

赤光(しゃっこう)を両眼に灯したさとりは、鷹丸の首にゆっくり口を近づけていた。狼の
それより鋭き犬歯がのぞく。耳から血を流した鷹丸は、痛みを忘れたか……心が
空(から)になったような顔で妖婆を見上げている。

「逃げよっ、氷月！」

吠えた母が赤眼の媼の首を刺す。

血が、床板にどっとこぼれた。
媼は短刀が喉に刺さったまま——ケタケタ、笑った。実に楽しげな笑いだった。
……これで……死なぬと？
氷月が、暖簾を潜り、逃げる気配がする。
小刀を引き抜き、もう一度、刺そうとした女は首が爆裂する気がした。
妖婆が凄まじい勢いで、女の喉に手を突き込んだのである。
薄れゆく意識の中、女は鮮血を面貌に浴びた媼が、急速に若返ってゆく気がした。
「なかなか美味、王血に近き芳醇な味ぞ。よい、よい」
さとりが歓喜の囁きを口にした刹那——暗く何処までも深い穴に、女は呑まれている。
氷月は、懸命に逃げていた。
小家を飛び出した時、後ろで母の叫びが聞こえた。
もどろうかと迷う。一緒に戦おうかと。昔物語に出てくる英雄は斯様な時、力を合わせてあいう存在(もの)と戦い、打ち勝つ。だが、もはや、自分を逃がしてくれた母は、この世の人ではない気がした。それに自分は英雄ではない。恐ろしすぎて――一刻も早く魔所(ここ)を出ることで頭が一杯だ。

逃げたくて、生きたくて、たまらない。

網代戸は堅く閉ざされていた。さっき、自分が閉じたのだ。開けようとしても……焦っているせいか全く動かない。棘のある木を立て、荊を巻いた柴垣は、蹴倒したり、跳び越えたり出来る様子ではない。心の臓が飛び出そうだ。何処かに抜け道はないか少女は真剣に見まわす。早く逃げないと――さとりが後ろから、くる。足を止めると、さっき見た光景がおののきの鎖となり、体をきつく縛ってしまう。

「――――」

左方、柴垣の下端が劣化し、穴が開いているのを氷月は見つけている。

唇を噛み、そっちに駆けた。

土に手をつき潜る。サイカチや荊の棘が背を襲う。

夢中で、外に出た――。

背が高い荻(おぎ)を掻き分け、野に入った氷月は、もう狼を恐れない。あんな恐ろしい者に喰われるより狼に襲われた方がまだましだ。

暗い荒野を闇雲に走る。

人を隠すほど大きな草の茎を、次々に白い腕が漕ぐ。

瞬間、氷月は――大地から俄かに飛んだ気がした。

鳥にでもなった気がした。

そんな飛翔感は一瞬で、一気に体が落ちる――。

縮こまるような形で落下した氷月の肩を熱く激しい痛みが抉っている。

虎落。

草深き荒地に、空堀状の罠がほどこされていて、その下には先端を鋭く削いだ杭がずらりと並んでいた。そのうち一本が肩肉を抉っている。きっと、魔物が仕掛けし罠だ。少しでも、落下地点がずれていたら、首か心臓を串刺しにされたし、もっと体が大きければ数本の杭に貫かれて息絶えたろう。

……逃げられないの？　あいつからは。

這い出ねばと思うが痛みがひどくて動けない。肩は、出血しているようだ。

と、氷月の耳は、草を踏みしだき、ゆっくり歩み寄ってくる複数の足音を聞く――。冷たく甲高い狼の遠吠えもして、背筋が凍てつく。絶望がふくらむ。

意を決して見上げると、月に照らされたいくつもの黒影が、こちらを見下ろしていた。

杭や弓矢、薙刀(なぎなた)などで武装した男女だ。体が、がくがくふるえる。

すると一際(ひときわ)背が高い萎烏帽子(なええぼし)をかぶった影が、言った。

「……案ずるな。我らは――影御先(かげみさき)。人に仇(あだ)なす鬼を狩る者。そなたを襲った鬼の住処は、この先だな？」

飛騨、美濃の地には古より、人の心を読む「さとり」なる魔物の言い伝えがある。

同じ頃、陸奥(みちのく)では安達ヶ原(あだちがはら)に鬼女が出るという噂が、人々をふるえ上がらせていた――。

氷月がさとりに遭遇した夜。

陸奥(むつ)国安達ヶ原。

赤く汚れた半月が、広い荒野を照らしている。

一人の僧が編笠に手を当て、夜空に浮かんだ赤月を仰いでいた。

京から旅してきたその僧、異相である。四角く長い面で、鋭い双眼は飛び出すほど――迫力がある。横に広く血の気に乏しい唇は何処か爬虫を思わせる。中背だが、異様なほど逞しい。手足は丸太が如く太い。

元は名のある武士が故あって出家した者、そんなふうに見る人も多いかもしれぬ。

男は京からつれてきた護衛十人を荒野の入口で待たせている。

今から会う女とは、一人で対面したい。

この男の名を――西光、という。

西光の眉がかすかに動く。

灰色の狼が一頭、頭を低くして、行く手に躍り出た。猛獣は、鼻に小皺を寄せ、唸る。

西光は乾いた声で、

「黒滝の尼殿に目通りしたい」

同時に鍛え抜いた感覚は――別の狼が一頭、音もなく後ろにまわるのに気づく。それらの狼どもは、食欲にだけ駆られて、現れたのではなかろう。より強き存在と一本の糸でつながっており、その者が糸を動かしたことで――此処に現れたような。

西光の広額(ひろびたい)で青筋がうねる。人を喰う獣に、叱るように鋭く、

「京の西光、黒滝の尼殿に——土産(みやげ)をもって参った！　耳よりの話を。是非(ぜひ)、目通り願いたし！」

カサカサ音を立てながら二頭目の狼が西光の後ろを歩く。隙を窺(うかが)っている。

一頭目は僅(わず)かに首をかしげ、こちらを睨(にら)んでいる。

その狼が耳を後ろに立てた。

西光も狼どもも——暫時(ざんじ)、動かない。

生温かい夜風が草や灌木をざわつかす。

と、後ろにいた狼が藪に飛び込む気配がし、前にいた狼がゆるりと踵(きびす)を返し、尾を振った。

「…………」

狼は数歩すすんで西光を振り返る仕草を見せた。ついて参れと言っているようである。

西光は杖をつき、前へ歩く。

狼は時折足を止めて西光を待ち、西光が寄ると、また足を動かし、ある円墳に

誘っている。

並の者なら――怖気づいて逃げ出す、妖気の密度濃き所だった。

まず、近隣の者たちから黒塚と呼ばれて恐れられている塚がある。

黒塚は黒松とモミにびっしりおおわれ、草深い。

――薄気味悪い霧がかかっていた。

円墳の手前は耐えがたいほど臭い。当然だろう。死体が、散乱している。

腐乱死体。

白骨死体。

まだ腐っていない死体が、数多転がり、猛獣に喰われたように手足が千切れ、死肉の一部が齧られていた。その死体を喰らっている怪しい黒影が複数あり、そ奴らはいずれも――青く冷たい眼光を迸らせていた。

西光は堂々と黒塚に歩み寄っている。此処までみちびいた狼は深草に飛び込み、姿を消した。

青い眼火を燃やした影は、西光を睨むも――手出ししない。草を踏み分けて上ると墳墓の中に入れる戸口らしきものがある。

笹にかこまれて古き板戸があり、縄がかかっている。それには呪いの藁人形のようなものがいくつか吊り下がっていた……。板戸の上の斜面には髑髏が三つ埋め込まれていた。

西光が近づくと、戸が、ギイと、開く。

ためらうと、

《――来よ》

胸底で、声がひびいた。

中に入る。

とたんに、板戸はギイと閉じ、西光は明り一つない闇に放り込まれた。

「………」

手探りですすむ他ない。闇の中、固唾を呑み、小股で歩むと、行く手がかすかに明るくなっている。

地下道の左手に部屋の如きものがあり……そこから、光が漏れている。

西光は部屋をのぞき、驚く。

――そこは古代の豪族の墓に見られる石室であった。床は、小さな丸石がびっしり敷かれていて、壁と天井は、かなり大きい岩が巧みにはめ込まれている。

左奥は、二つ目の石室につながるらしい。新しい地下道が黒い口を開けていた。

その右、つまり奥の壁に不気味な仏画がかかっている。

――裸の巨人が、沢山の裸の人間を、踏み潰していた。巨人は女仏である。女仏は逃げ惑う人々に三叉の戟を突き立て、血煙起し、哄笑していた。邪宗の仏は髑髏でつくった禍々しい首飾りや腕輪で体をかざっていた。

左の壁はただ岩が積まれただけであったが、右の壁は深く窪み、中央に木像があった。

めずらしい。

仏像ではない。

――武者の像だ。

鬼の形相で吠える一人の武人が、髪を逆立て、許しを乞う三人の武士を踏みつけていた。

西光は、二百年ほど昔、天下を揺るがした大乱の主役の像でないかと、思った。

黒漆を塗った髑髏が部屋の四隅に置かれ、いずれも頭頂に蠟燭が乗っている。

その燈火に照らされ、色白で豊かな体つきの妖艶な尼が、文机に向って何やら書き物をしている。

「黒滝の尼公か？」

西光が問うと、

「いかにも。今、経文を書いておる。しばし、待て」

黒滝の尼は悪名高い不死鬼である。

血吸い鬼に、三種ある。

不殺生鬼――人を殺さぬ、生ける血吸い鬼。

殺生鬼――人を殺す、生ける血吸い鬼。

不死鬼――殺生鬼が甦った、死せる血吸い鬼で、人の心をあやつるなど強い力をもつ。この不死鬼にコントロールされた血吸い鬼を従鬼と呼んだりする。

「……待ちましょうとも」

西光は妖しい尼に向き合って腰を下ろす。

書き物を終えた黒滝の尼の、小刀で線を引いたような細眼が、ぞっとするほど赤く光り、

「血酒でも飲むか？　我らは死人の血を啜らぬが、生血に薬草をくわえた血酒は、好んで嗜む」

血酒は、生血を長く嗜めるようにしたもの、血吸い鬼について調べてきた西光は、これくらいは知っていた。

「頂戴する」

答えるや否や、奥の闇から不気味な男が——現れる。

顔の左半分が腐っており、右半分は腐っていない。左手は腐っていて蛆が這いまわり右手は腐っていない。

腐っていない半顔は鼻が高く彫りが深く立派な髭を生やしていた。

半身が腐った男は、黒狩衣をまとい、鎖を腰に巻いている。

怪人は、腐っていない手でもった玻璃の盃を黒滝の尼に、蛆が這う手でもった盃を西光にわたしている。

妖尼が笑みながら血酒を飲み干す。赤く濡れた唇を舐め、

「——美味。早よう飲め」

腐りかけた男の汚臭に耐え脂汗を浮かべた西光は、盃に口をつける。彼らの側にくわわる赤い証を一思いに飲み干した。

なるほど薬草の味はするが腥い。旨いとはちっとも思わない。

「もう一杯、如何か？」

頭を振ると、

「して何用で参った」

笑みが消えた妖しの尼の口から牙がのぞく。

半ば腐った気味悪い男は、直立不動で西光の隣に立っていた。この男は異様の現象に見舞われ、体の半分が腐り、半分は……どういうわけか、生身のままなのであろう。

西光が黙していると——半身が腐った男が、あらぬ方を睨んだまま眼火を燃やす。

腐った目が青、腐っていない目が赤く光る。早く話せという抜き身の恫喝を突きつけられた気がする。

……この臭い、どうにかならぬか？　この尼は平気なのか？

「案ずるな。屍鬼王は、我が忠実な僕。此処においても、何ら差し支えない」

西光は屍鬼王の腐臭に耐えがたい苦しみを覚えていたが、黒滝の尼は涼しい顔をしている。脂汗を浮かべたまま話す他ない。

「ご存知かと思うが、某、法住寺殿に仕えておる」

法住寺殿――後白河上皇の御所である。西光は膨大な荘園領主たる後白河院の金庫番だった。

元は阿波の侍で、時の権力者、信西に仕えていた。

『平治物語』は、信西が対立していた藤原信頼に追い詰められ、自害する局面を次の如く描く。


　四人の侍ども、各々髻切りてぞ埋みける。「最後の御恩に、法名賜はらん」と面々に申しければ、「やすき事なり」とて、右衛門尉成景を西景、右衛門尉師実は西実、修理進師親は西親、前武者所師清は西清、各々西の字に俗名の冠名を寄せて、次第にかうこそ付けられけれ。京にありける右衛門尉師光も、この由を聞きて、出家して、西光とぞ呼ばれける。


後白河院の下で、中国の厳烈な法刑主義で天下を治めた権力者、信西は平治の乱で斃れた。

信西自害の折、彼に仕えた四人の侍も皆、髻を切って埋めた。「最後の御恩に、法名をいただきたい」と家来たちが言うので、「たやすいこと」と言って、右衛門尉成景を西景、右衛門尉師実を西実、修理進師親は西親、前武者所師清は西清、皆、西の字に俗名の一字をくっつけ、命名した。この時、都にいた右衛門尉師光も、これを聞いて出家、西光と呼ばれるようになった。

西光が元武士なら、西景は、元ならず者、といった具合に、信西を守る用心棒たちは元々、仏法に縁がある人々でなかった。暴力、武力を飯の種にしてきた男どもだった。それが平治の乱をきっかけに法体（ほってい）となっている。

しかし、僧となっても——西光の本質は荒武者。その胸中には常に企（たくら）みや闘争心が、渦巻（うずま）いていた。

西の字をあたえられた旧信西派の力はしばし弱かった。それは、信西、信頼という二人を同時にうしなった後白河院が、求心力をうしない、息子の二条（にじょう）天皇に軽んじられたからだ。

ところが二条帝が夭折（ようせつ）すると、院は勢いを取りもどし富力をました。後白河院の富を管理しているのが西光だった。

その西光が平清盛（たいらのきよもり）が太政大臣になった仁安（にんあん）二年（一一六七）——安達ケ原の鬼女を、極秘裏に訪ねている。

西光がもってきたという土産に、黒滝の尼は興味をもったのかもしれぬ。取りあえず襲いもせず聞いてくれた……。だが、一歩でも話の道筋を踏みはずせば、すぐに吸い殺されることを、西光は知っていた。

「院のご下命で立川流（たちかわりゅう）についてしらべておる」

立川流は真言（しんごん）密教の異端である。髑髏と性行為を崇（あが）める、淫（みだ）らで、危うい一派だ。

「――ほう。院は、何ゆえ立川流を？」

西光は、妖尼に、

「院は、日の本の仏法の頂（いただき）におられる御方。妖教があれば、取り締まらねばならぬ。左様な教えを広めるのが誰なのか……しらべねばならぬ」

「立川流をしらべるうち吾（われ）に行き当ったと？　取り締まるために来たわけではあるまい、西光法師」

さすがに心が読めるだけに話が早い。

「手を組まぬか？　黒滝殿」

只人（ただびと）、西光の提案は、血吸い鬼、黒滝の尼の眉を顰めさせる。

「法住寺殿を裏切り、我らと手を結ぶと？」

《――何が望みぞ？》

鼓膜ではなく、精神膜が、妖声でふるえている。

西光は傲然と、

「血吸い鬼になることっ」

――童の頃、大江山に姫君たちを攫い、血酒を楽しんだ酒呑童子の話を聞き、あこがれておった。作り事かと思うた。血吸い鬼が実在すると知り、嬉しゅう思うた。

西光の思念はすぐ相手につたわり、また、胸底で――、

《それだけではあるまい？　清盛か？》

――それも、ある。平氏の台頭いちじるしい。清盛など一昔前は、高平太と呼ばれ、公家衆の使いっ走りのような者だったが……。鬼の力をかりれば、奴らなぞっ。

二人は心で語らう。

《お前は、何をくれる？》

「上州浄法寺」

黒滝の尼は、訝しむ。西光は強い声で、

「東の影御先の居所ぞ。」院に仕えておれば、六十余州の寺社の噂が嫌でも耳に入る。影御先の居所を知ることも可能。影御先は――貴女(あなた)の最大の敵であるはず」

侮(あなど)るように、牙が剝かれ、

「笑止！　影御先の居所など、我らでもしらべられる」

黒滝の尼が言い屍鬼王が残虐な笑みを浮かべる。西光は、必死に、

「人選は？」

「……………？」

「立川流が院に睨まれれば立川流の僧尼(そうに)、これに好意を寄せる僧や巫(かんなぎ)、皆一掃される。何の権限もあたえられぬ」

立川流は寺だけなく神社でも勢力をのばしている。その後ろには、黒滝の尼がいる。

「ところが、某は諸国の寺社を仕切る者の人選に、手を入れられる！　立川流の僧尼や神官を高い位につけることが可能……」

この言葉は、黒滝の尼を深く考えさせる。屍鬼王は口を閉じ無表情にもどると、汚臭を発して立っていた。

「諸国の寺社の主(おも)だったものを、立川流が統(す)べれば、影御先は居所をうしなう。

これは土産にならぬか？」

黒滝の尼は、この男、どう思う、という目で屍鬼王を眺める。

屍鬼王もまた何事かを思い、妖尼につたえる。二人の魔性の間で交わされた心の会話を西光は知る術がない。が、直感的に自分に不利な考えが、屍鬼王からつたえられたような気がした。非常に強い気を込めて、

「わしは、貴女のために大いにはたらける！　滝夜……」

黒滝の尼はさえぎり、

「何ゆえその名を知っておる？」

「貴女を知る立川流の者から……」

黒滝の尼は狂犬が唸るように言った。

「その名を気安く呼ぶな。魔道に入る時、捨てた名ぞ。得心したか！」

「心得た！」

西光は声を落ち着け、相手の心の深みに潜る声で、

「二百年前の大乱の仇を、取りたいと思っておられるのでは？」

黒衣の尼の額に深い皺が寄せられている。

「父を追い詰めた者どもはとうの昔に死んだ。父を裏切りし者は、皆、血抜きし

たわ」

「されど……京には朝廷が厳然とあり、貴女の仇の末裔、伊勢平氏は権力の頂にある！」

屍鬼王が吐く腐臭が、一気に強まっている。

「京には抹香で守られた大寺あり！　薫煙たゆたう貴族の館あり！　畿内の影御先も強し」

青く冷たい光、赤く熱い光、二つの眼火を燃やした身の半分が腐りし男が、初めて口を開いた。

西光は塚の前にいた者どもと、この屍鬼王……青い眼光を灯した者どもは一体何だろうと考える。

黒滝の尼は、言った。

「我が眷族どもよ。死肉を喰らう悪癖があっての」

西光、首をひねり、

「血吸い鬼は――死人の血を吸うと、命が止るのでは？」

くわっと笑った屍鬼王の口から一際強い腐臭の塊が叩きつけられる。黒滝の尼は、西光に、

「そうじゃな……。だが、絶対ではない。異形になってしまうが……死人の血を啜っても生き永らえる血吸い鬼もいる。それが、この者どもよ。見ての通り、たのもしい家来にこと欠かぬ」

氷の如く冷たい殺意が籠る声である。

西光は、すかさず、

「そのたのもしき手下をつかっても、影御先を滅ぼせなかった。京を守る抹香や薫物の壁を崩せなかった。そうであろう？」

「信ずるに値せん男じゃ」

屍鬼王に吐き捨てるように言われた西光は、

「わしなら――もっと早く貴女の敵を潰せる！　朝廷の力を、ふんだんにつかって」

舌先三寸で生きた蘇秦張儀のように懸命に説く。

「共に栄えようぞ。黒滝の尼殿っ」

言いながら西光は――本心を遠くへ押しやろう、なるべく意識という俎板の上から下ろそうと心がけている。

西光の本心は血吸い鬼になって天下を取ろうというもの。

黒滝の尼は蕩けるような笑みを浮かべてそんな西光をのぞいていた。心の中に、どんな高山が聳え、どれほど深き海が広がっていても、その山の頂、その海の淵までも、必ず追いかけてくる眼差しで。西光が今までかかわってきた政の暗闘の中心にいた男ども——信西や後白河院、清盛、義朝——の中に、こんな目をした者は一人もいない。

「……吾の力で妖鬼となり、いずれ天下の全てをにぎる。それが、望みか」

妖尼が呟き、屍鬼王が腐臭を吐いて、威嚇する。

西光は血の気が引いてゆくのを覚えながらからから笑った。

「いかにも！　だが、それくらい腹黒い男でなければ、大事を成せまい！」

悪びれもせず吠えた。

「気に入った！　その太さが」

あっという間に、西光の襟を摑んだ黒滝の尼は、凄まじい力で引き寄せ、

「——鬼にしてやる。ただし、条件が一つ」

黒滝の尼は、自らの手首を嚙んでいる。青白い手から赤い筋が垂れる。

「我が冥闇ノ結は……今日より新しく生れ変る。新たな首領は……」

黒滝の尼は血をぼとぼとこぼしながら、囁くように、

「――そなたじゃ。西光」

　さすがの西光も、え、と驚く。黒滝の尼は己の血で濡れた手を西光の口にもってゆき、しゃぶらせつつ、

「それが嫌なら、お前は此処で死ね」

　屍鬼王は薄ら笑いを浮かべ、黒滝の尼の面持ちからは何も読み取れぬ。

　――わしが首領？　何を考えておる、こ奴らは……。何か邪まな目論みがあるはず。ろくでもない謀が。

「お前のような悪人が邪まとは、よく言うものよ」

　黒滝の尼は、愉快げに笑んだ。

　面白い、と咄嗟に感じた西光は、

「よかろうっ！――なってやる、首領に」

「魔道へ、ようこそ」

　妖尼は西光の喉に素早く嚙みついた。

　初めはやさしく、次第に激しく、血を吸ってきた。

　黒滝の尼に喉を舐められ、吸血される西光は、今まで味わった女人との交合の全てを超える深い快楽の波が飛沫を立てて、己を呑んだ気がした。

——没我と呼ぶべき感覚だ。

「なかなか美味ぞ」

うっとり口をはなした黒滝の尼が、手首から滴る血をまた西光に飲ませる。

「吾は陸奥の一尼僧。そなたの相談役という立場にしてくれればよい。のう……首領殿」

こうして、黒滝の尼と手先たちの集団・冥闇ノ結は西光を新たな頭に迎えた。

黒滝の尼は、「相談役」に落ち着いている。

時は仁安二年。

遮那王が鬼一法眼と出会い、静はまだ若狭の国で父、長範、母、苗と幸せに暮していた時のことだった——。

第一章　熊井(くまい)長者

熊井郷(くまいのごう)は信濃(しなの)にある。

塩尻(しおじり)、とも呼ばれる地だ。

信州(しんしゅう)には海がない。

故(ゆえ)に、南から、太平洋沿いの塩田(えんでん)で焼かれた塩をもって、北から、越(こし)の海の塩をもって、商人(あきゅうど)がやって来る。南から来る塩を南塩(なんえん)、北から来る塩を北塩(ほくえん)という。塩の道の上に栄えたのが、諏訪(すわ)大社である。諏訪の西北に、南からくる塩と北からくる塩がぶつかる地があった。

塩の終点、尻というべき地が。

故に、その地は、塩尻と呼ばれる。

此処(ここ)は塩尻峠。

街道から奥まった、草原に面妖な一角がある。

ネギに似た葉を黄ばませたニンニク、ニンニクによく似た臭気をもつ野蒜(のびる)が、円をつくっている。

『古事記』によると――倭健命は東国の蝦夷を討った帰り、足柄山で食事した。と、白鹿に化けた山神に襲われた。

倭健はニンニクを妖獣の目に投げ、ことなきを得たという。

倭健の昔から、魔除けの効能をもつ蔬菜としてそだてられてきたニンニク。そのニンニクと野蒜が織りなすこの怪奇の円は、自然界の手によるものに非ず。

――影御先の手による。

影御先は、人に仇なす血吸い鬼を狩る狩人、東欧世界ではクルースニックと呼ばれる者である。

このニンニク、野蒜の結界は、「蒜城」といい、影御先が野寄り合いのため諸国の草原や森につくったもの。殺生鬼や不死鬼の類を寄せつけず安心して野営出来る。

真昼であった。

塩尻峠の蒜城に、四十人くらいの目付きが鋭い男女が座っていた。

主に商人や山伏、遍歴の巫女の形態をしている。

――濃尾の影御先。

濃尾、それに信州三州などを縄張りとする、影御先だ。

腰を下ろした四十人近い男女は、異様なほど背が高い男に、向き合っている。

船乗り繁樹だった。

濃尾の影御先をたばねる繁樹は黄ばんだ草に膝を撫でられながら、

「ようあつまってくれた。皆の衆、此処には常在をのぞく仲間の全てがあつまった」

義経と盲目の家来、少進坊、そして年少の従者、伊勢三郎義盛は、後ろの方で話を聞いている。

義経この時、十七歳。

去年、七つから住んだ鞍馬山を降りた。平氏に追われる身になるも故あって影御先と共に動いている。

小兵だが逞しい。長旅により、精悍さをぐっとましたが、優美な白肌は不思議なほど焼けていない。大きく潤んだ目がもつ思慮深さ、桃皮に似た、若々しい唇が漂わす老成した憂いが、この青年の美に——鳥肌が立つような深みをあたえている。

繁樹が、ふてぶてしい猛者どもを見まわす。

「我らは滅多に一堂に会さぬ」

濃尾の影御先は複数の組にわかれて動いていた。移動する四つの組と、常在と呼ばれる不動の組である。

「そのあたしらが、一つ所にあつまった。……よほど、大きな敵の巣があるってこと？」

先頭に座った巴の語気には目前に迫った一戦を楽しむ不敵さがある。

巴――義経と畿内の影御先にいた娘である。畿内の影御先が、熊坂長範なる不死鬼との戦により、立ち直れぬくらいの痛手を蒙って解散した後、義経と共に濃尾の影御先にくわわっている。

知り合って一年少しだが、ずいぶん長い知己である気がする。それくらい腥血に塗りたくられた道を、二人は歩んできた。

「左様。詳しい話は、繁春から、ある」

繁樹にうながされ男が一人、前に出た。

繁春という。繁樹の弟だ。

両目がはなれた、面長の男で、歳は三十過ぎ。長身で態度も堂々としている繁樹にくらべ、中くらいの背で、繊細そうな処がある。

黄色い地に海松模様が散らされた筒袖に萎烏帽子をかぶった繁春が兄に並ぶ

と、

「おう、塩商人殿、一段とらしゅうなったのう！」

「塩尻峠だけに……塩話からはじめられるか！」

揶揄する声が、飛んだ。

繁春を馬鹿にしたのは——山伏の姿をした一団である。

濃尾の影御先は、甲、乙、丙、丁、四組と常在にわかたれる。甲は繁樹が率い、船乗りや馬借となり、諸国を旅する。義経主従と巴はこの組だ。

乙は繁春を組頭とする。塩商人に化け、諸国をめぐる。

丙は雲龍坊という男を組頭として山伏装束で行脚する。

丁は、まさに狩人の姿で、主に北国街道沿いを動いている集団だ。

今此処には甲乙丙丁四組の者があつまり、不動の組——常在はいない。そして、濃尾の影御先の中に、全体的に繁樹は敬うが、繁春を小馬鹿にするような意識がある。さらに繁春と雲龍坊は仲が悪いと聞いていた。

今、繁春に野次を飛ばしたのは雲龍坊率いる丙組だ。雲龍坊はというと最後尾で丸太の如く太い腕を組み、薄ら笑いを浮かべている。胸板が厚く体が大きな老人で、太眉、長い総髪、頰から顎にかけて生えた強髭では、白いものと黒いものがせめぎ合っている。

——感じの悪い男だ。

義経は思う。

「ここ塩尻には……不穏な噂がある。我が乙組は、それを突き止めた」

繁春が話し出すと、また、丙組から、

「影御先辞めて……もう塩売りになったんでは？」

小声が漏れ、そこかしこから低い笑いが起きた。

義経の眉宇で、怒りがつくる谷が——深くなっていた。

鞍馬山では、謀叛人の倅として嘲られた。だから義経は下らぬ嘲りで人を貶める輩が、嫌いである。

特にそのような人間への嘲りは、人間を商品として売り買いする人商人の目に、ある気がする。

人商人の手に落ちそうだったのが、初めて愛した人、浄瑠璃だった……。

義経の潔癖で激しすぎる性格は、そういう人を馬鹿にする人間を、逆に攻撃してやりたいという荒々しさをもっていた。

それは大変危うい御気性、と、冷静な少進坊から度々諫められている。

今も丙組の輩を一喝したいという気持ちが、黒い竜の如く頭をもたげていた。

「――いい加減にせよ。乙組頭の話を聞け！」

瞑目（めいもく）した繁樹から重い一声が放たれる。義経と巴が丙組を襲いかかりかねぬ勢いで睨む。

少し、静かになった。

繁春は、話し出した。

「熊井郷に……立川流の寺があるようだ」

その一言で――蒜城の内は全く静まった。

なおも丙組を睨む義経を少進坊がつつく。目が見えない少進坊だが、義経の思いを気配や息遣いで読み取れる。義経は繁春に顔を向ける。

春からつづく旱（ひでり）で枯れた草が目立つ原を、生温い風が吹き過ぎた。

「立川流が殺生鬼や不死鬼と関り深いという話は……皆も存じていると思う」

真言立川流は――血を啜り人肉を喰らう妖女神・荼枳尼天（だきにてん）を崇（あが）める。信仰の対象からして血吸い鬼と縁深い。

「この邪宗が……今、寺社に静かに広まりはじめておる。わしの組は邪鬼（じゃき）を追う他に、立川流についてもしらべてきた」

繁春は、情報収集に特異な力を発揮する男らしい。頭脳派である。そこが、雲龍坊ら武闘派に軽んじられる理由になっているわけだが、繁春が如き仲間も必要と思う義経だった。

「――重大なことがわかった」

繁春が言う。

「立川流は戒壇と名づけた場所をもつのだ。むろん、正統な仏法の戒壇とは違う。全ての戒律を破ることをおしえる所……」

仏法における戒壇とは戒律をさずける聖なる結界であり、戒壇で受戒することで、正式な僧尼とみとめられる。

繁春によると立川流は――邪宗の扉とも言うべきその戒壇で、あらゆる戒律を破れと信者たちにおしえた後、生れたばかりの嬰児を殺させる。その血を啜ることで初めて立川流の僧ないしは尼とみとめられる。

「その戒壇が……」

「――破戒壇と呼ぼう。真の戒壇が、穢される！」

怒りをたたえた繁樹の声音だった。

義経の中でも――嵐に似た憤怒と不快感が渦巻いている。水もしたたるほど麗(うるわ)しいかんばせが、毘沙門天(びしゃもんてん)が如く険(けわ)しくなる。

　恋人と師、大切な人をうしなってきた義経。子をうしなった人々の気持ちになり、その邪儀をおこなった者どもをどうしても許せぬ。

「よし。破戒壇と呼ぼう。その破戒壇が――熊井郷にある」

「おお……」

　皆、どよめく。

「だから、信濃で赤子が消える事件がつづいておったか……」

　名も知らぬ影御先が低く言う。鹿皮をまとった狩人姿。恐らく丁組だ。

　甲組の義経は、繁春の組とは共にはたらいた覚えがある。が、丙組、丁組とは、今日初めて会う。連絡(つなぎ)で来た者をのぞけば名も顔も知らぬ者がほとんどだ。

　眉を寄せた繁春は、

「赤子の血を啜った男や女は、立川流の僧尼、巫(かんなぎ)としてみとめられる。奴らのほとんどが――邪鬼(じゃき)になって強い力を得たいと渇望する只人(ただびと)」

　殺生鬼と不死鬼を合わせて「邪鬼」と呼ぶ。二年ほど前、濃尾の影御先がつかいはじめた言葉で、今、諸国の影御先に広まっている。

「それでもまだ、血吸い鬼にしてもらえん。何か大きな働きをせねば……」

「大きな働き？」

繁樹が訊いた。

「寺社内で仲間をふやしたり。大寺の別当を立川流に引き込んだり。抹香を反魂香に替えたり」

邪鬼は香を嫌うが、反魂香は好む。

「……そうやって連中は勢力を拡大している。熊井郷には、熊井長者がおる。塩尻の市を取り仕切る大有徳人」

――繁春は熊井長者の建てた道場が破戒壇だと突き止めたという。

「つまり熊井長者は邪鬼であると思われる……」

黒く小さな唸りが飛来、義経にまとわりついている。

ブヨだ。

血を吸う羽虫だ。蚊と違い、吸血するのでなく、肌を広い範囲で喰い破り、強引に血を啜る。蚊が血液のこそ泥なら、ブヨは盗賊だ。

義経はブヨを払う。なおもしつこくまとわりつくブヨを――目にも止らぬ速さでのびた義経の指が、宙でつまみ、ブチリ、と潰す。

「で、繁春よ、お前はどうやって、その話を仕入れたんよ？」

半眼で繁春に問う、雲龍坊だった。

「殺生鬼とつながりのある不殺生鬼がおる。その者から」

「何処のどいつよ？」

「言えぬ」

「以前、殺生鬼にされた女がおったなあ。その女の絡みかい？」

繁春は青褪め、繁樹の額で、青筋がうねった。繁春は雲龍坊のねちっこい言葉を振り払うように、

「もう一人。熊井長者の屋敷に攫われ、何とか逃げ延びた娘がいた。近くの村に匿われたが……」

恋人は——邪鬼に攫われ、仲間とされた。その娘、浄瑠璃のくしゃっと潰れたような笑顔が、義経の胸底で活写されている。ギリッと歯嚙みした。

「息を引き取った。血を吸われ、弱っていたのじゃ。その娘が死ぬ前に、熊井長者の屋敷が……いかに恐るべき所か百姓の婆さんに話した……。婆さんは信じなかったが、わしが血を吸う鬼の話をあつめておると聞き、その話をしてくれたんじゃ。熊井長者が建てた道場こそ、破戒壇という結論に達した」

かすかな誇らしさをにじませた繁春と、不快げな雲龍坊が、睨み合う。

　繁樹が陰気な金壺眼を開け、

「――熊井長者の道場が、立川流の巣なのは間違いねえようだ。破戒壇を潰せば、人に仇なす鬼に、打撃となる。……それだけじゃねえ。得度という言葉には差支えあるかもしれんが、破戒壇には、立川流に得度した連中の名簿があるんじゃねえか？」

　総員、硬い面持ちで首肯する。

「だとしたら、それは――諸国の寺社に潜り込んだ敵を、白日の下に晒すことにつながろう。明日の一戦は濃尾の影御先はじまって以来の、大切な戦になる。布陣について話す前に新しい仲間を紹介してえ。まず甲組から。巴、八幡、少進坊、三郎、立て」

　天下を治める平家に追われている以上、九郎義経の名は易々と明かせぬ。この中で義経の名を知るのは少進坊と三郎をのぞけば、巴と繁樹だけ。義経は影御先・八幡としてはたらいている。

　巴と義経主従は、すっくと立った。

　意志が強そうな獅子鼻、下の方がかなり厚い唇、ずいぶん日焼けした肌が印象的な巴は、猛禽に似た堂々たる顔様で、

「前に一緒にはたらいたことがあるから、知っている人も多いと思うけど、畿内の影御先にいた巴。よろしく」

手短にすませた巴は飛んでゆく矢のように腰を下ろす。

一癖(くせ)も二癖もある男ども、女どもの鋭い眼差しが、義経の小さい体に刺さる。

義経は微笑んだ。

「巴殿と同じく畿内の影御先から参った八幡と申す」

「——畿内の影御先に、わ主(ぬし)のような小童(こわっぱ)がおったかの」

雲龍坊が横槍を入れる。

義経は、落ち着いた態度で、

「昨年の春、影御先に入ったばかりなのです」

ふんというふうに雲龍坊が笑った。貴様(きさま)に何ほどの働きが出来る、という笑いだった。かっとしかかるも抑える。雲龍坊は——性格には難があるようだが、よほど腕が立つのだろう。濃尾の影御先全体の副首領をつとめている。

首領と副首領だけが常在(じようざい)と呼ばれる「動かない組」の所在を知っている。常在は、影御先にとって何か大切なものを守っているが、何を守っているかは首領と副首領しか知らぬ。

それくらい重い立場にいる男だ。無闇に挑発に乗ってはいけないと、胆に銘じる。

「父は……武士でした」

義経は、熊の毛皮をまとった娘と、目が合う。五角形の顔をした色白の娘で細い目をしている。静かで、穏やかな一重の目で、真っ白い首の付け根に山葡萄を思わせる大きな黒子がある。丁組の射手と思われる娘から眼差しをそらした義経は、

「これなる少進坊と三郎は、亡き父の家来筋の者」

三郎は正確には違うが、これくらいの嘘は方便であろう。

「大切な者が……殺生鬼に殺められ、影御先にくわわりました」

各組に新しく入った者が、次々に立ち、名を名乗った。

最後に丁組の頭が、

「では、氷月を証人に我らの仲間に入りたいという、不殺生鬼の若者を紹介したい」

若い男がさっと立っている。

髪は長く、髷は結っていない。義経より少し年上だろう。顎は尖り薄い無精

髭を生やしていて赤ら顔だ。細身だが引き締まった体をしており、炭焼きか、樵を生業としてきたように思える。

「紅丸」

男は名乗った。少し落ち着かない様子で、

「無理矢理、鬼にされてよ……。その鬼を殺してくれたのが氷月姐さんだ。氷月姐さんの話を聞き、仲間に入りてえと思った」

紅丸の双眸が血色に光る。紅丸は、足許に座る証人を見ようとして視線を動かす。この時、義経は既に腰を下ろしていたから、人々が邪魔して、氷月がどの者なのか、わからない。

人を殺さぬ血吸い鬼「不殺生鬼」を、影御先は仲間としてきた。血吸い鬼の気配は血吸い鬼にしか見切れぬからだ。

「氷月が証人なら間違いないと思うが、一応、誓約をおこなう！」

繁樹が大きく身振りし、馬借の姿をした翁が一人恭しくすすみ出る。甲組の翁だ。

翁は蒜城から出るや香炉を四つ草地に置き九字を切る。香炉からは——薫煙がふすふすと出、草地で赤い花を咲かせた蓮華躑躅へたゆたっている。

春先から――ほとんど、雨が降っていない。旱魃が六十余州を襲っていた。

蓮華躑躅の花数はかなり少なく、まばらに咲いた花どももう垂れている。陰暦の五月といえば今の暦で六月くらい。旺盛に茂った青草が梅雨の足音に耳をかたむけている頃だが……黄や茶に枯れた草が、幅をきかせている塩尻峠であった。

さて、翁は四つの香炉の真ん中に土器を三つ据えた。

李、生ニンニクが置いてある土器を。

「不死鬼なれば日輪の光に焼け死ぬもの也！」

繁樹が吠え、一度太陽を仰いだ紅丸が光を全身に受け入れるようにして両手を広げ、香炉へ向う。

「殺生鬼なれば薫煙に苦しみ、血しか飲食できぬ者也！」

紅丸が香炉がつくる結界の手前で九字を切る。そして、香煙を深々と吸ってから確固たる足取りで結界に入った――。こちらを向く形で土器の傍に座った紅丸。ゆっくり生ニンニクをつまみ、口に放る。

齧る。

紅丸は堂々とそれを呑み込んでいる。苦しんだりする素振りは、ない。

次に李を頬張り、味わってから、呑み込んだ。

「此処に新たな不殺生鬼の仲間がくわわった！」

繁樹が宣言した。

その後、明日、承安五年（一一七五）五月五日の討ち入りについて、細やかな話があった。

問題の道場は熊井長者の屋敷の隣にある。

明日、夜が白みはじめる頃に山を下り、道場と長者宅を同時に急襲すると決った。

夕餉の炊煙、焚火は、目立つ。敵を誘うやもしれない。そこで各組が行器でもちよった、握り飯、鹿の干し肉などを、陽のあるうちに食し、腹ごしらえする。

三々五々にわかれた影御先は蒜城の中、あるいは蒜城から少し出た所に座り、気の合う者と飯を食う。

繁春と共に食べる者は少ない。乙組の影御先も、他の組の者と食事する者が多かった。

それを見た義経は腰を上げている。

「繁春殿と共に食べよう」

義経が少進坊と三郎、そして巴をつれて動くのを、屈強な山伏どもをしたがえた雲龍坊が目を細めて睨んでいた。

繁春と食事をしていると、

「あいつまだ、こっちを見てる」

三郎がぼそりと呟く。繁春がつまみかけた干し肉を木皿にもどした。硬い表情で、義経に、

「大切な者を……血吸い鬼に殺されたと言ったな？」

「ええ」

繁春は思い詰めた顔で、

「――女人か？」

握り飯を摑んだ義経の手がじっと止っていた。

静かな声で、

「……ええ」

干し肉を齧った繁春は、

「わしもだ。その女は……影御先だった」

繁春はそれ以上、その話題がつづくのを好まなかった。だから義経たちも深く訊かない。繁春はつとめて、ふつうに話そうとしていたけれど——何か重苦しいものを胸にかかえている様子だった。

＊

塩尻峠を下りた所に長者屋敷は在った。

山を背負い、熊井郷に顔を向ける形で、立派な板葺屋根が並んでいる。

裏山から見下ろす義経から見て、板屋群の右に、かなりの大堂がある。檜皮葺きの撞木造り。同じ信州の、善光寺と似ている。

——あれが道場か。

邪宗の儀のために、惨たらしく殺される赤子を思い、白面が険しくなる。

——大切な者を奪われる人を、一人でもへらす。そのために我が剣を振るう。

義経は決めている。

長者屋敷と大きな道場は、森にかこまれている。

ブナ、赤松、モミなどの森に。

田園や市がある方は高く分厚い板塀があり、弓矢で武装したごつい影が複数みとめられた。が、山側たる搦（から）め手には――水堀と土塁がめぐらされた程度で見張りが一人立つばかり。

魔の中心にしては……些（いささ）か手薄であるような。

一抹の不安を覚えた義経は昨日聞いた段取りを胸の中で噛みしめた。

義経は巴と共に屋敷へ斬り込む先鋒（せんぽう）だ。胸が高鳴り、体じゅうを駆けめぐる血管で、闘気が漲（みなぎ）る。

合図はまだかと、繁樹を見た。

首領は香矢（かおりや）を射ろと手振りする。

熊の毛皮を着た娘が、ひょうと射る。

矢は弓をもって土塁上を歩いていた大柄な見張りを、横から貫いた。香煙たゆたう矢に突かれた男は斃れている。――見事な腕だ。

長者屋敷と道場には血吸い鬼でない者もいる。つまり、長者に仕える只人。

『熊井長者（やつ）がどれほどの悪事をはたらいておるか存じた上で、仕えておる。容赦（ようしゃ）は無用』

昨日、金壺眼の首領は、話していた。

義経、巴を先頭に影御先衆は無言で駆け出す――。

妖鬼を狩る狩人の濁流が、土の飛沫を上げ、屋敷に向う一隊、道場に向う一隊、二つの流れとなり、山肌を駆けた。

先鋒、義経、巴が――猿の如く跳躍。

堀を跳び越す。

土塁の傾斜に、埃を立てて着地した。

太刀を閃かせ、駆け上がる。竹藪を手で漕いだ義経、後ろに、

「鉄菱がある！　気をつけろ」

「何事！」

黒き直垂の下に赤い腹巻鎧を着込んだ侍が、異変を察し、建物から出て来た――。トカゲに似た顔で瘦せている。

死の旋風が――トカゲ面を二つに裂いている。

薙刀。

巴が、振った。

義経が振った白刃が飛来した矢を弾く。

濡れ縁上に、青い矢車模様の直垂を着た、小太りな侍が立ち、二の矢をつがえ

んとしている。

　雲模様が染められた衣を着た義経が一陣の風と化す。

　刹那で、射手に迫るや剣を振り、袈裟斬りにした。

　と、思ったら、相手は血を溢れさせつつ、刀に手をかけた。犬歯が牙に変り両眼は猛悪な赤色眼光を放っている。

　——殺生鬼！

　生ける血吸い鬼——不殺生鬼と殺生鬼——は、日中でも動ける。死せる血吸い鬼、不死鬼は、日の光を浴びると滅ぶ。

　義経は神速で心臓を貫き小太りな殺生鬼を成敗した。

　奇襲は成功だ。影御先は次々に敵を斬り伏せる。

　血吸い鬼はさっきの一人くらいで、あとは只人の侍だ。熊井長者らしき者も見当たらぬ。

　道場の方でも立川流と思われる者を幾人か斬り、うち一人は殺生鬼だったという。

　繁樹の下知で長者をさがす。厨を見終えた義経が表に出ると、少進坊、三郎、そして、鶴という小柄な娘影御先が山を下りてきた。

鶴は甲組の娘で、怪我の手当てを得意とする。だから彼ら三人はいわば救護班として斜面を少し登った所に待機していた。どうやら、敵が掃討されたと思い、下りてきたのだろう。

生れつき髪の色が明るい鶴は、里人が幾人か血吸い鬼と化した山里の出で、迷信深い古老から鬼の血を引くから髪が黒くないのではないかと言われ、孤立していた。そこの鬼を繁樹らが狩った折、仲間になった。

栗色の光沢をおびた髪を掻き上げ、軒を見上げた鶴は、

「端午の節句なのに……菖蒲が下がってない」

五月五日には軒から菖蒲を下げる風習がある。——邪まな鬼を、阻むためである。

「やっぱり、此処だね、八幡」

義経に言った鶴のそばかすが目立ち、幼さが漂うかんばせで、恋心が燃えていた。

既に二度、義経は鶴から、好きと囁かれている。

だが義経の中には——一年前、青墓で凄まじい最期を遂げた恋人の存在が、く

っきりのこっていた。

——浄瑠璃——。故に、今は左様な気持ちになれぬ、邪鬼との戦に専念したい、と、ことわっている。

しかし鶴は義経をあきらめ切れぬようだ。

今も悲しみをふくんだ眼差しが、それを語っていた。

三郎が悪戯っぽい顔で義経と髪が明るい娘を見比べている。

伊勢三郎義盛などと名乗っているが、所詮、まだ、子供。しかしそんな三郎も、恋というものがそこはかとなくわかるようになってきたようだ。

耳を澄ましながら辺りを見まわしていた少進坊が、聡明なる面差しで、

「あまりにもあっけない気が……しませぬか?」

「さん(そうだな)」

「何か、敵の巻き返しがある気がする。ゆめゆめ御油断召されるな」

静かに言う。義経が、わかっておると答えると、

「どうも敵さん、あたしらが来るとわかって、何処かに逃げたか、それとも何処かを襲いに行ったか。そんな処だろ」

血塗られた小薙刀を、引っさげ、巴が来た。

義経の傍に立った巴は鶴と義経の間に流れる微妙なものに気づいたようだ。

「……ふうん」

獅子鼻をふくらませている。

巴は以前、義経に、

『鶴を女にしてやれよ。御曹司』

などと、言っていた。

その時だ。

「――ありゃ」

三郎が何かに気づく。打って変った真顔である。

「――どうした？」

目と耳が鋭い三郎は、

「いやね……あっちの肥溜めの方で何か動いたよ」

「お前はすっとこどっこいだからな」

巴が言うも、義経は、

「いや。行ってみよう」

心の目で、よく人を見ている少進坊は、三郎は立派な斥候になると話していた。また巴については、武家の男子に生まれれば――千、いや五千の兵を、手足の如く動かしたでしょう、と語っていた。

義経は少進坊の人物鑑定を信じている。

だから三郎が見聞きしたものを軽んずる気はない。

三郎や巴たちをつれ、肥溜めに向う。

「落っこちたりしないでね」

鶴は耐え難き汚臭に顔を顰めた。

深い穴が掘られており、侍や下人の汚物が溜まっている。

排泄の泥沼の中に……何かいると、三郎は言う。

……獣だろうか？……だが、獣とてこんな所は厭う。

鼻呼吸を止め、口で息する義経は、汚れ泥のぎりぎり手前から、悪臭の茶色い深みを睨みつけていた。

任務とはいえ、実にしんどい。

と、

ぶしゅ。

汚物沼からいきなり、汚れた手が伸び――義経を摑まんとした。

……な……。

驚きつつも義経は、あっという間に人間離れした高みまで跳躍し、沼に引きずろうとする手をかわす。

殺気を漂わせて着地した義経が剣を向けた時には、謎の手は茶色い沼に、引っ込んでいる……。

「何だよ、今のっ」

巴も急いで薙刀を構える。

「何かおったか！」

繁樹が屋敷の方から駆けてきた。

刹那、肥溜めから、どろどろに汚れた怪人が現れ、物凄い勢いで義経に襲いかかっている――。

そ奴は豪速で右手を伸ばし義経を捕えんとするも、義経がさっと退いてかわすと、右肩がはずれ、おまけに右腕まで捥げそうになったようで、しきりにそれを気にし出し、動きは緩慢に、足はもつれがちになった。

それは……体じゅう汚物にまみれた、動く腐乱死体であった。

どろどろになった顔で二つの青く冷たい眼光がきらめいていた。

「ぐぁうっ……」

怪人が汚れた歯を剝き、茶色い液を吐いた。

義経が刀を振るい胴を斬る。

そ奴は両膝を地べたについたが、のろのろ膝行し、まだ義経を襲おうとする。

呆気にとられた巴は援護するのも忘れていた。

繁樹が、鋭く、

「頭を狙え！」

義経が、臭いをこらえながら頭部を薙ぐと——怪人は、一気に崩れ、活動を止めた。

義経が困った様子で、

「……何なのです？　こ奴は」

「——餓鬼」

船乗り繁樹は、言った。

「死人の血を吸うか、死肉を喰らったりした血吸い鬼の、なれの果てよ」

さっきまで動いていた腐乱死体の傍まで行くと、固唾を呑む義経たちに、

「屍や糞便を喰って力を得る。血吸い鬼より弱い。しかし、血吸い鬼に効くものは……何一つ効かん……」

——香や清水、ニンニク、太陽光は、一切意味をなさない。

「弱点は……頭、という。わしも初めて見た」

繁樹は、深刻な形相で、

「ちなみに、餓鬼に齧られると……餓鬼になる。気をつけろ」

「えっ」

三郎が、激しく動揺する。

「こ、こいつに噛まれると、こいつみたいになるの！　お頭、おいら、百歩ゆずって血吸い鬼にはなっていいけど、餓鬼には、こ、こいつのようには、絶対なりたくねえよっ」

その時だ。

「おい、道場の方で——地下に下りる階段が見つかったっ！　外陣の片隅で、床

板がはずれたらしい」

誰かが、走ってきた。

「何！」

そこは善光寺の胎内くぐりのような所だろうか。善光寺では内陣に、地下に下る階段があり、信者たちが真っ暗い中を手探りですすみ、極楽の錠前にふれる。熊井長者がきずきし立川流道場にも善光寺本堂と同様の地下施設があるのかもしれない……。当然……日差しが差さぬ空間だ。

「そこに、長者がおろう！　わしが行くまで誰も入らせるなっ。者ども、道場へ向えっ！」

金杭を手にした船乗り繁樹が吠えた。

全て鉄で出来た金杭は、昨年、畿内の影御先をたばねていた磯禅師が、必要に応じてつくったものである。繁樹は磯禅師から金杭一本を贈られ、同じものを幾本かつくらせていた。

巴が義経に、

「臭い刀捨てて、これにしな！」

長者屋敷の侍がもっていた刀を放る。

義経は、汚物と腐肉にまみれた剣を、肥溜めに捨てた。

幾多もの風雪に打たれながら、妖鬼をもとめて旅する狩人たちは、殺気立ち、熊井長者がつくった道場にあつまる。

刀に手矛、薙刀に弓、斧。そして金杭、木杭。思い思いの得物を引っさげた猛者どもは、男もいれば女もいた。只人もいれば不殺生鬼も。

光を大きく入れるため、連子窓は斧で壊されている。そこから強く斜めに入った朝日が斬り殺された立川流の僧を照らしていた。

供物が置かれた祭壇では、象の頭をもつ男女二体の神像が抱き合っていた。歓喜天だ。

天竺の神話によれば――昔、ある鬼王がいた。残虐で、手下と共に人肉を喰らい、天下に悪病を撒き散らしていた。人々は十一面観音に救いをもとめた。願いを聞きとどけた観音は絶世の美女となり、鬼の王をたずねた。鬼王はどうしてもこの女を抱きたいと思ったが、美女は、仏法の教えに帰依せぬ限り、体を許さぬという。とうとう鬼王は出家して美女を抱き大歓喜を得たという。

この鬼王と、観音が化けた美女をかたどった像こそ、歓喜天であり、立川流の道場だけでなく通常の密教寺院にも見られる。

「これです」

繁春が指す。

床がぱっくり、口を開けている。

階段がはじまり底ひ無き闇が待ち受けていた。暗黒の口から、濃い息吹が漂ってくる。消しようがない反魂香の匂いが。反魂香にまじって、腐臭もする。

間違いなく邪鬼の塒である気がした……。

ほとんどの者が見た覚えがない、餓鬼が出たという話も、皆の面持ちを硬くしていた。

いかほどの敵が中で待ち受けているか、計り知れぬ。巨大な警戒、本能的な不安が、義経をおおう。だがいかなる者が隠れていようとも、この穴に踏み込まねば。

……浄瑠璃のような者を、もう出してはいけない。浄瑠璃と鬼一法眼、不死鬼のせいで過去に死んだ人々が、今の義経をつき動かしている。もっと言えば、物心つく前に斃れた父、義朝の存在と、母と離れ離れに暮らさねばならなかった経験が、父の仇が牛耳る今の世に、根本的な疑念をいだかせている。

それが義経を動かす、もっとも強い推進力だ。

「俺が片づけてやる、どんな敵でもよ。ぶっといのを、突っ込んでなぁ」

丸太の如く太い杭を壁に立てかけた雲龍坊が、酒の入った瓢箪(ひょうたん)を口にもっていく。

巴が挑発的に、

「雲龍坊、そんなでかい棒切れ、穴倉の中で振りまわせる？」

雲龍坊は、口にふくんだ酒をふーっと噴いた。

「もう少し、みじけえのをつかうさ」

近くにいた他の影御先からみじかめの杭をふんだくる。巴は、繁樹に、

「あたしに先陣を切らせて。半分の人数をつけてほしい」

「駄目だ」

繁樹は即答した。

「どうしてさ？」

薄く笑み、

「お前は、さっきも斬り込み隊長をつとめた。――今度は、俺が真っ先に斬り込みたいのさ」

低く静かな声だったが、強情な巴を引き下がらせる堅固な意志が内包されていた。

「俺は半分つれて地獄の胎内に行く」

善光寺に引っかけたのである。

「お前は残り半分をつれて上にのこれ。この穴倉が、化物長者の罠かもしれねえ。俺らが中に入ったら、伏兵がどっと現れ、閉じ込めようとするかもな。……お前はそれをふせぐ。大切な役目だ。他にまかせられる者はおらん。巴、お前にたのみてえ」

「……あいよ」

さっぱり答える巴だった。

繁樹は一人一人名を呼び、穴に入る者、入らぬ者を、わけている。義経は――繁春や雲龍坊、そして鶴などと穴に潜る部隊に入れられ、少進坊と三郎は上にのこる形になった。

三郎の顔からは、不満がしたたり落ちそうだ。

ふっと笑んだ義経、三郎に歩み寄り、

「不満があるようだな？」

「ないさ、んなもん」

ふくれ面で言う。

「上にのこるのも大切な役目だぞ。さっき、お頭が言ったろう」

三郎は若き主君を真っ直ぐに見、

「おいらだって、八幡様や、少進坊さんにいろいろおそわってるからね」

少進坊は、源氏の驍将（ぎょうしょう）、鎌田正清（かまたまさきよ）の子で、幼い頃、相当な武芸の稽古を積んでいた。

「ちゃんと、戦えるというのを知ってほしいね」

「わかっている」

三郎に言った義経は少進坊に、

「三郎をたのむ」

「はっ」

金杭をもった繁樹、手矛をもった繁春を先頭に、影御先が二十人ほど穴に入る。脂燭（しそく）や松明（たいまつ）をもつ者もいた。揺らぐ炎が階段を照らす。

階段は――ほんの数段で終った。

平坦な地下道が奥へつづいていた。先頭に近い所を、抜き身をにぎって歩む義経、そのすぐ後ろを右手に斧、左手に脂燭をにぎって歩む鶴、みんな足音を消し、息を潜め、すすむ……。

しばらく行くと繁春が立ち止っている。

義経が目を凝らすと、行く手が薄明るくなっていた。

——濃密化した反魂香の香りが、ねっとり、肌や鼻に絡む。

影御先がもつ松明や脂燭が、両側の壁画を照らしていた。

狂気が顔料に溶けたような壁画だった。

地獄に住まう怪しい生き物が、壁で躍動している。

双眼を爛々とさせ、鋭利な牙を剝き、火を噴く狐。亡者を追いかけている。

沢山の亡者を喰い千切り、角で刺し殺す獅子に似た巨獣。

竜を思わせる足で、亡者を踏み殺し、血を啜る大鶏。

そんな絵が影御先衆に両側から強圧をおくってきた。

繁春が手振りしている。

——一気に突っ込む、という合図だった。もしかしたら繁樹はこの一戦で、繁春に活躍させ、弟を侮る雰囲気を払おうとしているのかもしれない。そう思った義経は、

——繁春殿に華をもたせるように戦いたい。

義経は、雲龍坊のような傲慢不遜な者には、対抗心を燃やす。彼らに功をゆずる気など、毛頭ない。だが、繁春のように不当に苛まれている者、実力があるのに評価されていない人、周りとの和を重んじる人、そういう相手には、陰で支援しつつも、手柄をゆずったり、華をもたせたりしたいという気持ちを、もっていた。

そんな考え方を影御先としてはたらく中で、培っていた。

鬼を狩る狩人たちが、無言で駆ける。

また、数段石段を下りる。

高燈台に照らされ薄明るくなった所に、義経たちは、踏み込んだ——。

地下の大広間であった。

中央が一際低くなっている。板敷のそこには石段で下りる形になる。

義経たちから見て正面奥、石段の最上部に、大きく、妖しい女仏があった。

宝冠をかぶり、麗しい瓔珞をふくよかな体につけ、妖艶、しなやかな姿態の、九尾狐に跨っていた。

——荼枳尼天だろう。

茶枳尼天の横にはいくつもの武具をもち数十人もの人を踏み殺している女仏、前には黒塗りの髑髏が三つ。青銅の香炉が二つ。炉からは、狂おしいまでの薫煙が噴き出ている。反魂香だ。

――破戒壇――。

義経は、思う。

正統なる仏法の戒壇は石で小高い結界をつくる。破戒壇は、逆。低い所につくる。

もっとも低い場所、つまり中央の板敷の上で赤子がすやすや寝ていた。眠る赤子の周りで淫肉の図がくり広げられている……。素裸の男女が六組、僧俗入り乱れ、もつれ合っている。交合(まぐわ)っている。

目を閉じ、首をのけぞらせるように上を向き、唇を甘噛みしていた、なまめかしい巫(かんなぎ)の額で、血が炸裂した。

――香矢だ。

影御先が、射た。

額を射貫かれた巫は血をものともせず、赤い双眼、鋭き牙を、かっと剝き、

「影御先ぞっ！」

血の花を男の体に咲かせて叫んでいる。

額から血を出した羅刹女は、

「血を啜らせい！」

活力を得る気か？　いきなり、今まで跨っていた若者の喉に、齧りつく――。

赤子が、泣き出した。

痙攣する男の血をごくごく飲む巫の白い背、さらに、その隣で痩せた娘を組みしいていた逞しく野性的な僧の後ろ首や腰に、影御先の香矢が次々刺さる。

射られた僧が逃げようとする娘の首に爪を刺し、血を啜る。――影御先に襲われた邪鬼どもは立川流に入信しようとした男女を襲い、血を啜って、力を得んとしている。

憤怒の闘気が、義経の中で吠えたけっている。

「許すまじき外道っ！　討ち果たせ！　赤子を救えぇっ」

大喝した繁樹が金杭を、吸血巫女へ投げている。

豪速で飛んだ棒状の鋭気は――巫女の後ろから、心臓をぶち破り、前に出、血を吸われていた若者の体をも貫いた。

影御先は怒号を上げて淫楽と叫喚の坩堝に殺到する――。

義経も、足早に、石段を下る。

敵の一部は敏捷に奥の石段を上って逃げんとし、一部は踏み止まって戦った。

雲龍坊の杭、義経の刀が、破戒壇上の敵を討ち、大声で泣きわめく赤子を、鶴が抱き上げる。繁春以下数名は奥に逃げた敵を追わんとして石段をまわり込む。

茶枳尼天の陰に、横穴の入口があった。

遁走した敵は、その穴にさっと駆け込んでいる――。

「何をしておる！　逃がすなっ」

船乗り繁樹が、中心、つまりもっとも低い所から吠えた。乙組の者が、横穴に入る。

ぬるぬるした血の泥沼を、雲龍坊が荒く踏みながら、邪鬼を屠る。

金壺眼の首領が鶴に、

「赤子は無事か？」

「はいっ、この通り！」

義経は相貌を強張らせ、他の影御先を掻き分け、敵を追った繁春の方へ向おうとした。

鶴にあやされ泣き止んだ赤子を繁樹がかかえる。

――その時である。

石段上、横穴から、叫喚が聞こえた。

さっき入って行った乙組の叫びが。

「ぬ――」

雲龍坊が一歩石段を上がる。

と、

「兄者……すまぬ」

繁春が祭壇横に手をのばし床からのびていた鎖を引いた。

ガラガラガラガラガラ……。

怪しい轟き(とどろ)が、起った。

繁春が引いた鎖は何らかの仕掛けを作動させたようだ。

と――途方もない大音声(だいおんじょう)と共に、板敷が二つにわれて、義経たちが宙にほうり出される。

――まさか、裏切だとっ。

同じく闇に落とされた繁樹の手に、双眼を赤く光らせた赤子が嚙みつき、叫び声が聞こえた横穴から……いくつもの黒影が勢いよく飛び出す。突出してきたのは眼に青光を灯した餓鬼どもだ。

義経、繁樹、鶴をふくむ十人以上の影御先が、破戒壇から――奈落へ落ちて行く。

第二章　奸計（かんけい）

「何だっ、今の声はっ」

巴が殺気立つ。

ちょうど、道場の四囲に人数を配置。胎内くぐりの入口にもどった時のことだ。地下世界から阿鼻叫喚（あびきょうかん）が聞こえた。

「御主君（ごしゅくん）っ」

止める間もなく――少進坊が勢いよく杖をつき、階（きざはし）をものともせず、闇に下りてゆく。三郎もつづいている。

同じく面差しを引き締め、牙を剝いて中へ入ろうとした紅丸の腕を、巴は摑（つか）む。

「お前は此処（ここ）にいろ。あたしが行くっ」

紅丸は不満げだ。

と、

「巴殿！」

外から駆け込んできた仲間がいる。

「敵襲っ」

「何？」

駆け寄った、狩人姿の男は、

「熊井長者の伏兵らしい！　騎馬の者が何十人も、森から寄せてきた」

告げ終った刹那、一本の矢が唸りながら飛来、男の喉を後ろから突き、血の筋を引いて床板に突き立ち、ぶるっとふるえた。

鷲の羽根をつけた荒々しき矢だった。

叫びと血塊が混じったものをこぼし、男は倒れる。

茫然となった紅丸に、

「ぼさっとするな。こんなの、いつもだから」

紅丸の顎を摑むや巴は、

「変更。お前は穴へ行けっ」

なおも虚ろな相貌なので、激しく揺すり、

「お頭に、外で何が起きているかつたえろ！　恐らく向うも何かあった。だから気をつけろ。で、今度は、下で何があったか、あたしにつたえる！　わかった？」

「はいっ」

双眸を赤く滾らせた紅丸は勢いよく階を下りる。腰に下げた香玉が、翻る。

小薙刀を引っさげた巴は、疾風の足取りで外へ出た。

――――！

弾く。

豪速で矢が飛んできたのを刃で払っている。

砂埃を上げながら、騎馬の一団が、射かけてきた。襲いくるのは白黒鱗模様の直垂を着た侍ども。鱗模様は、三角がずらりと並んだ模様だ。総員、黒箙を腰につけ、笠をかぶっているため、面相はうかがい知れぬ。幾人かは――牙を剝いている。

「殺生鬼がいるっ！」

日中、馬で駆けまわっているゆえ、日差しを浴びると滅びる不死鬼ではない。太陽に耐性がある殺生鬼だろう。

「もっと引きつけて香玉！」

巴は仲間に叫んだ。

影御先は、高欄を盾にし、矢を射るなどして、応戦していた。

身をかがめて矢をよけながら巴は敵を数える。

——十五人ほど。

道場の反対側からも、味方の怒号、叫びが聞こえる。そちらも襲われているのだ。つまり——三十人前後の敵が表にいる影御先を攻め立てている。

巴も高欄に身を隠す。

その時だ。

——！

稲妻を思わせる衝撃が、高欄を走った。

擬宝珠の上に止ったテントウムシが恐慌し、黒羽をふるわし飛び立つ。驚異的膂力で射られた矢が襲来、高欄を盾にしていた男の心臓を真っ直ぐ貫き、血煙をビューッと引きつつ道場の板壁に深く刺さっている。

射殺されたのは丁組の頭だった。間髪いれず、二の矢が来て、隣の男の顔が、叩き潰された柿みたいになる。

——誰が射た？

巴は敵を睨む。

黒く恐ろしげな馬が前に出てきた。尋常ならざる馬で、大ぶりな肉を食み、口から赤汁をこぼしていた。

馬が食むもの、それは……腕だった。人の。

影御先に射殺された者の手を喰っている。

「……生喰……」

高欄を盾とする仲間が呟く。

――生喰っだと――。

巴は、瞠目した。

生喰――血吸い鬼によって、血を吸う魔獣に変えられた馬である。生肉を喰らい、血を水の如く飲む。

人肉を食む馬の口には、草をすり潰す歯の他に、鮫のそれを思わせる犬歯が、四本並んでいる。

生喰に跨っている男は……気味悪い。

大男でなく、中背である。

黒狩衣をまとい仮面をかぶっている。

脳茸(のうたけ)という茸(きのこ)がある。脳を思わせる形をした、不吉な顔つきの茸。この茸、あるいは瘤状(こぶじょう)の海洋動物の如く両の瞼(まぶた)、額(ひたい)がふくらんだ媼(おうな)の面だ。色は茶。額に幾重(いくえ)にも皺があり、ねじまがった口から極太(ごくぶと)の蛭(ひる)に似た舌が出ている。

——腫面(はれめん)、という。舞楽面で、ふくれ面(つら)をした老女をかたどっている。

腫面をかぶりし男は左手と首の左が腐っているように見える。が、右手と首の右は腐っていない。この腐っていない側で異常現象が起きている……。火傷(やけど)に近い、炎症、水ぶくれが散発的に生れている。

腫面の男は黒弩(いしゆみ)をもち、鎖(くさり)を幾重にも腰に巻いていた。

「屍鬼王(しきおう)じゃ……」

「屍鬼王っ……」

影御先衆から、誰ともなく、声が漏れる。

屍鬼王——主に東国で悪名高い、妖鬼である。白昼堂々、若い娘か子供がいる家に押し入り、抵抗する家族を射殺し鎖で絞め殺し、娘か子供を攫(さら)ってゆく。攫われた者は血を吸い殺されるとも、散々、肉を齧られた後、殺されるともいう。

屍鬼王は半ば、餓鬼で、半ば、血吸い鬼と言われる。だから死肉を齧りもするし、生血も吸う。屍鬼王の噂は二百年前からあるため、不死鬼に違いない。だが餓鬼の特性も濃くのこすため……太陽光を浴びても死なぬというのだ——。屍鬼王の名は、ひとり歩きして、どんどん大きくなり、今や台風や洪水、疫病などの天災以上に恐れられている。

影御先は、この怪物を一刻も早く討たねばならぬと考えていたが——容易に足取りを摑めていない。

巴は屍鬼王に向って吠えている。

「お前が熊井長者なの！　それとも、熊井長者の手先なの！」

屍鬼王は答えずに、馬をすすめてきた。

胎内くぐりに向った部隊の安否が気になって仕方ない……。不吉な予感が、重く濃い煙になって立ち込め、息苦しくなりそうだ。

だが、今は、目前に殺到した強敵を何とかする他ない。

＊

暗い水が――義経にぶつかって、喰おうとしていた。

奈落の底は沼のように水が溜っている。

義経、繁樹、鶴ら十人ほどの影御先が、下に落ち、何人かはかなり上、石段の所にのこっていたが、裏切った繁春以外は、茶枳尼天（だきにてん）の横穴から現れた黒い影――餓鬼どもに、襲われていた。

水に落ちた影御先の明りは悉（ことごと）く消えている。

闇の水牢（みずろう）。光と言えば頭上からとどく光くらい。

「何かおる！　足を咬（か）まれたっ」

激しい水音が立ち、誰かが、叫ぶ。

義経は首まで水に沈んでいたが、長身の繁樹は――腹より上が、水から出ており、一際目立つ。繁樹は高々と片手をかかげていた。その手の上には、血吸い鬼の赤子がおり、くちゃくちゃ音を立て、繁樹の手に咬みついているようだった……。

赤子の邪鬼は繁樹の動脈を一気に喰い千切らんとする。濃尾の影御先の頭は、一瞬のためらいを見せるも——邪鬼の赤子を水に放り投げた。

義経は邪鬼の赤子を救う術はなかったか、自分ならどうしたろうと考えた。

闇に溺れかかった人々は首領の傍にあつまる。

繁樹は、水に落ちた仲間に、

「わしの傍にあつまれ！　水中におるのは、恐らく水虎。水の中の血吸い鬼。鯉などを血吸い鬼にしたものよ。女や老人を内側に、若い男を外側にして円陣をつくれいっ」

そして、繁樹は上に向って、怒気を燃やす。

「……繁春。いかなることかっ！」

足下は——ぬるぬるする。転ばぬよう、鼻に黒水が入らぬよう気をくばりつつ、義経は首領の方へ向わんとしている。

左方で、

「きゃっ」

泳ぐように急いでいた鶴が足を取られたか——溺れそうになる。義経は鶴に肩をかす。

「大丈夫か？」

「何とか」

健気に言った。

遥か上を睨んだ義経は雲龍坊が石段の縁に摑まり、足が宙にぶらんぶらんしている様をみとめる。

「汚え裏切者め！」

口汚く吠える雲龍坊に向ってゆるりと石段を下りつつ、繁春は、

「もう……限界なのじゃ」

「臆病者！　臆病風に吹かれ、熊井長者に寝返ったな」

両手で石段を摑む雲龍坊は逞しい腕をふるわして吠える。

「——葵のことか！」

繁樹の強い声が上に射られ繁春はかすかに反応した。

「葵をわしが……殺めたからか？」

首領の弟は、雲龍坊の手を踏みつけている。雲龍坊が憎しみを擂り潰す声で呻く。

繁春は、高みから、険しい声で、

「それもある。……が、それだけではない」

葵は――繁春が思いを寄せていた女影御先で、殺生鬼となり、繁樹に成敗された人である気がした。

繁春は怒りの形相で、雲龍坊の手を踏みにじり、

「雲龍坊が――赤子の血吸い鬼を殺すのを、わしは見た！」

繁樹に向って、

「兄者も今、赤子を殺したっ」

雲龍坊の足がバタバタと動き、

「長いこと、魔物に苦しめられてきた村を救うには……魔の根を根絶する他なかったのじゃ。仕方なかったのじゃ！」

雲龍坊の言葉を聞いた繁春は、

「だが、その子は……不殺生鬼になったかもしれん」

「お前は甘すぎるんじゃ！　わしだけではない、他にもそう思うておる者はおるっ」

繁春の足が、雲龍坊の手を強く踏む。

「俺が、葵を殺し、雲龍坊が赤子を殺すのを見たから、お前は……繁春よ、お前

は……邪鬼どもに、真言立川流に寝返るというのだなっ！　それがどういうことかわかっておるのか！」

繁樹の声には深い憤りと悲しみが、籠っていた。

繁春は下にいる兄に、

「わしらが正しいと信じていることも、間違っているのではないか！　鬼を狩る者として旅する我らが、殺戮に殺戮を重ねる内……鬼になっていまいか！　そんな問いにわしはもう疲れた。そして」

より一層強い力で雲龍坊の手を踏む。雲龍坊が呻き、繁春は、

「何の躊躇もなく、血で手を汚すお主らの姿に耐えられなくなったっ……。憎しみを覚えるようになったのさ」

同時に叫びが闇をつんざいた——。

「どうした、鶴ぅっ！」

義経は、悲痛な叫びを上げた娘の影に問う。

「……胸を……咬まれたの！」

苦しげにふるえる声が返ってくる。

——水虎だ。繁春の悲しみも……わかる気がする。だが、今、目の前で乙女を

殺そうとする水の魔を、義経は許せない。

「あっ、痛い！　八幡、痛いっ」

「糞、今度は何処を咬まれた！」

義経が言い、繁樹は吠えた。

「——これが正しいことだと？　今、お前の眼下でおこなわれているこれが、間違っているとは、微塵も思わぬのか、繁春っ——！」

「足、足よ八幡」

髪が明るい娘の影は弱い声で言う。

「はなれて、血の臭いに……あつまってくる！」

「今、助けてやるっ」

言うが早いか義経は、水中に潜っている。

——何も見えぬ。真っ暗だ。

液状の闇の中、鶴へ、手をのばす。

ぬるり。

手が何かにふれる。ぬるぬるした感触で、捉え所がないが、間違いない。——

今、そばかすが目立つ可憐なかんばせをした、影御先の乙女を襲い、足にかぶりつき、血を吸い取ろうとしている生物。同じ奴が義経の頭や、足をかすめる気配がある。

義経は凶暴な怪魚に水圧を押しのけ突きをくらわす。

びくん、と跳ねる感触が、腕につたわった。

義経はそれを突き刺し重くなった刀をまず水上に上げ、つづいて己の首も上げる。

暗くてはっきりと見えぬ。だが、剣に貫かれ、激動するその影は、一抱えもある大きな鯉であった。ただの鯉と違うのは……野犬を思わせる鋭い牙が生えていること。

「もう……」

義経が声をかけようとした瞬間、水が、力をなくした娘の影を呑もうとした。

刀を左手にもちかえた義経は右手で鶴をささえようとしている。鶴の髪だろうか。重く濡れたやわらかきものが、手首に巻きつく。名を呼ぶも——答はない。

男の影が、わめく。

「糞っ！　やられたっ」

水中で下半身を咬まれたようだ。その影御先は、溺れかかる。もう一度浮上し口を大きく開けた男の顔に──魚影が飛びかかり、男を水中に押し倒す。

「鶴っ」

再度、呼ぶも答はない。鶴の息は止っていた。

……救えなかったか？……。

義経の胸は、わななく。

──妖気が迫るのを感じる。

水虎どもが、鶴の胸と足から流れる血に吸い寄せられている。

面貌を歪ませた義経は鶴をはなした。憐れな娘の骸は──真っ黒い水に沈んでいく。

「これがお前の望んだことかっ！」

繁樹は上へ吠えた。

「お前の弟は、已の信じたものの脆さに気づいただけ」

──妖しい尼が、石段をゆっくり下りて、繁春の傍に立つ。

若い。

なまめかしい、やわらかさに満ちた女だ。

白蜜がしたたり落ちそうなほど、艶やかで、豊かな体をしていた。黒地が赤い

格子状にわけられた袈裟をまとい、立川流の、髑髏本尊をつけた鹿杖をもってい
る。

若僧が二人、つきしたがっていた。がっちりした体で、美しく、胡散臭い雰囲
気の男たちだった。

繁樹は声を張る。

「汚らわしい名を一応訊いておこう！」

「黒滝の尼」

黒滝の尼の名は――畿内の影御先、静から聞いた覚えがある義経だった。

ただ、静は黒滝の尼を三十歳くらいに見えると話していたが、頭上に現れた女
は二十歳前後に思える。

「……悪名高い黒滝の尼、お前が熊井長者なのか！　あるいは、熊井長者を殺し
たか？」

「熊井長者と呼ばれる者は……この黒滝かもしれぬし」

左手で脇の美僧の顎を撫で、

「あるいは、この熊井郷につどう、全ての血吸い鬼のことを、熊井長者と呼ぶの
やもしれぬな」

細い目をさらに細め、

「さて、繁樹」

毒蜂の女王の如き態度で、義経たちを見下ろす黒滝の尼は、こちらに髑髏本尊を向けて、

「先ほどの話じゃ」


黒滝の尼が話し出すと――水虎の強襲は止んでいる。水音もしないから、完全に水中で止っているようだ。

黒滝の尼が、目に見えぬ糸で水虎をあやっているのやもしれない。

黒滝の尼と従僧、そして、繁春の後ろでは……さっき横穴から出て来て、石段上の影御先を滅ぼした餓鬼どもが、思い思いの姿で控えていた。蹲ったり。両膝をついて這うような形で止ったり。茫然と立ち尽くしたり。動く腐乱死体どもは眼を――青く滾らせていた。

また、赤い目を光らせた血吸い鬼も幾人か、横穴から出て来た。

黒滝の尼、双眸を血色に燃やし、

「繁春は……もう一つの真を見たにすぎぬ」

繁樹が眉を顰めると、魔界の尼は、

「闇が光を塗り潰し、地上より地底が尊ばれ、天子でなく地皇が統べる世を、吾は東国に打ち立てる」

「ずいぶん、でかく出たな」

「我らは朝廷に代る新たなもの――闇廷、あるいは冥闇の宮廷というものを開闢しようと思うておる。……世の中は一変する、刷新される、その刷新の気風を、繁春もまた良きかなと思い、同心したのであろう」

――あやつられたのだ、義経は悟った。兄への怨み、雲龍坊への怒り、それらの思いから繁春の心に開いた穴に、妖尼の触手が潜り、魂を雁字搦めにした。

「此処が、その闇廷か？」

「ほほ……此処？　道場にすぎぬ。そして、愚か者の頭を冷やす魚池にすぎぬ」

黒滝の尼は杖を従僧にあずけるや右手を繁春の手と絡める。

そしていきなり、手首を齧る。愛でるような口遣いで――血を吸ってゆく。想像も出来ぬような快楽の波を、繁春は感じているようだ。全身をぴくぴくとふるわせ、愉悦の溜息を吐いた。

「取引しよう繁樹」

血に濡れた口をはなして、言った。

黒滝の尼は、爪を繁春の傷に押し込む。皮膚が大きく破れ血が溢れた。

「乗るつもりはねえが、一応、聞こう」

「そなたら全員の命と、吾が知りたい話を、換えよう」

「貴様が知りたいこととは？」

「四種(よくさ)の霊宝(たから)は——何処(いずこ)に在る？」

四種の霊宝——影御先の祖、役行者(えんのぎょうじゃ)がつくったという四つの呪具(じゅぐ)である。極めて強力な血吸い鬼を、制する力があるという。
ただ、多くの影御先は、四種の霊宝を言い伝えの中のものと思っている。

「問いを変えようか？」

流血した繁春の手に噛みつき、傷を広げて血を啜る。痛覚閾値(いきち)を大幅に引き上げられたか——。

繁春は、今にも蕩(とろ)けそうな顔をしている。心地良さげな顔だ。

「繁春ぅっ」

弟を引きもどそうと兄が張り裂けんばかりに咆哮した。だが、義経は……繁春が引きもどせぬくらい深き沼に沈んでいるのを、知っていた。黒滝の尼が、繁春の手首を激しく嚙み、より大量の血を飲む。赤く汚れた口を繁春からはなした吸血尼は、

「もし、吾が知りたいことをおしえれば、そなたら全員の命をくれてやる。逆におしえねば……皆、水虎にずたずたに裂かれる。外にいる者どもも助からぬ。屍鬼王が襲っておるゆえ。如何する？」

長身の首領の影は、一瞬、水罠にはまった部下たちを悲痛な面持ちで見まわした。

「お頭、わしらの命は、あんたにあずけておる！……恨まぬよ！」

しゃがれ声で言った影御先が赤い眼火を灯す。――不殺生鬼の影御先である。

――わたしにはやりのこしたことがある。父の仇……清盛。暴政を繰り広げる平氏……。重盛は、平家のこれからを見よと、言った。重盛が言う通り、平家がこれから善政をほどこし、多くの貧しい民を救うなら……わたしは……平家を許せるやもしれぬ。だが、重盛の言葉が偽りであり、平家が悪政をつづけ、民

を痛めるなら、彼らを討たねばならぬ。

そして、仇は平家だけに非ずあらず。浄瑠璃を攫さらった賊の片割れ。あ奴らを、成敗せいばいせねば。

此処で死ぬわけにはいかぬ。何処かに逃げ道があるはずっ。

義経は、冷静に見まわしている。

繁樹が、決然と、

「言えぬわ！　何があろうとも」

答えずに自分の指を嚙んだ黒滝の尼。血を垂らしたその指で、血だらけ、顔面蒼白になった繁春を差す。繁春は血に濡れた指を恭うやうやしく手に取り口にもってゆく――。手首から夥おびただしい血を迸ほとばしらせて、黒滝の尼の血を吸いはじめた――。

血を吸う尼は指を繁春からはなす。

とたんに、石段上で繁春はのたうちまわった。そして、黒滝の尼は、雲龍坊に歩み寄り、

「殊勝な心構え。じゃが……この男は違うかもしれぬ。のう？」

両手で石段を摑み、宙ぶらりんになっている雲龍坊を見下ろしながらしゃがむと、

「そなたは、どうする？　もし、吾が知りたいことをおしえれば、命だけは助けてやる」

繁春は、動かなくなっている。雲龍坊の丸太の如き腕がふるえ、

「……へっ」

「死にたいか？　なら、手をはなして水虎の巣に落ちよ。誰も止めぬ」

「…………」

「如何した？」

嗜虐（しぎゃく）的な喜びが、豊艶なる尼の唇をほころばせている。

雲龍坊が言葉なく睨むと、

「ほほ」

妖尼が楽しげに一笑すると同時に、仰向けに倒れた繁春が、手をびくりと動かす。

黒滝の尼は、雲龍坊の指を一本つまむと——こともなげに引き抜く。血がしぶく。

「ああっ」

雲龍坊は叫んだ。

「存外、痛みに弱いか？」

黒滝の尼はすぐに、二本目の指を、根から抜いてしまった……。

雲龍坊は呻いている。

「不味い血よの」

血まみれの指を、おしゃぶりのように舐った黒滝の尼は、雲龍坊の額にぺちんとそれをぶつける。両眼を赤く光らせた繁春がゆっくり起き上がった。――血吸い鬼に生れ変ったのだ。

「雀並の知恵しかもたぬか？　雲龍坊よ」

黒滝の尼の手が、雲龍坊の顎を摑む。

驚異的な力で大男を自らの目の高さまでもち上げた――。

雲龍坊は、すかさず妖尼を殴らんとするも、黒滝の尼のふっくらした頰すれすれで、拳は急静止した。

――金縛りをかけられたのだ。

黒滝の尼は、赤目を細め、

「身寄りは？」

「…………」

「二つの里の、二人の女に――それぞれ子を産ませておるようじゃの？　その女と童を一夜にして……抜け殻に出来る。空蟬の如き有様に」

止めてくれ、お願いだっ、というふうに雲龍坊は頭を振った。

「雲龍坊っ」

「どうする？」

言うなという意を込めた、繁樹の叫びだった。

黒滝の尼の指が――雲龍坊の目を一つ抉り出す。血飛沫が散る。

「うわぁっ」

雲龍坊は、苦しげな声で、

「わかった、言う！」

繁樹が歯ぎしりした。義経も、面を引きつらす。

雲龍坊は、黒滝の尼に、

「濃尾の影御先の常在は、戸隠山に！」

「戸隠山には何が？」

「貴様らを討つための道具……四種の霊宝の一つ、鏡」

「豊明の鏡か？」

念を押すような言い方である。

「……そうだ」

雲龍坊は、首肯している。

「四種の霊宝は、豊明の鏡、神変鬼毒酒、水玉、小角聖香。あと三つは何処に？」

「――言うな！」

繁樹が鋭い一声を上へ飛ばすも、目と指から血を流し、妻子を吸い殺すと脅された上、金縛りにかけられた大男は、

「神変鬼毒酒はよ……つくるもんだっ」

「王血や霊獣の血から？」

「そう……作り方は、畿内の首領に口伝される」

畿内の影御先は既に崩壊したが、それをたばねていた磯禅師は今、西国にいる。

「磯禅師が知るわけか？　他二つは？」

「………」

右手で雲龍坊の顎を摑んだ女邪鬼は、今度は雲龍坊の右耳を左手ではさみ

……、

「ギャアッ――」

ビュッ、という血煙と共に耳を根元から毟っている。

「いちいち、かわゆい奴。何を今さら隠す？」

「水玉はうしなわれた。大昔に。小角聖香は、東の影御先の領分っ」

「東の常在は何処に？」

「知らねえよ。東の影御先の頭か、副首領に訊いてくれ……」

雲龍坊は、哀願するように、

「なあ黒滝……俺の子とかは……」

黒滝の尼はにべもなく、

「お前に喰わせれば面白いかと思う」

雲龍坊は魂を矛（ほこ）で貫かれたような反応を見せた。茫然とした、声で、

「約束がっ……」

従僧に雲龍坊を引きわたし、髑髏本尊がついた杖を受け取って、

「我が僕（しもべ）につくり替えよ」

逞しい僧に後ろ首を掴まれた雲龍坊は、唾を飛ばし、血の涙を流し、髪を振り

まわし、

「貴様ぁっ――！」

喉から魂を引っ掻き出すような、気迫が籠った声だった。

従僧は――抗わんとする雲龍坊を、片手で軽々と、腐った者どもへ投げ、その膂力の違いをしめす。

餓鬼は雲龍坊に一斉に飛びかかり、押し倒した。

――黒山となったその辺りから肉を嚙み千切る凄まじい音がひびく。

黒衣の尼は遥か下、水牢に立つ繁樹に、

「そなたの武力、惜しい気がする。血吸い鬼になり吾に仕えよ」

「――糞喰らえ！」

黒滝の尼が髑髏本尊を動かしている。

――すると、どうだろう。

バシャ、と飛沫が上がり――黒く大きな魚が繁樹に飛びかかっている。水虎だ。水虎は、繁樹の顔面に咬みついた。繁樹に摑み取る間もあたえず、今度は別の水虎が繁樹の首や肩に喰いつき、繁樹の足許でも水が暴れる気配がある。――水面下でも水虎が下半身を襲っている。

濡れながら立つ影御先衆は股や足を水の中で襲われた——。

——お頭も助けねば。

幸い水虎に襲われなかった義経は繁樹の方に、鬼の形相で動くも、

「来るな、潜れぇ！」

繁樹は顔の水虎を摑み潰しながら、絶叫した。影御先の首領は、自分を犠牲に、仲間を助けようとしているのだ……。

まだ無事だった影御先が、泣きそうな顔で水中に潜る。

なおも茫然と立つ義経に、

「潜れぇっ」

繁樹は、髪を逆立て凄まじい声で大喝した。

……もはや……お頭を助けられぬ、そして、お頭の気持ちを無駄に出来ぬ！

義経は——潜る。

深い地下水の中は全き闇であった。

何も、見えぬ。

液化した闇が、皮膚はおろか粘膜からも浸み込み——五臓六腑を黒塗りしてくるようだ。繁樹をおいて逃げるのは心のこりだが、何とか生きのび、黒滝一味と

戦えという首領の思いを、くみ取った。

真っ暗い中を泳ぐ。水圧を切りながら、刀を前に出している。切っ先が水虎に無惨に殺められたらしい誰かにふれた。……鶴だろうか？

――水虎は、血臭に反応する。凶暴な吸血魚が死体の周りに群れているかもしれない。義経は、別の方へ、潜ったまま泳ぐ。刀が、怪魚らしきものにふれた。

息を止め底まで沈む。

背中のすぐ上を、水虎がかすめる気配がある。

鞍馬寺の軒に垂れるつららのように背筋が冷たくなった。

……やりすごしたか。

そろそろ、息苦しい。衣もすっかり水を吸い、重くなっている。かつてない高密度の暗い圧が、のしかかってくる。

義経は息を止め底近くを泳ぐ。

誰かの骸が、水底に横たわっているのを感じた。今、殺された影御先か、ずっと前に殺された者か。こんな直黒の水底に沈んだ無念たるや……いかばかりだろう。

そしてついさっきまでは邪鬼の道場を潰した気がしていたのに、この変転は何なのだ。

全ては——黒滝の尼の、罠であった。繁春を裏切らせ、影御先を一つ所にあつめ、一挙に討ち果たし、常在の居所を知るための。

刀が硬いものにふれる。

岩かもしれぬ。

だとしたら、水牢の端まで泳いだのだ。

体が息を望み——喘(あえ)いでいる。義経は岩に体をこすりつけ、水虎に用心しつつ、そっと鼻を浮かせた。

「——」

繁樹が戦っていた。

一人で。

他は、誰もいない。みんな、血を吸われて殺されたか、潜っているか、どちらかだ……。

体じゅうを咬まれているから、力は弱い。それでも——バシャ、バシャと飛沫を立てて、棒状の影を黒水に突っ込み、ちょうど漁師が銛(もり)で魚を突くように、迫り寄る水虎を金杭で仕留めんとしていた。

——お頭、自分はわざと潜らず……。これが、影御先をたばねる者の勇姿か。

激情が義経の面貌を歪めている。黒滝の尼が水虎をあやつっているのは確かだ。水に潜らぬということは嫌でも妖尼の目につくから……攻撃が集中しやすい。

と、上方、吸血尼が——おもむろに墨衣を脱ぐ。

重たげな乳、黒々とした陰周りの毛、樹液豊富な白木の幹に似た、やわらかそうな太腿。神々しいまでに白く豊かな体が顕わになった。

一糸まとわぬ姿になった女鬼は——何を思ったか、飛び下りる。

激しい水音が立つ。

黒滝の尼と船乗り繁樹が向き合う。

繁樹は、黒い影の大塊となっていた。だが黒滝の尼は——その不思議なほどの肌の白さゆえか、闇の水の中、そこだけがぼおっと白い、霊妙なる影に見える。

「そこまで戦えばよかろう」

妖尼はつとめてやさしく囁く。

白顔に、糸のように細い血色の炎が二つ、灯っている。

黒く逞しい影は咆哮を上げて金杭を振るい——飛沫と殺気を、ぶつけた。

が——金杭を、黒滝の尼はそっと動かした手で、こともなげに摑む。

影御先の頭が渾身の力を込めても、もうそこから杭が動かない——。

「ふ」

妖しい尼は、笑んだ。

金杭が歪んだ。

何たる力……。

義経は、戦慄する。

あの熊坂長範が漂わせていた、殺気、威圧と同じか、それ以上のものをこの女から感じた。

金属で出来た棒をいともたやすくねじまげられたことで、繁樹の戦意も、屈曲、萎縮したようだ。

繁樹が小さくなってしまった気がする。

赤光がますます滾り威厳をともなう声で、

「——捨てよ」

心に穴が出来、そこから魔手が入ったか。繁樹は——力なく金杭を捨てる。もう、繁樹から、かつてもっていた迫力は、微塵も感じられぬ。

義経は悲しく、そして、悔しい。邪鬼との戦い方をいつも身をもっておしえてくれた男の顔が胸に浮かんだ。

黒滝の尼が指で招いている。

「来よ」

繁樹は、肩にかぶりついていた水虎をもぎ取り、水に捨てると、夢遊病的足取りで裸体の尼に歩み寄った。

――いけない。

義経は思うが、何も出来ない。

黒滝の尼が繁樹を抱く。

そして――首に嚙みついた。

刹那、義経は赤い双眼に、射貫かれた気がしている。鳥肌が、立つ。

魔女がこっちを見たのだ……。

急いで潜る。

殺されるより、妖力で生かされつづけることの方が恐ろしい。

――見られたかっ……？　もし見られたなら次に餌食(えじき)になるのはわたしだ。

その時だ。何かが、前から――豪速で、直進してくるのを感じる。

――水虎っ。

寒気がする。冷静になれと、己を戒める。斯様な時こそ心の平静をたもたねば――。

何処かに逃げ道はないかという考えが、頭をもたげた。義経は素早く岩を上下左右にさぐる。

はっとする。

岩の一角に穴が開いているようだ。そこに――水の通り道があるかもしれない。

潜り込んでよいものか迷う。単なる窪みだったら、水虎に追い詰められる。が、迷っている暇はない――という思いが、義経を押す。

頭を低めて、潜った。義経は手探りで窪みに入り込む。――かなり奥行きがある。地下水路と言ってよかろう。少し潜行した所で息継ぎ出来るかたしかめようと、首をもたげた。後ろ頭が岩にぶつかる。

息を止め、泳ぎすすむ。

このままこの水路から出られなくなり溺れ死ぬのでないかという、思いが満ち溢れた。

胸が苦しい。

――息がしたい。

ごく慎重に、顔を上げる。

今度は――頭が岩にぶつからない。

水から顔が出、湿(しめ)った気が鼻に入って、息が出来た……。

濡れたような地下の気だが無性に心地良い。

ただ水上から顔が出ても真っ暗闇が辺りをおおっている。一筋の明りもない。

「…………」

義経は、一体、此処がどういう所であろうかと、考える。

恐らく此処は――さっきの水牢と同じ高さに在る地下の隙間であろう。その隙間にも、水溜りがあって、水溜りと水牢は、横穴状の水路でつながっている。

一応、死地は脱した。だが、今度はこの場所からどう出ればよいかという焦りが、にじむ。一つの光もない暗闇であるため、出口があるのか、ないのか、それすらもわからぬ。

数歩すすんだ義経は刀をゆっくり動かし行く手の暗黒をさぐった。

刀身が、何やらやわらかいものにふれる感触が、あった。

水が滴るような音がしている。

他に、音はない。しかし義経の鋭い神経は、前方で、何者かが息を潜めていると読む。

——敵か、味方か……？

刀をにぎる手が殺気立つ。

すると、

「気をつけて」

やわらかい囁きがした。若い女の声に思える。義経は目を凝らすも、何も見えぬ。

なおも黙していると、

「影……御先？」

義経は、こくりとうなずく。すぐにその動きが相手に見えないと気づいた。

真に小さい声で、

「そうだ。貴女は？」

少ししてから、

「……じゃのめ」

「おもだか」

繁樹が決めていた合言葉が、囁き声で交わされる。

温かい安堵が硬くなった心身を若干(じゃっかん)、ほぐしかける。こんな所で仲間と会えるとは思っていなかった。と、同時に――一度引いた警戒の潮(うしお)が、また寄せている。

――繁春を寝返らせた敵なら当然、合言葉も知っているはず。これが、味方のふりをした敵なら……？

相手を全く見られぬ以上、敵か味方か最終的に判別する術がなかった。

暗黒の中からかすかな声がとどく。

「此処に来て。……水がないの」

しばしの躊躇の末、義経は、歩をすすめる。

たしかに、水がない。硬い岩場を足が踏む。

義経は相手を踏んでしまうかもと思い、手で岩の上をさぐってみた。掌(てのひら)が濡れた衣らしきものにふれている。ふれられた相手は――かすかに、反応した。

その反応が、どうしてだろう、味方という確信につながった。

たぶん敵の血吸い鬼ならもうこの時点で、血を吸われている。

義経は――無性に嬉しい。逃げられる目途など一かけらもないけれど、一人より二人の方が、心強い。

義経は姿なき相手のすぐ傍に横たわり、深く息を吸う。深呼吸したいという衝動をずっと抑え、軽くしか息をしていなかったのだ。

驚くほど至近で、

「丁組の氷月」

囁きが、鼻にかかった。

氷月という影御先が丁組にいるのは知っていた。だが名前と顔が一致しない。

義経も、小声で、

「甲組の八幡」

闇の中――たった一人の味方に、偽りの名を告げる己を、義経は恥じている。

同時に、平家が治める日本六十余州で、そんな所はほとんど無いだろうけど……正々堂々真の名を名乗れる地で生きたいという思いが、溢れた。

氷月の声がすぐ傍でする。

「新入りね？」

やさしい息が、濡れ髪にかかる。

「新入り……ではない」

新入りという一言で相手に軽んじられた気がして、

「もう仲間入りして一年以上になる」

穏やかな声が、

「ごめんなさい。わたしは、初めて会ったものだから……。だけど、一年と少しなら、まだ貴方新しい方よ」

「………」

「もっと、顔を近づけましょう」

刹那——激しい水音が水牢の方でした。

止めを刺しているか、生きのこった者がいないかしらべているか、どちらかだろう。

聞き漏らしてしまうくらい、小粒の声で、

「——でないと、敵に気取(けど)られる」

不死鬼も、殺生鬼も——只人(ただびと)を遥かに超える聴力をもつ。

闇の中、何かが動いてきて口をふさぐ。義経は身を強張(こわば)らす。それは口から鼻へ鼻から頬をかすめ、耳へ動く。氷月が手でまさぐっているのだ。

次の刹那、やわらかいものが近づく気配があり、温かい息吹が鼓膜を揺すった。

「ここが耳ね？」

氷月は義経の耳に極小の声を直接吹き込んできた。こんなにも近くにいるのに、その顔は全く見えない。ただ、濡れた髪が義経の顔に遠慮がちにふれていた。義経の胸の鼓動が、何故か速まる。

「これなら……聞こえないでしょう？」

「恐らく」

義経はすぐ近くにいるはずの氷月に返す。

氷月の胸の音が、やけに大きく聞こえた。これは、奴らに聞こえぬだろうか。

それすらも心配になる。

「お頭がどうなったか、貴方、知っている？」

氷月が問うてきた。

「最後まで戦ったが……黒滝の尼に……噛まれた」

告げながら義経は今、氷月はどんな表情をしているだろう、どんな顔をした女なのだろうと考えている。同時に、さっきの惨い光景が、胸を揺さぶる。

　氷月は、言った。

「……そう。なら、次会った時、我らはお頭とも戦わねばならないわけね」

「お助け出来なかった」

　悲しげに、

「わたしもよ……。自分が逃げるのに、精一杯。昔、お頭に助けられたのに
……。他に助かった人はいそう？」

「わからぬ。恐らく……いないだろう」

「雲龍坊も餓鬼に喰われたしね」

　しばし二人は、無言であった。やがて氷月はさっきよりほんの少し強い声で、

「――とにかく、此処から逃げねば」

「さん（左様）」

　小さき声が鼓膜を揺する。

「水牢からではなく、他の出口をさがす。いいわね？」

　氷月は自分の方が影御先として先達なので義経をみちびかねばならない、と思っているようだった。

「得物は何？」

「刀」

　義経が答えると、

「いいわね。わたしは、山刀一本。他は、水牢でなくなった。まず、出口のような所がないか、岩にふれてさぐってみましょう」

　たのもしいお人だな、と義経は思う。

「氷月殿、その前に……」

　義経は、言いにくそうに、

「衣を脱いだ方がいい」

　重く濡れた衣を着たままではビチャビチャと音がして、すぐ気取られる。そうつたえると、

「いいわ」

　一つの躊躇（ためら）いもなく言う氷月だった。

「……恥ずかしくは？」

　氷月は、意外そうに、

「こんな真っ暗なのに？　貴方は恥ずかしいの？」

「ふ、奇怪な人ね。自分で脱げと言った癖に」

爽やかな夏の初め、若葉を揺らす風のような声で囁くと、義経からそっとはなれている。

深山の薬草の花のような、よい匂いがした。氷月の匂いであるらしかった。

天地晦冥というべき大暗黒の中、義経と氷月は動き出した。

濡れた袴を脱ぎながら義経は、熊井郷の地下に閉じ込められたのではなく、天下そのものが闇につつまれたような気がした。あるいは、天地が始まる前の、この世の全てが無明の闇におおわれた盤古に、放り込まれた気がするのだった。

直垂を脱いだ義経は褌まで取るか迷う。

さすがに、それまで取ることに、抵抗を覚えている。

氷月が黙々と衣を脱ぐ気配がある。

闇の帳が、影も形もくるんでいるから、全くわからないけれど、氷月は腰布くらいはのこすのではないか。

だから褌まで取ることを控えた。

「……少し……」

すぐ傍で、氷月の声がする。

「用意はいい？」

ついうなずいた義経。苦笑し、

「出来た」

氷月は声を押し殺して、

「よし。まず、水とは逆に向いて」

恐らく、東の山側に自分の体が向いたと思案しながら、

「向いた」

「向って左をわたし。右を貴方が手探りする」

「承知。どうつたえる？」

とん、とん、とん、と岩を三度指で叩く音がして、

「出口を見つけたら、これが合図。今のが聞こえたら——」

とん。

一度だけ岩を小突いた氷月は、

「こう答える。そして、音がした方に這って行く」

「よし。やってみよう」

囁き返した義経は左手に太刀をもってしゃがみ、右手で岩をさすりながら這うようにすすむ。氷月も同じように這いすすむ気配がある。

幾百年も、幾千年も此処にいた岩の冷たい湿り気が、ひた、ひた、と掌に吸いついた。

岩の感触は冷たく、重厚な暗闇は——当方を、呑みそうだ。大昔から闇に巣くう悪霊どもが、襲いかかってくる気がする——。

隣を這いすすむ氷月のかすかな息遣いが、した。

その息遣いに、救われた気がしている。

闇の壁が前に出した掌をはねつける。手を押し出すも、びくともせぬ。手を上下左右に動かしてみた。——硬い感触が、厳然と在りつづける。

——岩壁だ。

義経は頭上に気をつけつつ立ってみる。

背をのばして、立つことが出来た。が、前には行けない。

手を上にのばしてみる。

少しのばした処で——無が終り、有に、ずっしり固体が詰まった闇に、変っている。岩天井だ。

上に抜けられるような穴はない。義経は、焦燥を噛みしめている。

出口は一つ、水牢にもどる水路しかないのではないか？　そこでは、死が待っている。

少し左で氷月が岩を踏む小音がした。

——さがさねば。

義経は思う。逃げ道をさがさねば。

まごまごしていると、死体が二つ足りぬと気づいた黒滝の尼が、此処を突き止めるかもしれぬ。

焦りが、発疹に近い感覚で、体じゅうを駆けた。

義経は速度を上げ岩壁に手を這わす。

右に、上に、左に。また大きく右に——。這わしてみる。

無い！

何処まで行っても無慈悲な壁だ。

面貌を歪めた義経は初めてくじけかかる。抑え様がない怒りを、岩壁にぶつけたくなった。

と——、

とん、とん、とん……。

小音が、した。

時折聞こえる岩天井が涙をこぼす音に、吸い込まれて消えてしまわぬかと思うほどの小音が。

――氷月殿っ。

義経は、とんと、指で岩を小さく叩いている。

氷月はここよというふうに、もう一度、

とん、とん、とん。

逃げ道が、在ったのだ――。

喜びが殺到してきた。義経は音がする方へ、暗黒の中を、這う。行く手をさぐる義経の手が何かやわらかいものにかぶさった。氷月である気がした。もしかしたら、氷月の足に義経の手が乗ったのかもしれない。

かすかな声が、

「八幡?」

喜びを、込め、

「ええ」

「声が大きい」

義経の手が、何者かに摑まれる。氷月が義経の手を取ったようだ。

氷月はそのまま義経の手を引く形で動かしている。

「ほら……」

掌が感じた。

――気の流れを。

こんな穴倉に、大気の通り道が、通じているのだ――。

生きられる、生きられる。己に言い聞かす。

温もりをおびた気配がゆっくり近づいてくる。

非常に近くで、

「人が一人……」

氷月の囁きが、聞こえた。敵を警戒するためだとわかっている。だがそれがわかっても、義経は思わず頰を紅潮させた。

「抜けられるくらいの広さはある。気が淀んでいないから……もしかしたらと思ったけど。良かったわ」

賢く、落ち着いた声であった。

「わたしが先頭。貴方が後ろ。いいわね」

「……いえ。わたしが前に立ちましょう。鬼が出る夜道で、女人に前を歩かせる武人(もののふ)はおりますまい」

相手がくすりと顔をほころばす気配があって、

「今はたぶん、昼。それに——わたしの方が、あの連中と長く戦っているのよ。貴方の腕前を、今日は見る余裕がなかった」

新米、義経の武勇の程を……信頼出来ないと、氷月は言うのだ。


氷月が先頭、義経がそれにつづく形になった。

闇がつくった、黒い大気の血脈が如き通路であった。

かなり岩天井は低い。二人は背をかがめて歩く。裸足が踏む、尖った岩の感触がざりざり痛い。義経は、慎重に前を行く氷月の手をにぎっている。

奇怪な地下通路は初めは緩い上りであったが、やがて下りはじめた。何処までつづくのだという不安を義経はいだく。その不安を、氷月も感じているように思う。額と胸から汗をにじませた義経は氷月の掌も湿ってきたように感じた。自分が強くにぎりすぎている気がした義経は、遠慮して、若干手をにぎる力を緩める。

が――氷月の方が強くにぎってきたため、義経もまた相手の手を、より強くにぎった。

二人は長いこと無言で、闇の細道を下っている。

どれくらい移動したろう。かなり用心深く動いているため、思ったほど距離は動いていないかもしれない。

氷月が俄かに、

「――止って」

義経は生唾を呑み止る。

氷月は、行く手をさぐっているようだ。

「どうした」

「かなり……狭くなっている」

「代ろう」

義経は、少し強く言った。

もし、敵が罠など張りめぐらしているなら――鞍馬山で鬼一法眼からさずかった察気術が、役立つかもしれぬ。氷月は今度は同意したようである。横に身を引いた義経の胸に氷月の肌がふれる。

やわらかい、感触であった。

前に出た義経は何故か頰が熱くなるのを覚えながら、岩肌に手をすべらせる。

――たしかに狭くなっていた。

だが、道はつづいている。

手でさぐると――背と胸を左右から岩に圧迫される形で、横歩きすれば、まだすすめるとわかった。

その旨、氷月につたえると、

「行きましょう」

義経が、岩の裂け目に体をすべらせんとすると、

「八幡。……何がいるか、わからない。気をつけて」

「百も承知」

「……武士の子と……言ったわね？」

蒜城での自己紹介を覚えていてくれたのだ。光一つ無い、影も形も無い闇の中

で、氷月は、

「わたしもよ」

——義経は無性に、氷月とはどのような姿をした人なのか、知りたいと思った。

「正確には、元武士の馬商人の子」

刀身が、静かに、前を探る。

右手にもった刀で大きな音を立てぬよう気をくばりつつ、左手は、後ろにつづく氷月の掌をにぎっていた。胸と背を押してくる岩肌の圧がふと、消失する。

義経は闇の中、眦（まなじり）をきりっとさせた。自分がさっきより広い空間に立っていることを直覚している。

進行方向左に体をまわし横歩きしてきた義経。背面、つまり進行方向右を向く。

驚きで、軽く口が開いた。

明り——。

しばし、声が出ぬ。

それくらい衝撃をあたえたのは、少し上った所に見える仄（ほの）明りである。義経は今、丸木が埋め込まれた狭い地下道に出たようで、その通路に、燈火(とうか)が置かれているのだ——。

その小さな火が……嬉しい。

「何事？」

絶句していた義経は誰もいないのをたしかめてから、

「……助かるやもしれぬ。火が、ある」

「……え？……」

小さな声に弾みがある。

暗い岩壁にもっと暗い、縦に長い裂け目が走っており、そこからぼんやりした人影がすべり出る。面相は黒く潰れているが女人であることはわかる。仄明りによって——かすかだが、ものの形がわかるのだ。

とたんに義経は長い暗闇の中、忘れていた重大事案を思い出す。二人は裸形(らぎょう)なのだ。

敵から逃れるため、致し方ない計策であったとはいえ——義経はとたんに恥ずかしくなった。

ぎこちない声で、

「見ろ」

「本当ね」

氷月は言いながら胸の辺りに手を動かす。義経は、氷月から目を逸らしつつ、小声で、

「行ってみよう」

刀をもった義経が前、山刀をにぎった氷月が後ろ。二人は用心深く丸木が平行に並んだ地下道を上っている。燃えているのは篝火だった。近くに、歩哨などはいない。

また少し上った所に、火が燃えている。

二つの篝火の間に——奇妙なものがあった。

兵士である。

生きていない。

左右に、二つずつ。甲冑を着た兵士の彫像で、一つは首が取れ、一つは手がもげていた。義経は——古い震旦の、兵の像でないかと思う。

何故、そんなものが此処、熊井郷地下に在るかは、知れない。

一歩踏み出そうとした義経。警戒が、足を釘付けにした。この永久(とわ)に物言わぬ兵が何かの罠であり、近づいたら矢などが飛び出すのでないかという警戒だ。

刀で胸の甲片(こうへん)をつつく。

「…………」

何も、起きなかった。

義経は大丈夫だとつたえたくて、氷月を顧(かえり)みる。

篝火に照らされたその女(ひと)から目を逸らさねばと思いながら、磁石に引かれたように、まじまじと見てしまった。

真っ白い雪のような、なめらかな肌をしていて、小ぶりな乳房を左手で隠していた。

髪は肩より少し長いくらい。顔は五角形に角張っていて、細く穏やかな目をしている。一重(ひとえ)で垂れ気味の目だ。餅を思わせる白い首の付け根に大きな黒子(ほくろ)がある。腰布一つつけていない氷月は、右手に山刀をもち、じっと見詰めてくる義経にたじろいだ様子だった。

慌てた義経は赤面しながら顔をそむける。

――間違いない。昨日皆の前で話した時、目が合った女性(にょしょう)だ。そして、今朝(けさ)

の戦いで初めに矢を射た……惚れ惚れするような弓の名手。

褌が、ふくらんでいた。

熱い勢いが、布を突き破らんばかりになっていた。

義経はそれに氷月が気づかないかと気にしつつ、かすれ気味の声で、

「……罠かと思ったが、違った」

氷月は、やさしく、

「そのようね。何処に罠があるか知れない。気をつけて」

頬が燃えそうな義経は、貴人に命じられた兵の如く固くなりながら、前を向き、

「はい」

ふ――と氷月が笑うような気配があった。

兵士像のあわいを通る。

三つ目の篝火が、行く手で燃えている。義経は片開きの板戸を、その火の奥に見出(みいだ)す。

同時に――消し様がない、血の臭いを嗅いでいる。

腥(なまぐさ)い臭いが死んでいった仲間たち、生ける屍(しかばね)とされた者たちを思い出させ

た。

一人で戦っていた船乗り繁樹。

仕事のやり方をおしえてくれた、先達の影御先。只人もいれば不殺生鬼もいた。

――鶴。非業の死を遂げた恋人の影が濃すぎて、拒まざるを得なかった。

鶴の思いに寄り添えなかった自分はつれなすぎたであろうか？　不憫だという思いが、胸を搔き毟る。

――仲間を殺めた敵を、決して許せない。

義経は、打って変った鬼の形相になっている。血の臭いが闘気を呼びもどす。

第三章　死闘

大きなブナどもが、緑色の猿尾枷を垂らしていた。

霧深い林は、垂れ幕に似た特殊の苔を、枝から——土に向ってはぐくむ。

猿尾枷。

この地衣類をさかんに垂らした、林の様は、暴風に打たれた男女の群れに似ている。つまり、緑衣の一団を、暴力的な風が殴り、衣をずたずたにして、そのぼろぼろの切れ端が太い幾本もの手に盛んにまとわりついているような様子だ。

返り血を浴びた巴は、荒い息を抑えつつ、ブナの高みにいた。旱により心なしか力ない葉群、そして部分的に枯れた猿尾枷が、身を隠してくれた。薙刀はとっくに捨てている。

巴の身を守る得物は——幾本かの大金串だけ。邪鬼の心臓を貫ける、鋼の串だ。

巴が立つ樹と隣り合うブナが常陸坊海尊を隠していた。

海尊も、巴と同じくらい高き枝にいる。猿尾枷の隙間から時折、彼がかぶる頭襟が見えた。

常陸坊海尊——常州の出で、不殺生鬼。あの気にくわない雲龍坊の組に属していた。

あの後、仲間たちは屍鬼王の矢と鎖、白黒鱗模様の武士たちの猛撃で、ほとんど朱に染っている。

特に多くの命を奪ったのは、屍鬼王であった。

そこらの邪鬼には負けぬ、と思う巴だが、腫面をかぶったあ奴には、勝てる気がしない。自分が三人いても……。

何とか血路を開き森に遁走した時、味方は海尊一人になっている。

血吸い鬼には鬼気と呼ばれる気がある。鬼気は、心を空にすることで、ある程度弱まるという。

故に巴は樹に登る前、海尊に心を静めて鬼気を消せと厳命している。

が、不殺生鬼・海尊、かなりそそっかしい処がある男で、下に追手が来たら、平らな心をたもてるか、危うい。

巴は険しい面持ちで下界を睨み、怪しい音がせぬか耳を澄ませている。

——下に行った仲間は無事なの？　お頭や八幡は。

床下に飛び込んだ少進坊と三郎、そして紅丸は、しかと、合流出来たろうか。

地下から聞こえた凄まじい叫びが気になる。

と、海尊が、噎せた。

こら、と巴が睨む。

その時だ。

――馬蹄の響きが、した。

海尊が猿尾枷越しにこっちを見る。

――来たよ。

巴は、凍った顔でつたえている。

巴たちは互いをみとめられたが、下からは見えぬはず。ブナの葉の密集が奴らの視線を食い止めてくれる。

三騎、来た。

先頭は黒く大きな弓をもち、笠の下で樹上からもわかるほど赤い眼火を燃やしていた。

――殺生鬼。

これにつづく二騎の笠の下は、ただ黒い陰になっている。殺気も先頭より少ない。只人と思われた。

三騎は巴のちょうど真下で——馬を止めた。

どうどう、と馬を御し、

「こちらには、おらんぞ！」

森の中に叫ぶ。

と、

「何処に、逃げおった」

ずっと遠くから答があった。

やがて、下草を踏み散らし、鱗模様の直垂を着た侍が二人、馬を駆けさせて来た。

運悪いことに、五人の敵が巴がいるブナの下で合流、巴は生唾を呑み、大金串をにぎる力を強めている。

——海尊。お願いだから、狼狽えないで。あんたがへまして見つかったら……あたしら両方、殺……いや死ぬよりひどい地獄に、落とされる！

歯嚙みした頰が、ぴくぴく動く。

その時、恐ろしく太く、高い声が森を貫いた。何百羽もの怪鳥が一斉に叫んだような声が――。

ざわり、ざわり。

巴は――鳥肌を立てている。

……生喰……？

巨大な猛気が、来る。姿は見えぬが、その男と愛馬が放つ気の密度があまりに濃く、暗澹としているから、皮膚や内臓が身構えた。

長者屋敷の方から茶色い面をかぶった男が、黒く巨大で血色の双眼を光らせた怪馬、生喰に跨り、凄い勢いで駆けて来た――。

腫面をかぶった禍々しき男は鎖で影御先を一人引きずっていた。左手で人を引き、右手は手綱をもたず、また別の鎖をぶらぶら下げていた。

腕をしばられ、地面を高速で引きずられてきたその影御先は、血と砂で体じゅう汚れ、赤茶色いぼろ屑のようになっている。木の間から窺うも、面貌は赤い顔料の中につけ込んだようになっていて、誰だかわからない。

だが、ぼろぼろになった藍の水干に見覚えがある。

――安芸彦っ……。

安芸彦は、濃尾の影御先甲組の静かで穏やか、知的な男で、齢三十ほど。繁樹に恩があり、その恩を一、二年の内に返したら、影御先を辞め、国にかえり、船大工の仕事にもどりたいと話していた。

屍鬼王も、悪いことに、巴の真下で馬を止める。——ぞっとするほど低い声で、

「……まだ、見つからぬか？」

「はい。お許し下され」

姿は見えぬが配下が詫びるや、バシーンと激しい音がして、武士が一人、落馬する気配があった。

「味方に手を上げないで下されっ……」

どうも屍鬼王が、いきなり配下を鎖で殴り、馬上から吹っ飛ばし、まだ叩きのめそうとしているらしい。

次の刹那、葉陰から馬をすすめ、巴から見える所に動いた屍鬼王は生喰を止め、

「昼は……機嫌が悪い。前にも言った」

腐臭が鼻を突き噎せそうになる。

笠をかぶった侍どもは屍鬼王の周りに馬を動かしている。総員、さっき戦った

時より緊張していた。それがひしひしと、巴につたわった。

……こいつら、影御先(あたしら)より、味方の屍鬼王を恐れているの？

屍鬼王が叫ぶ。地獄が轟くような声で、

「巴模様の女！　山伏体の不殺生鬼！　出て参れ！　四人、生け捕りにした。四(し)半時(はんとき)以内に現れねば、鋸(のこぎり)引きにした後、馬二頭で、裂き殺す！」

森は、静まり返っていた。

屍鬼王は血だらけの安芸彦を引きずり、馬を前にすすめる。

青褪めた巴は歯を食いしばり悔しさで身震いしていた。

――ごめん、安芸彦。あたしは、卑怯者だっ。助けられない……。

生喰が、止っている。

馬上の屍鬼王が首をかしげていた……。

巴は、血が凍ってゆく気がした。背中に寒気が走り、きつくにぎった大金串がやけにひんやりしている。

今、彼(か)の妖鬼は――こちらに首をひねり、一切を洞視(どうし)する紅玉(こうぎょく)を思わせる赤(しゃっ)光(こう)、冷えた碧玉(へきぎょく)に似た青光(せいこう)を醜い媼面の内で灯し樹上を仰いでいた。

屍鬼王の尖った視線が、樹中の巴を刺さんとする。

巴は身をちぢこまらせ懸命に気配を絶っている。

屍鬼王が、海尊が隠れたブナに首をまわす。

――海尊、心を空にっ。

巴の願い空しく海尊は身を必要以上にかがめようとしてかすかに枝葉を揺らした。

仮面の怪人が、ニイと笑った気がして、

「……そこか」

右手の鎖が――鉄の大蛇になり、豪速でのたうつ。

「ひっ」

頼りにしていた枝が砕かれた海尊が、林床に落下。不殺生鬼だけにさすがにしぶとい。海尊はよろめきつつも、起き、逃げようとしている。

血吸い馬を驀進させた屍鬼王に巴はニンニクを投擲した。

そのまま、巴は――モミの樹に跳びうつるべく、猿尾枷の幕を突き破って跳躍、屍鬼王にニンニクが当るも何の反応もしめさない。

――そうか、こいつには効かないんだ。

巴が新しく乗った樹に侍どもが射た矢が、次々に刺さり、針葉と樹皮が散る。

逃げようとした海尊が、背を射られ、巴がいる梢に爆風を思わす殺気が突進してきた――。

鎖。

――こんな、高くまで？

鎖をよけた巴は平衡をうしなって樹から落ちるも――下方にあった枝に摑まり、勢い減じてから着地した。土埃が立つ。巴の髪には猿尾枷が、かかっていた。

もう、来た。

鎖が――。

屍鬼王が叩き落とした鎖が、天の罰のように、唸りを上げて上から襲いかかる。

横によける。

土が炸裂、もう次なる殺気が迫る。

黒く重量感がある生喰の蹄が脳を潰すべく、高々と上がっていた。

大金串を固くにぎりつつ左にかわす。

――――！

地が、わななき、土砂と草が吹っ飛んだ。

蹄を下ろした生喰、その猛馬に跨った男めがけて、渾身の大金串が放たれる。

屍鬼王は拳でもって大金串を払っている。

巴は二本目を構える。

殺生鬼も不死鬼も常人より遥かに強い力をもつが、ニンニク、香、清水（せいすい）など弱点をもつ。特に強い不死鬼も――日の光を当てれば滅ぶ。

ところが屍鬼王は……餓鬼の特徴ももったため、血吸い鬼が苦手とするものは、一切通じない。

おまけに不死鬼でもあるから、只人はもちろん、殺生鬼よりずっと強い。

……昼も動きまわる不死鬼なんて、こんな化物、どうすりゃいいの……。

巴の眼が木漏れ日を浴びて水ぶくれを起す屍鬼王の右半身に動く。日光を浴びても死なない屍鬼王だが、やはり太陽を苦手とするようである……。

巴の左手は、屍鬼王に気取られぬよう、懐をそっとたしかめた。

黒き大馬に跨った屍鬼王は影御先が誇る女戦士をじっと見ていた。

生喰から、飛び降り、

「死にぞこないに、刀つかうな。叩き殺せ。その方が肉が旨い」

海尊を挟み撃ちにして刀を振りかぶっていた手下二人に、下知している。

己の傍を鎖で思い切り叩いた屍鬼王は、

「女郎……そんな串で戦う気か？」

猿尾枷を髪から垂らした巴は、猛烈な殺気を込めて徒歩の屍鬼王を睨み、右手の大金串を前に出す。

屍鬼王はゆるりと歩み寄り、巴はじわじわ、後退る。

「巴」

血と砂が混じった呟きが安芸彦から漏れた。

「逃げろ……わしのことはいい」

――あたしは……隠れようとしていたんだよ、安芸彦っ……。

埃で汚れた唇に――歯が痛いほどめり込む。

温厚な安芸彦は鼻を削がれていた。それで顔が、血だらけになっていた。

「巴というか、女郎」

海尊は、二人の只人の敵に牙を剝き、威嚇するも、武士たちは馬上から、竹の根の鞭で散々海尊を打つ。海尊の頭襟は取れ、衣はくたくたになり、頰や頭頂、肩からは血がにじむ。一人目に打たれれば、二人目の方にまろび、二人目に打擲(ちょうちゃく)されれば、一人目の方にもどる。

早くも意識朦朧(もうろう)とする海尊を打ちながら武士たちは高笑いしていた。

——楽しんでいやがる。屑(くず)め！

生喰の隣に騎馬が一騎来て、巴の後ろに二騎、まわり込んでいる。

——戦う他ない。

巴は足を止める。屍鬼王も、止り、

「何故、うぬらは……勝ち目のない戦をする？」

巴が、首をかしげる。

「お前とわしでは、どだい勝負にならぬことがわかっておろう？　お前如き虫がいくら束になろうと——何も変らぬ。なのに、影御先ども、何故……うぬらは、我らに抗(あらが)う？」

海尊に、

「不殺生鬼よ。何故、只人の味方をする？　それがようわからぬ」

眼を爛々と光らせた巴は少しかすれた声で、仮面の男に言った。

「あたしも、わからないんだよ。わからないんだけど……体全体、心全体で、お前たちを許せなく思うの。だからあたしは、戦ってる！　最後の一人になっても戦う。これは、絶対に変らない」

「巴に同じっ……」

巴、海尊の答に、ゲラゲラと腹の底から打ち笑んだ屍鬼王は、

「面白き女よ」

生喰の隣にいる武士、巴の後ろにまわり込んだ侍たちも、笑いながら赤光を眼に灯し、牙を剝く。殺生鬼である。

「お前に——一度だけ機会をあたえる」

腰に鎖で吊っていた牛を切れそうな包丁を投げ、

「わしの包丁で、わしを殺れるかためしてみい。その代り、しくじったら、懲罰する。どんな罰だか……知りたいか？」

「——聞きたくないね。けど、言うんでしょ？」

巴は砂が混じった唾をぺっと吐き出し、右手で包丁をひろう。挑発的に、面の内でくわっと牙を剝いた気がする。

恐ろしく太く大きな声が燃え滾る。

「一日で、殺さぬ！　十日……いや、二十日かけて嬲(なぶ)り殺す。まず、お前のもっている串で、お前の顔に、いくつもの穴を開けてやる。そこから血を吸う！　そうやって、体じゅうに穴を開け、血を吸り取ってやる。お前の体全体を我が舌が這い、血を舐め取り……」

胃が破けるほどの不快を覚えながら——汚らわしい話を切るように、石が飛んでいる。

転がっていた石を左手でさっとひろい、投げた。

目を狙って。

屍鬼王は、首をひねってかわす。

鎖が薙(な)がれる。

後ろ跳びしてよけた巴の鼻を、鎖がかすめた。

「どうしたっ、来い！」

叫びながら、一歩踏み込んだ怪人は、

「————」

屈強な体を強張らす。

巴が、退きながらそっと撒(ま)いた鉄菱(てつびし)を、右足で、腐っていない足で踏んだのだ。屍鬼王ははっとする。

巴は、熊井長者邸で鉄菱を一つひろっていたのである。屍鬼王の右半分は太陽光に弱いため、彼は右半身に異変を覚えた場合——体の右側が、日輪に滅ぼされつつあるのではないか、という戸惑いを起すかもしれない。

そこにこそ——この怪物を討つ虚が生れる。

巴の読みだった。

——今だ。

巴は屍鬼王が投げた包丁をもって低い姿勢で走る——。

——餓鬼は頭、血吸い鬼は心臓……どっちを狙う？

迷った巴は心臓を狙い突進する。

左から——突風が唸りながら、来る。

鎖だ。

身を低め、素早くかわした処に——右から衝撃がぶつかってきた。

溶岩に当ったような痛みを覚えた巴は土煙を立てて吹っ飛んでいる。激痛が脇を食い破りそうだ。

左手の鎖で巴を叩き飛ばした屍鬼王は鎖をぶんぶんまわしはじめた。

——潰される。

巴は、絶望している。

刹那、

——————！

一筋の光が生喰の傍にいた殺生鬼の喉を貫通、血を引いて飛び、屍鬼王の腰に刺さっている。

屍鬼王は鎖を止め、只人なら即死する傷を首に負った騎馬の殺生鬼は、穴が開いた首を押さえ、矢が射られた方を睨む。

ブナ、松、モミが茂る森を、逞しい木曾馬に乗った武士が二十人ほど殺到してくる——。

先頭にいた一際体が大きい武士が黒い滋籐の弓で射たようだ。

巴が叫ぶ。

「こいつらは鬼っ。心臓を狙って！」

巨大な体軀をもつ、その日焼けした武人、神速で矢をつがえるや、また射た。

＊

篝火に照らされた片開きの戸の前に義経はいた。殺気の欠片が、閉ざされた板戸の向うにないか、集中力を凝らす。

——敵が大勢いるとは思えぬ……。いたとしても、一人か、二人。

総動員した五感が、義経に告げている。

氷月と視線を交わす。

二人は、うなずき合った。

義経は戸を蹴飛ばし——中に躍り込む。

「大人しくしろ。さもないと、斬るっ」

押し殺した声で中にいた男に命じた。

——不思議な、一室である。

朱漆塗りの三階棚が右側に並んだ、やや横に広い部屋で、奥には棚付きの厨子が据えられていた。厨子も真っ赤である。

三階棚には唐物の青磁や白磁、土製の皿、壺が所狭しと置かれていた。

厨子棚には書物や巻物がうずたかく積まれており、中には埃をかぶったものもある。

部屋の左には、酒でも醸しているのか、甕が三つ。甕の左奥には、かなり古びた槽が、半ば忘れられたように横たわっていた。甕は土間に埋め込まれている。

厨子の手前、三階棚の横には文机がある。文机をはさむ形で、小さな切り燈台と皿を乗せた結び燈台が置かれていて、煌々と灯りが灯っていた。

翁が一人、こちらに顔を見せて、文机で作業していた。筆で何かを書きとめている。文机の上にも埃をかぶった書物がいくつか、積まれている。

翁は机から一切目をはなさず、書き物をしながら、

「これが終るまで待っていてくれぬか？」

切り燈台が横から、それより低い結び燈台が斜め下から、皺深き面貌を照らし、皺の一つ一つが濃い陰になっている。翁の斜め後ろには黒漆塗りの枠に金色の銅鑼が吊られていた。他に人はいない。

義経と氷月は、意表を突かれた思いになった。

義経がもう一歩踏み込み、氷月が戸を閉める。

腥（なまぐさ）い臭いを感じた義経は甕の中身を窺う。中には、赤い液体が満々とたたえられていた。

——血。間違いなくこ奴は、血吸い鬼。

牙を見せ、

「……して、何用かな？」

筆を置いた男は、心なしか面を上げ、問いかけてきた。落ち着いた声であった。

「お前こそ、此処（ここ）で何をしていた？」

義経が鋭く言う。翁は若干、顎をひねっている。面長（おもなが）で目が小さく白い髪を下に垂らしており、白い粒状の無精髭が顎から頬にかけて生えている。

翁は言った。

「血酒を製しておる。いや……血酒の工夫と言うべきか」

義経の相貌を、殺意が走る。

それでも、この老人を斬れぬ。唐土（もろこし）の仙人が山中で宿に困った時、ぽんと杖で岩を叩くと、岩が裂け、その中から部屋が現れたというが……その仙術が創った奇異なる部屋と同じような不思議さを、この地下室がもっているからかもしれない。だから、この部屋のことをもう少し知りたい気がして翁を斬る気がなかなか湧いてこぬのかもしれなかった。

氷月が静かに、

「表の土像は何？」

「此処は……徐福の陵ゆえ」

徐福——秦の始皇帝の勅命で、不老不死の薬をもとめ、本朝に渡来した方士である。

徐福伝説は、紀州熊野、鎮西など、日本の沿岸部に多く分布するが、例外もある。

——甲斐と信濃だ。

一つ推測出来るのは、徐福が海沿いから甲信の地に動いた、ということである。

翁は義経たちが襲いかかって来ぬと見るや、

「血酒は……文字通り、血からつくる血吸い鬼の酒で、生血を主たる材料とする。死人（しびと）の血はつかわぬ。新鮮な生血に、只人にはおしえられぬ特殊の薬草、鉱物を混ぜて、製する。ただ、古い血酒を飲むと、死人の血を飲んだのと同じような害がある」

義経も氷月も――一瞬で、老人に襲いかかれる姿勢を、崩していない。

「この石鎚山法起坊（いしづちさんほっきぼう）が、此処で取り組んで参ったのは、その血酒を幾百年、幾千年ももたせる工夫……。そのために熊井郷にまねかれた」

血酒の経年劣化という問題と戦っているようだ。

「まねいたのは黒滝の尼だな？」

義経が訊くと、

「いかにも」

「では――黒滝の尼の手下なのだな？」

鋭気をぶつけても老人は全くひるまぬ。文机の上にあった桴（ばち）を取り、

「銅鑼を叩くのと、そなたがわしを斬るの。どっちが先と思う？」

法起坊、双眼を赤く光らせ、低く、

「まあ落ち着け。手下ではない。その方たち、影御先よの？」

「…………」

牙を舐め、

「影御先なら、不殺生鬼には、手を出さぬのじゃな？」

「なかなか（その通り）」

堂々と、

「この石鎚山法起坊――不殺生鬼である」

「…………」

「不死鬼でも、殺生鬼でもない」

鵜呑みにするほどこちらも単純ではない。だが、この翁が不殺生鬼か否かをたしかめ得るものを何一つもっていない。

「だけど、貴方は不死鬼である黒滝の尼の下知で、此処で、血酒の工夫をしているのよね……？」

氷月が細い目をさらに細めると、

「娘さん。その姿で立っていられると、目のやり場に困るな」

一糸まとわぬ氷月は、恥ずかしげな顔になる。視界にどうしても……形がよい胸を左手で隠している氷月が入ってしまう義経も、やや恥ずかしい気持ちになる。

「そこなる長持に……」

氷月から見て左にある長持を指した。

「この老体の替え衣が入っておるゆえ、それを着てもらえぬか？　話はそれからじゃ」

盗賊がよく出る川縁で、よからぬ人相の渡し守から声をかけられた旅の女が見せる困惑が、氷月の顔に浮かんだ。法起坊、眼を常の色にもどし、微笑んで、

「安心せい。子供の鬼など入っておらぬぞ」

氷月は山刀を翁に構えたまま恐る恐る近づき蓋を開ける。

中から出てきたのは、千切り模様が白く染め抜かれた、緑の筒袖だった。千切り模様とは——正方形が三つつながったような柄で、建材同士をつなぎ合わせるのに大工小工がつかう千切りを、図案化したものである。

長持の蓋に山刀を置いた氷月は、緑衣に袖を通している。

義経は、法起坊に刀を向けつづける。

法起坊が言った。

「さて……わしはたしかに、かの尼公の指図で、血酒の工夫をしておる」

尼公というより、妖術使いと言った方がふさわしいように思う義経だった。

「しかし彼女の手先に非ず。さらに、血酒をいつまでも長持ちさせるというわしの工夫、牛血馬血から、人血と同じ味の血酒を生むという我が夢が成就すれば……血吸い鬼が只人を襲う事案も激減すると思うがの。そうなりゃ……あんたら、影御先も、御の字では？　ほほ。それとも、影御先には……不死鬼、殺生鬼がいなくなったら困るという思いでもあるのかの？　ほほ」

翁の衣をまとった氷月は、翁の帯をしめつつ、

「しかし、その血酒は……あいつらが攫ってきた罪なき人々の血からつくられているんでしょ？」

「血の出所まではあずかり知らぬな。ただ、血酒の工夫が出来る時と場所を、此処に用意してくれるというから、来たまで」

――この男の言う血酒が出来れば、血吸い鬼が只人を襲うのがへるという理屈は……一応筋が通っているようにも思える。が、何かが無性に引っかかる。義経は、老師なら、鬼一法眼なら、何と言うだろうと考える。

静かに、言った。

「そなたが申した血酒が、仕上がっても……不死をもとめる一部の者どもの渇望は、なくならぬ。黒滝の尼は人を殺したいだけではない。不死への希求があるの

だ」

「一理あるな。徐福ゆかりの地に斯様な砦をきずいておるのじゃから」

「不死への渇望がある以上、不死鬼はなくならぬ」

「……なるほど……」

組んだ両手に口をくっつけ眉を顰める法起坊だった。緑衣につつまれた氷月が、ゆっくり、首を縦に振る。氷月の手には既に山刀がにぎられている。

目を細めた義経は法起坊に、

「それだけではない。牛馬の血からつくる血酒は、巷に広まるやもしれぬ。だが、それを飲むことが、人を襲い生血を飲むことの、入口になるのでは？　人を襲い生血を啜りたいと願う新たなる魂を、生み出してしまうかもしれない」

「……ほう……」

法起坊、感心したように、

「若いのに、なかなかの見識をおもちのようじゃの」

本気で言っているのか、からかっているだけなのか、よくわからぬ言い方だった。なかなか底が見えぬ古池に似た翁は義経をじっと眺め、

「――鬼一法眼にいろいろなことを、おそわったか？」

心をずばっと斬られた気がした義経は、赤い驚きを覚える。

「………」

――老師から様々な技、知識を伝授された鞍馬山の光景が、眩い光と共に活写され、眩みそうになった。

法起坊、笑みながら、

「鞍馬か？」

面差しを一層厳しくした義経は、

「その方。心を読めるのか？」

「左様」

「では、お前は不死鬼ではないか！　そういう妖しの術をつかうことが――その証だっ」

「……いいや」

ゆっくり首を横に振った。

「わしは、四国山中に住まい、桃栗、ワラビ、草の種、そして……山の獣や旅人の血を、殺さぬ程度に吸って生きて参った、不殺生鬼。娘さん……氷月さんか？旅人の血を殺さぬように吸うのは、どうすればよいのと思われたな？……簡単なことじゃて」

にやにやして、

「寝ている間にそっと近づくのさ。まるで、蚊のように。大抵気づかぬ。山越えで泥のように困憊しておるから、ぐっすり眠ったままじゃて」

「……………」

「よほど行いがよかったのかの。なかなか死ねず、ずいぶん、長い間、生きて参った。只人の理を遥かに超える時の長さを」

「どれくらい長く生きたの？」

囁くように氷月は問う。

「二百八十……いや、二百九十か。大抵の爺さん婆さんがそうであるように、少し記憶が曖昧になっておる。おかげで不死鬼に似た力も手に入れた」

幾重もの得体の知れなさをかかえた翁は、桴をいじくりながら呟いている。

「そうじゃ、そうじゃ」

義経に、

「鬼一にも会うたよ。四国の山の中で」

師は四国山地も遍歴していたというから……法起坊と接点があっても、おかしくない。

「――真か？」

「ああ。信じる信じないは、そちの勝手じゃがな」

法起坊、懐かしむように、

「一緒に釣りなどしたよ。なかなか気持ちのよい男であったことよ……」

そう言えば――修行を終えた後、四国の話になり、鬼一法眼がこんなことを言った一日が、あった。

『四国には……法起坊なる天狗がおるという言い伝えがあってな。いろいろな悪戯をするのじゃが……長く生きておる分、森羅万象に通暁しており、法起坊から何かをおそわるのを楽しみにしておる山人もおるそうな』

仮面の中で微笑んでいるような、何やら謎をふくんだ声色だった。辛い修行の上に、山を下りてからの激しい日々が、厚くつみ重なり、すっかり忘れていたのだ。

それ見たことか、思い出したろうという顔で、法起坊は義経を見ている。不意に険しい形相になる。

「長く話しすぎたようじゃ」

桴が、突き放したように、出口の方に振られている。

「そろそろ、出て行ってもらおう。仕事の邪魔なんじゃ。わしには片づけねばならぬ案件が山ほどある」

「出て行くことに異存はないが、法起坊殿、一つ御教示願いたい。また、一つ約束してほしい」

義経が言うと、一生懸命険しい顔をつくっているのに、何故だか……少し面白そうな表情も見せる法起坊は、

「……何じゃ？　一応聞こう」

「此処からの出方をご教授願いたい」

「厚かましい男よの、源（みなもとの）義経。……その名で呼んだら、まずかったか。八幡と呼べがよいか？」

面差しを翳（かげ）らせた氷月がこちらに顔を向ける。

「まあ、よい。鬼一法眼の弟子ということゆえ特別におしえて進ぜよう。約束してほしい儀とは？」

「おわかりでしょう？　銅鑼を叩かぬこと」

「ふ……そこまで約束する義理は無いように思うが……。まず、出口じゃが、此処を出たら、右。つまり上へ上ってゆくがよい。下に下りると——血酒の酒殿に出る。わしが工夫した血酒を醸す場で、従鬼どもがはたらかされておる」

暗き魔界の淵で、心をうしなった従鬼どもが黙々と血酒をつくっている姿が、胸底に浮かぶ。同時に打撃をくわえねばならない敵施設だという闘志がふくらむ。

義経の心を見た法起坊、頭を振り、

「止めた方がよい。二人で何が出来る？　わしも一枚かんでおる酒殿ゆえ、そなたらが下に行くなら……銅鑼を叩かざるを得ぬ」

突き刺すような声色だった。

氷月が、法起坊に、

「酒殿で醸しているのは長持ちする血酒と……」

「あとは、真の不死鬼をつくるための酒を醸そうとしておるが、無理じゃろう。わしはそう見ておる……」

真の不死鬼をつくる酒とは何だと、義経が思うと、

「不死鬼と雖（いえど）も、真の不死に非ず」

「陽の光を浴びれば焼け死ぬし、杭で胸を突かれ首を斬られれば滅びますよね？」

氷月の言に法起坊は、

「……うむ。黒滝の尼は――それを乗り越えようとしておる」

――何ということだ……？　一刻も早く止めねばならぬでないか。

義経の血が、騒ぐ。

しかし、法起坊は、

「多くの殺生鬼が不死鬼になろうとし、多くの不死鬼が、真の不死鬼になろうとした。じゃが誰も――真の不死鬼にはなり得なかった。太古に暗躍した死（しに）ノ大王（おおきみ）の外は……。かの尼でもむずかしかろう。とにかく、お主らの出口は右。上の方じゃ。上に行くと二股に出る。そこを右。その後、横穴は無視してひたすら本道を上れば、お主らが罠にはまった、擂り鉢（ばち）状の戒壇に出る。後は運が味方すれば出られよう。途中、また暗くなる」

背後の厨子棚にあった壺に手を入れ、木片を取ると、結び燈台の火にかざし、

「これをもってゆけ」

「……恩に着ます」

脂燭を受け取った義経と氷月は不可解な不殺生鬼に謝辞をのべている。

出ようとした氷月が歩みを止め、

「もう一つ、おしえて下さい」

早く申せという仕草が返る。

「徐福と……黒滝の関りは？」

「少し上った所に答がある。それを見て、わからぬのなら、それまでじゃ」

再び筆をとった法起坊が、義経に、

「そなたとはまた会う気がするな」


右手に太刀、左手に脂燭をもった義経と、緑衣をまとい山刀をもった氷月は外に出る。板戸を閉めた。少し登った所で義経は息を呑む。氷月も気づき、足を止めた。

左右の岩壁に——見事な壁画が描かれていた。

恐らく、日本の画工の手によるものではない。

白い千切りが散らされた緑衣を着た娘は唇をかすかに開けている。

「これは……」

荒々しい線刻で、躍動感を溢れさす古の画工の巧みな技が、義経からしばし言葉をうしなわせた。物言わぬはずの岩が匠の技により声をあたえられ、遠い昔の、次のような物語を語っていた。

恐ろしいほど巨大な権力を振るう震旦の皇帝。

その命令で血吸い鬼を狩る集団。方士が、首領だ。

人を殺せず少しずつ血を飲む、不殺生鬼の少女。その少女をどうしても殺せない方士。

皇帝の宮廷に呼ばれる方士。

勅命による、数十艘の船の建造。

無数の乗員とありあまるほどの五穀を積んだ船団の出発。その中に、方士と少女がいる。

大海原で、船団を襲う嵐。

わずか数艘になった船が海に浮かぶ島を見出す瞬間。

富士山と思しき山に上る方士と随従。それを見送る不殺生鬼の娘。腹が大きくなっている。

山から山へ旅する方士。

「これは……徐福を描いたものだ」

義経は、興奮がにじむ声で氷月に囁く。

「海の向う、虎狼の国から日本に来た徐福を」

司馬遷は『史記』において秦帝国を虎狼の国と表現する。故に『史記』を教養源の一つとする平安朝の人々も秦をそう呼んだ。

義経は言う。

「徐福は……始皇帝の命で、不老不死の薬をもとめ、本朝に来た。……この薬は、さっき法起坊が申した真の不死鬼とかかわる何かなのでは？」

「だけど皇帝は……血吸い鬼を弾圧しているわね？」

「そう。だが己一人は——真の不死者になろうとしたのでは？」

感心したように、

「なるほど……。黒滝の尼と徐福の、関りは？」

義経は分析する。

「彼奴は、徐福の墓が熊井郷にあると知り、真の不死鬼になる手掛かりを彼の偉大な方士が得ていたのでないか、斯様に思い……この地に一大拠点をきずいた」

「……凄いわ……八幡。いや――源義経と呼んだ方がよいかしら」

小さな疑惑の焔が、氷月の双眸に灯っている。

「わたしに……嘘の名をおしえたのね？」

氷月は言った。義経は、面差しを硬くし、

「悪かった。深い事情がある。その事情は、安全な所に出たら話す」

氷月は義経の言葉を噛みしめ、疑いを丸めて飲んだという顔をして、

「……わかったわ。速やかに、此処を出ましょう」

さっぱりと、言った。

無用の争いに心をかたむけたくないと思っているようだ。

二人はまた丸木が横に据えられた地下道を上る。

しばらく行くと――法起坊の教え通り、道が二つにわかれた。義経が右に行こうとすると氷月が後ろから肩にふれる。顧みると――義経より幾年か分、成熟した白い顔に、疑念がたたえられていた。

あの翁を信じ切ってよいの、という思いだった。

義経は表情で、信じる方に賭けようとつたえている。

氷月はしばし無言で義経を見ていたが、やがてうなずいている。

二人は音もなく地下道をすすむ。

左に横穴が開けるのを篝火が照らしていた。

――これが、あの翁が話していた横穴か。

教えを守るなら、前進する他ない。

義経は迷わず前へ行く。――その時だ。

――むっ。

行く手から、大勢の気配、足音が、迫るのを感じた。義経は脂燭を消し氷月をつれてさっきの横穴に入った。しばらく潜行した所で、二人は息を潜める。

僧らしき影に率いられた十五人くらいの者たちが、足早に地下の本道を下ってゆく姿がみとめられた。

後続の者は五人が、赤い眼光、十人が青い眼光。五人が血を吸う邪鬼で十人が餓鬼だろう。一団が通り過ぎると腐臭で鼻がまがりそうになる。

――行こう。

義経は手振りでつたえている。

氷月が、義経の耳に囁く。

「――嘘ではなかった」

「………？」

かなりの小声で、

「法起坊の言葉」

氷月が言いたいのは――、

恐らくさっきの者は、我らが横穴からこちらの道に逃げたと気づいた、黒滝の尼が差し向けた者たち。故に、この道が破戒壇につながるという話は、嘘ではなかった。

こういうことであろう。

何と賢く、冷静な人なのだと義経は思う。

すると、何故だか……さっき地下道で見た白い裸形が思い起こされ、褌の下に熱の矢が通る。褌を気にする義経を氷月は行くわよというふうにつついた。

二人はまた、本道に出た。

敵の気配がないのを読んでから歩をすすめる――。

少し上ると、篝火が無くなり、黒闇が前方に蟠った。義経の手には火を消した脂燭。最後の篝火から火を取ることも出来る。が、自分たちをさがす猟犬を見た後で脂燭をつける気はなかなか湧かない。

義経は長い闇を手をつないで共にくぐり抜けてきた相手に、

「このまま行っても？」

「わたしも、そうすべきだと思う」

火が消えた脂燭を受け取り氷月は帯に挿す。そして、義経に手を出した。義経は氷月の手を、左手でにぎる。

二人は再び暗黒に呑まれている。

しばらく行くと——右方の闇から、耐え難き腐臭が漂ってきた。横穴だろう。

二人は右ではなく前にすすみつづける。鬼の巣と思われる横穴を、いくつも素通りした。

すると、間もなく、行く手が薄明るくなってきた。手をはなして明りを目指し、まず義経、次いで氷月が、行く。

明りに近づくにつれ、多くの者の声が聞こえてくる。

——燭台に照らされた大部屋であるようだ。

義経は入口から窺う。

そこは、まさに破戒壇であった……。

四方につくられた石段が中央を目指して下がってゆく。中央では、四角い闇が口を開けている。

闇の下は——修羅場と化した水牢だ。

水牢へつながる四角く、黒い大口をはさんで、反対、同じくらいの高さに洞窟が見える。

そここそ、義経らが初めに通ってきた地下道、すなわち道場へ、つながる出口だ。

敵は右斜め前方、石段の下部に、かたまっていた。

中心に水を滴らせた尼がいた。黒滝の尼は、水牢から上がってきたばかりであるらしい。もしかしたら、義経と氷月が入った横穴を探り、遅くなったのかもしれない。たっぷりと蜜をふくんだような白き腿（もも）、重たそうな乳房を拭いた妖尼は、白体（びゃくたい）を、繁春が差し出した墨衣（すみごろも）でつつんでいる最中だった。

黒滝の尼の傍には妖しい笑みを浮かべた美僧が、一人。それに繁春、様（さま）が変った——船乗り繁樹が、いた……。首領はびしょ濡れの衣を着て、赤い眼光を迸らせ、ぼんやりした顔で突っ立っている。

——お頭っ——。

義経は瞠目している。

さらに、驚くべきことに、捕われた少進坊と三郎が、白黒鱗模様の直垂を着た二人の侍に後ろ首を摑まれ、妖尼の前に引き据えられていた。囚われた二人をかこむように、異形の者どもが立ったり座ったりしていた。

見ている当方の体が腐りそうな、物凄い輩どもが……。

餓鬼だ。

体が腐ったり大いに損傷している者が多い。顔が半ば、溶け落ちたり、片方の目が蕩け、かつて目が在った所が黒く小さな窪みになっていたり。腹で傷が口を開け、舌のように、腸がこぼれていたり。その腸はもちろん、腐っている。不気味なほど手足が痩せて腹だけふくらんでいる者も多く、眼は総じて青光りしている。

十体ほどの餓鬼の中に一際新しい肉をもつ山伏風の大男が交じっている。頭襟はずれかかり、顔の右半分は、無惨に喰い破られたか、肉が悉くもっていかれて、血だらけの骨がのぞいていた。赤汁にまみれた首にも凄絶な齧り跡がある。一つのこった左目は青白く発光。口元は血と涎で汚れ、だらしない笑みを浮かべている。

雲龍坊であった。

繁樹は従鬼に、雲龍坊は餓鬼に、されていた――。

墨衣を着た吸血尼は少進坊を見下ろし、

「盲僧よ。多くの影御先が討たれ、残りの影御先も一掃されるのは、もはや避けられぬ運命。そんな中、敵中に飛び込み、戦おうとした剛胆さ。褒めてつかわす」

「…………」

「うぬもじゃ。童」

「おいら子供じゃないやい！　もう元服してるんだいっ」

殺生鬼の侍に、首根っこを摑まれながら、三郎が豪語する。黒滝の尼、打ち笑んで、

「その剛胆さを買い、吾も仏家の端くれとして……そなたらに、尊い利他の行をし得る機会をさずけてつかわす」

小刀ですっと横に引いたような赤い一重の邪眼が、水牢に向き、

「釈迦は……前世において谷に身投げして虎に我が身を食わせた。水牢に身投げし、水虎に体を喰われて捨身する修行。これが一つ」

捕われた三郎がわないている。

「二つ目。吾に血を吸われ、従鬼として生れ変り、永久に……我が下知を聞き、生血をあつめたり、血酒を醸したり、休むことなくはたらきつづける。我がために永久に捨身しつづける道ぞ」

毒が滴りそうな完熟した唇を舐めながら、一瞬、船乗り繁樹を見やる。

「三つ目。この子を人質にし、そなたは他の影御先の許に行き、その影御先が内から崩れるよう、我が指図を受け、いろいろはたらく……。これが、二人とも只人でいられる唯一の道じゃ」

義経の中で、熱い怒りが弾けていた。何としても少進坊や三郎を助けたい。

餓鬼どもから、不満の呻きが漏れる。黒滝の尼は餓鬼に顔を向け、

「そうじゃった、そうじゃった。四つ目。餓鬼に肉を齧られて死に、餓鬼道を歩みはじめる……。どれにいたす？」

餓鬼どもの汚れきった歯がガチガチ嚙み合わされる。生肉、死肉を喰い尽くす亡者どもは、哄笑していた。笑いすぎて頰から腐れ肉がずり落ちる奴までいた。

義経の額で、青筋がうねる。

――不快感が、胃を埋め、内容物が上がりそうになっている。平家につらなる

童たちに嘲けられてきた少年時代が、義経の中に、力で不当を押しつける者への嫌悪をうえつけていた。義経は敵であろうと、相手の誇りを重んじたい。だから相手の誇りを踏みにじる者が、もっとも許せない。

義経は氷月の耳に唇を近づけ声を絞って囁いた。

「わたしは、二人を助けに斬り込む。貴女はその隙に、逃げてくれ」

氷月は行っては駄目というふうに頭を振る。だが、義経は……家来をどうしても、見捨てられない。仲間の誇りを踏みにじる敵に、一太刀浴びせたい。

刹那、

「――何、二人を助ける？　面白い。……来よ！」

氷よりも冷たい妖尼の声が背を凍らせた。――今の極小の囁きを魔性の聴覚が聞いたか、心を読んだか。

覚悟を決めた義経は白刃閃かせ走り出る――。荼枳尼天像の隣穴から破戒壇に現れるや、

「影御先、八幡っ。逃げも隠れもせぬわ！　邪まな妖魔ども、かかって来よっ」

凛とした声で、吠えた。少進坊は押さえられた首をはっと義経の声がした方に向け、さがすような面差しで、頬をふるわせながら、

「御主君！」

――餓鬼が殺到してくる。

何の得物ももたず亡者どもは、飛び跳ねたり、よろめいたりしながら、義経に向ってきた。

突進してきた餓鬼二体の頭部に義経の剣風が吹き、薙ぎ倒す。

びょーんと、雲龍坊、さらにもう一体の餓鬼が、高く跳ね――襲って来た。

義経の足許には討ち死にした影御先の腕が転がっており、傍らに、その者がもっていた半弓と箙（えびら）が落ちていた。

義経は箙から矢を一つ掴み――大きく開いた餓鬼の口に放る。口から、喉奥まで貫かれた餓鬼は、青色眼光を点滅させて、クッ、クッ、と喉を鳴らし、異物を吐こうと身を屈めている。

どん。義経の目前に巨体を落下させた雲龍坊が、肉が残存している方の口をニタァ……と、歪ませた。口の反対側は肉がごっそりうしなわれ、血色の歯の上下で骨が剝き出しになっている。複雑な考えとか、起伏に富んだ感情は、もはや感じられない。

――魔に落ちたかっ！

雲龍坊の右手が、高速で突き出る——。義経の目を潰そうという攻撃。

——なら、容赦せぬ。

突風化した餓鬼山伏の右手へ、それを上まわる速さの鋼の旋風(かぜ)が吹く。

義経が振った太刀が雲龍坊の右手首をすっぽり斬り血がしぶく。

手首を斬られ、不思議そうに首をかしげる雲龍坊と、噎せながら何とか矢を吐き、義経を青く燃える眼で睨んだ餓鬼、この二体の首に、義経の返す一閃が叩きつけられ——頭が二つ吹っ飛んだ。

さらに、義経は猛進してきた餓鬼を真(ま)っ向幹竹割(こうからたけわ)り。

まだ動こうとするそ奴の脳に剣を叩きつけ、五体めを討っている。

黒滝の尼、楽しそうに、

「……ほう……」

義経が——闘気を吐く。残り五体の餓鬼は、たじろぐ。義経が一歩すすむ。すると、餓鬼どもは一本退いた。

氷月が、横穴から駆け出る気配がある。

——逃げてくれ、氷月殿っ。

念じるも氷月は義経の傍まで駆け下りてきた。そして、さっと半弓をひろい、箙から一本取った。

＊

ブナやモミが茂る林内。

豪速で飛んだ石打ちの矢が——喉を射貫かれた殺生鬼の心の臓を貫通、その矢は屍鬼王の左胸に突き立つ。腫面をかぶった妖鬼は土埃を踏み立てて、大股で三歩退いた。

屍鬼王だからそれくらいで済んだのであり、只人がこの矢を受けたなら、数間後ろへ吹っ飛ばされたろう……。

——それくらい凄まじき矢である。しかし、屍鬼王は倒れない。

……どんな心臓してんだよ、こいつ。

巴の顔は、険しい。

さて、矢を射た男は、浅黒く、かなり上背がある。猛禽(もうきん)に似た鋭き目をしており、もじゃもじゃした長い髪を、結わずに垂らしている。黒い笹模様が散らされた茶色い直垂をだらしなくまとった下に、赤糸縅(あかいとおどし)の立派な腹巻、かなり古びた鉢巻に、厳物作り(いかものづく)の実(げ)に立派な大太刀……という、ちぐはぐな出で立ちで、跨る木曾馬は大きく強そうだ。

少し見ただけで迫力が眼裏(まなうら)に焼きつけられる。そんな人馬である。

この男の隣でも上背がありそうな青年武士が馬上で弓を構えていた。眉が太く目がギョロリとした男だ。頬がこけ、思慮深そうな面持ちで、逞しい。髪がもじゃもじゃした武士が猛虎なら、若緑の直垂に白糸縅の腹巻を着込んだこちらは竜馬(りゅうま)か。

その男が――ひょうと、放つ。

常陸坊海尊を襲っていた侍が心臓を朱に染めて落馬する。

貫通した矢が架けた血の橋が、その武士からいま一人の侍の腹につながり――、

「あっ！」

叫びながらその只人の敵も落馬。息絶えた。

同時に髪がもじゃもじゃした武士が筋骨をふくらませビュンと射る。

強弓から、殺気が爆発しそうな矢が、飛び、巴の傍を光線となって通り――鱗模様の小袖を着た殺生鬼の心臓にぶつかり、血反吐(ちへど)を吐いたそ奴を、下草の中に

突き飛ばした。カイジンドウの紫の花が血で濡れながらひれ伏す。

その矢の勢い、速さ、狙いの正しさを見た巴は、ぞっとした。

……只人、でしょ？　何なの……この侍。

「生喰っ」

屍鬼王が叫ぶ。

怪馬は、主の方に突進——屍鬼王は素早く跳び乗り、何も言わずに駆け去っている。

手下もまた、急いで馬首を転じる。

——！

逃げる殺生鬼の背に石打ちの矢が喰いつき、背面から心臓を壊し——馬上から叩き落とした。

羅刹どもを狩る影御先にも、斯程鮮やかな手並で、戦える者はそうはいない。

尖った顔にちょび髭を生やした海尊も気圧されていた。

白糸縅をまとった賢げな武士が、また射る。——豪速で飛んだ矢は屍鬼王の右背中に当った。

屍鬼王の体が大きくふるえる。が、落馬せず、馬腹を蹴る。生喰は恐ろしい勢いで加速しどんどん小さくなった。

「心臓じゃ、狙うんは」

初めに矢を射た大男が言う。

いや、心臓すら……屍鬼王の弱点ではないのだと思う巴だった。

痛みをこらえて安芸彦に駆け寄るが、既に息は止っていた。他にも傷があり血を流しすぎたのだ。

――ごめんね。故国にいるあんたの嬶にはつたえる。

巴は唇を嚙む。騎馬の一団が、傍まで、来る。

「おんし、怪我は、ねえか？」

髪がもじゃもじゃした武士が、どんと、下馬した。殺生鬼を三人射殺した大男だ。からっとした空に似た、明るい声である。

――ごつい若武者だった。

身の丈、六尺（約一八〇センチ）強。下唇がとても厚く、少し間が空いた意志が強そうな両目。浅黒い頰には深い刀創が斜めに走っている。体じゅうの筋骨から野性味が溢れていた。

巴は、ぶっきらぼうに、

「……助かった。あんたらは？」

「おんし、何じゃぁ、その言い方ぁっ！　この御方が誰か、心得ておるんか！」

角張った顔に白い毛を生やした老武士が、後ろから吠えてきた。雪に突っ込んだ猪、はたまた老いて毛が白くなった猪のような男だ。

痛みを覚えつつ体をまわすと巴は、老武者をきっと睨み、

「知らないね」

反抗的に言う。

「おんし……」

白猪武者の相好（そうごう）を怒気が赤くし眼が飛び出しかかる。

――悪い癖と、自分でも思う。偉そうな顔をされるとつい反抗したくなる。

胸の巴紋、背中の七曜（しちよう）模様を埃、草汁で汚した巴は獅子鼻を歪め、乾いた土に血をぺっと吐く。

今気づいたが、鎖で打たれた時、口の中を嚙み切っていた。

白猪武者が何か言わんとすると、

「爺、よい」

もじゃもじゃした髪を垂らした武士がたしなめている。殺生鬼どもを射殺し

た、その大男は、心から案じるように、

「……痛えずら？」

巴に声をかけている。鬼の如く恐ろしげな武人だが、出てきた声は不釣り合いなほど温かった。

——どうしてだろう。巴の血は、ざわついた。

止血も忘れた海尊が、ひしゃげた顎をひねり、武士たちの前に出、

「もしや……今井の里の衆では？」

白糸縅の落ち着いた雰囲気の男が、

「左様。某、今井四郎兼平と申す者」

今井四郎兼平——木曾谷一円を領する大豪族、中原兼遠の子で、まだ二十四歳。知勇兼備の誉高い。

今井は熊井郷の西北に在る。

今井兼平、髪がもじゃもじゃした、猛虎が如き男を見やり、

「これなる御方は」

「義仲だ」

大男は、自ら言った。

「へっ、木曾冠者様……」

海尊が、頓狂な声を上げる。

木曾義仲は、巴を真っ直ぐに見、

「おんし、名は？」

「巴。こっちは常陸坊海尊」

堂々と名乗る巴だった。義仲はじっと巴を見詰めつづけ、兼平は殺生鬼どもの方に、顎をまわす。

「この者たち、只者ではないような気がしたが……」

巴は兼平に、乾いた声で、

「そうだよ。――血吸い鬼。血吸い鬼にも、いろいろいてさぁ」

巴の手がバシーンと海尊の背を叩く。海尊が、眼を赤く光らせ、牙を大きく剝いたため、今井の一党はどよめく。

一切動じなかったのは木曾冠者義仲と今井兼平だけである。

「この海尊のように、人を殺さず少しずつ血を吸う不殺生鬼と、人を攫い、命を奪い——血を吸い尽くしてしまう殺生鬼。それに……不死鬼……とか、いろいろいるんだよ。こいつらは、殺生鬼」

義仲が巴に、

「逃げたのは？」

まだ、追いたそうな眼差しだった。

「あれは……特に性質の悪い鬼。一言じゃ説明出来ない」

兼平が義仲に囁く。

「やはり血吸い鬼という存在は、いたのです。金刺殿が仰せになったことは正しかった」

海尊がひしゃげた顎に手をやっている。

「金刺殿というのは……諏訪下社の金刺盛澄殿ですかな？」

兼平は、答える。

「いかにもその金刺殿。我らの弓と馬の師ぞ」

「左様にございましたか。我らは、諏訪に赴く時は金刺殿の厄介になることが多いのです」

影御先は寺社を宿とすることが多い。諏訪下社は、信州における影御先の重要な宿だった。

　義仲が、巴を、真っ直ぐ見たまま、

「何でおんし、そんなに、血吸い鬼に詳しい？」

「影御先だから」

　ぽかんとする義仲に巴は殺気の翳がこびりついたかんばせで、

「知らなくても無理ないね。……人に仇なす血吸い鬼を狩る、狩人。古より、ずっとその暗い道を歩いてきた者」

「左様な者どもがおる、という話を金刺殿もされていたような……」

　静かに呟く兼平だった。

「兼平、おんし……偉いのう。俺は、金刺殿がむずかしい話をすると、なから忘れてしまう」

　義仲という男のこうした言いぶりは、素直さ、飾らない気質を物語っていた。

　太眉の義仲より、さらに太い眉を、兼平が顰める。

「で、影御先衆、何ゆえ……此処に？」

　義仲は、巴たちからはなれる。そして殺生鬼の骸（むくろ）を興味深げにしらべた。

　巴は、熊井長者のこと、仲間たちが長者屋敷で大いなる危機に晒されていることについて話している。赤子が怪しい儀式につかわれているという話は——信濃衆を殺気立たせた。

じっと聞いていた兼平は険しい形相で言う。

「敵は、いかほどおる？　屍鬼王の他に」

「わからない。……少なくはない」

巴は、兼平に、

「あんたらはどうして此処に？」

「里の赤子が、熊井郷の者に攫われたという報告があった。真偽をしらべるべく、長者屋敷に向う処であった」

「……生きておるだろうか？」

殺生鬼の骸をあらためていた大きく野性的な影が、腰を上げた。

義仲だった。荒武者は、心から案じるような表情を浮かべていた。

巴はしばらく考え、きっぱりと、

「……わからない。望みは、薄い」

海尊も首肯する。

「許せぬ外道じゃ！　赤子を生贄に捧げるとは」

白猪武者が、叫ぶ。

瞑目した義仲の額に立つ、いくつもの太い青筋が、血が煮え滾っていることをおしえてくれた。

「このまま、その化物屋敷に斬り込み――我ら信濃衆の武をしめしましょうぞ！」

「――まって。全員……死ぬかもしれない」

いきり立つ白猪武者を、巴は、止めた。

「連中と幾度もやり合っているあたしらだって、ここまで追い詰められたんだから」

「義仲様。ここは巴殿の意見を聞いた方が、よい」

兼平は提案する。義仲は、しばし考えていた。

巴は語気を強め、

「不死鬼、殺生鬼を相手にするなら、香や杭をもっと仕度した方がいい。――確実に仕留めるにはこの態勢じゃ駄目！」

義仲は開眼している。

「そりゃあ、狩人の考え方ぞ。俺達(おらほ)は……侍ずら。狩るのが務めに非ず」

刺すような語調に、巴ははっとする。

義仲は、つづける。

「――守るのが、務めずら。おんしらの仲間は熊井屋敷で殺されかけとると言うたの？」

もう皆殺しにされているかもしれぬと巴は疑った。唇を嚙みしめ頰を硬直させた巴の面貌が、縦に振られる。

義仲は皆を見まわし、

「今、殺されかけとる影御先衆、赤子、この者たちを守らずに俺達は侍と言えようか？」

巴と兼平が言葉をはさもうとすると、

「――指図は俺がする！　香だの、杭だの、丁寧に仕度しとったら、間に合わぬわ。俺の矢が香の代りだ！　兼平が剣が杭の代りずら！　それで、よかろう？　者ども」

まず、兼平を小突く。

「よかろう？」

「……はっ」

兼平は語気を燃やす。白猪武者、近くにいた若党どもを次々に小突き、

「よかろう？　よかろう？」

「おう！」

「おう！」

「何か異存がある者は今井の里にもどれ！」

吠えるように命じた義仲は、葦毛（あしげ）の木曾馬に跨りつつ、巴に温かく微笑した。

「おんしらの仲間、ちゃっと助けるゆえ、怪我人は安心して待っとれ」

巴は——稲妻に打たれたようになった。こんなすがしい武士は、なかなかいないように思ったからだ——。

急いで、

「行かないと思ってるのっ」

義仲を鋭く睨み喧嘩を売るように叫ぶ。

義仲は、愉快げに馬に鞭打ち、

「小弥太（こやた）、小平太（こへいた）。二人を乗せてやれ！」

巴は小弥太という若党の黒駒（くろこま）の後ろに、海尊は小平太という若党の栗毛（くりげ）の後ろに乗っている。

悪魔の館にもどりながら、巴は、

「あんたらの大将は今井の兼平殿でしょ！」

見事な手綱捌きで樹々を巧みによける侍に問う。

「なかなか！」

髪を風で靡かせた、巴は、

「じゃあ、木曾冠者義仲は……あんたらの、何なの？」

馬の蹄が土を蹴り、窪地を跳ぶ。突き出たモミの枝を潜るべく頭を下げる。

呆れたように、小弥太は、

「……真に知らんか？」

「ああ」

着地した馬脚が黄色い苦菜、青紫の柊草の花を散らす——。

「木曾冠者様は兼平様の乳兄弟！　今は亡き、源義賢様の忘れ形見なのじゃ」

……へえ。源氏の武将の子か。なら、義経と一緒じゃないか。

こう思った巴。武士の系図に疎い。

義仲と源義経が従兄弟同士であって、義仲の父、義賢を殺めたのが悪源太義平(ひら)、すなわち――義経の兄だとは露とも知らぬのだった。

＊

餓鬼どもは義経にひるんでいた。

黒滝の尼は、興味深そうに義経を眺めている。妖尼は一歩前に出、梵語(ぼん)で何か唱えつつ印をむすぶ。

そして、手をかざす。

刹那――義経はぬるっとした感触が心に滑り込んだ気がした……。義経と氷月を睨む赤眼が細められる。

嫌な、寒気がする。

湿りをともなう、蛞蝓(なめくじ)形の生霊(いきすだま)が――魂を這ったような感じだ。

「ふむ」

黒滝の尼の白き手が宙をゆるりと動く。

「――二人とも、平家への怨みが、ある」

激しい驚きが、義経を揺すっている。

心を……読まれたのだ。奥の奥まで。義経はこの妖魔に――子供時代という部屋に土足で入られ、汚しまわられたような気がした。

黒滝の尼がゆっくり一歩迫り、餓鬼どもがガチガチ歯を噛み合わせて昂奮を表現する。

墨衣をまとった吸血尼は赤い視線で義経を直視しつつ、やさしい声で、

「何ゆえ、その刃、入道相国清盛に向けぬ？　遠い昔、吾も……。その話はよそう。吾も清盛の一門を地上から消そうと思うておる者ぞ。何ゆえ、吾と争う？」

また、一歩、白足（しらあし）が近づく。

動こうとするが、体が一気に重くなり、動けない。

――金縛りだ。

何とか、氷月を見る。氷月もまた白く角張った面に脂汗をにじませ唇をふるわしながら弓引こうとするが――放てぬようだ。

餓鬼どもが脇にどき道をつくる。

黒滝の尼は、餓鬼の列から出……ゆるりと歩み寄ってきた。

……あやつろうとしている。

それは、わかる。が、逃げられない。引いてくる操心の綱から。ふっくらした

白い相好をほころばせた妖尼は、完熟した唇を開き、真っ赤な舌をのぞかす。

蜜より甘く、蝮(まむし)より危うい声が、

「――力をあたえてくれよう。何事をも成し遂げ得る力。その武を存分につかい、六波羅(ろくはら)を滅ぼすがよい」

同時に黒滝の尼の声が胸底で、

《八幡ではなく義経。力をさずける……力、力……》

強い吸引力をもって反復された。

したがってはいけないと思う。そう思いつつも、父を殺し、母を辱(はずかし)めたあの一族に復讐したいという気持ちが……心に穴をつくり、その穴から魔的な触手がすべり込んできた。武器をつかわず言葉という縄だけで義経と氷月を雁字搦(がんじがら)めにしてしまった尼は、会心の笑みを浮かべる。

――美しき笑みに思えた。

このままでは操心される！　そう心が叫んだ時、

「御主君、不死鬼のせいでうしなわれたお方を、思い出しなされませ！」

敵に押さえつけられた少進坊が、腹の底から咆哮した。

――浄瑠璃――。

鬼一法眼。

死んで行った影御先たち。血を吸う邪鬼との戦いで散っていった者たちの姿が胸を駆け過ぎる。

最後に、くしゃっと潰れたような浅黒い笑顔で胸がいっぱいになる。

義経は歯を食いしばり――刀を振りかぶる。

黒滝の尼、動じず、

「刀が重い、重い」

剣しかもたぬ両手に丸太の重圧がのしかかっている。

白い指が、まねく。

「――来よ」

不可視の糸が義経の足に絡み――本意とは関りなく、引いてきた。

恐ろしく強い力で。

この綱引きに負けたら破滅だ。汗が、どっと出る。

何とか足が前に出るのを抑える。しかし、氷月は、半弓と矢をすて、一歩前に出てしまう――。

「氷月っ……」

呼び止めんとした義経の声は、自分が出そうとしたのよりも、ずっと小さい。喉がおかしくなっており、弱く小さな擦過音しか、絞り出せぬ。

腕にかかる重みはますます強まりとても剣を振るえる状況にない。

氷月が、また一歩前に出る。

白い顔に玉の汗が病的なほど浮いており細く垂れた目は幾度も素早く瞬きし、唇はぴくぴく動いていた。心がいくつかに裂け、内で争っているように思えた――。

「怖がらずともよい。宗盛が……憎いのじゃな？　赤い禿が憎いな？　検非違使が憎いな？」

なぐさめるように囁く黒滝の尼だった。

「憎しみを――力に変えよう」唆されてはいけないと叫ぼうとしても声が出ぬ。

氷月がふらふらと、前に出てしまう――。黒滝の尼の手がとどく所まで来てしまった……。黒滝の尼は、氷月の肩に手をまわし、義経の方を向かせる。二人の足許には死んだ影御先がもっていた血刀が落ちている。

義経は――氷月を助けんと、渾身の力を振り絞り、前に出る。

が、足に重し付きの幾百本もの縄が巻きついた気がして、半尺（約一五センチ）ほどしか出られない――。

「御主君――！」

少進坊が絶叫する。

初めて得た家来の声は、義経に――四条室町、羅漢堂で将来を語り合った日を、都に暮す多くの貧しい飢民たちを救うために、自分が培ってきたものをつかいたいと決意した日を、思い出させる。引きしまった顔から汗を噴き出した義経は恐ろしい重さと戦いながら前に出る。

黒滝の尼は氷月の小ぶりな胸に衣の上から指を埋め、

「盲僧を消せ」

冷たく、命じた。

侍の殺生鬼が、少進坊を小刀で刺そうとし、義経を止めるためか、赤い眼光をギラつかせた美僧が、ニタニタ笑いながら前に出、黒滝の尼は後ろから氷月の白い横首に嚙みついた。

――その時だ。

若い影御先が一人、破戒壇に飛び込んでいる。

「くらえ！」

その男は、強い膂力で——薫煙をふすふす立てた香玉を投げる。

紅丸。

投げられた香玉は、氷月から顔をはなし上を見上げた黒滝の尼の面に——ぶつかった。

顔が燃えて煙が出た人のように、黒滝の尼の胸より上で、白い煙が、むわーっと立つ。

狂おしい叫びが空間を掻き毟った。黒滝の尼が払った香玉が、餓鬼を跳び越え、少進坊を斬らんとしていた殺生鬼にぶつかり、そちらでも恐慌が起きる。

義経は、一気に体が軽くなった気がした——。体をしばっていた呪の網が、破れた。氷月も同じらしい。

義経は、動く。

ちょうど、義経に肉迫していた赤眼の僧が、端整な面を歪めて牙を剝き——短剣を投げてくる。

首を低め、よける。

相手は鉄で出来た爪を右手につけている。天竺でバグ・ナク（虎の爪）と呼ばれる凶器だ。幾本かの尖った刃があり、両端が指輪状になっていて、人差し指、小指にはめる。相手を掻けば――虎に掻かれたような大怪我を負わせられる。

血を吸う僧は――鉄爪をつけた右手を義経に猛進させるも、義経はその手を肘の所で斬ろうとする。

相手はさっと手を翻し刀を素手で摑んだ――。

義経は、掌から血をしたたらせつつ剣を奪おうとする相手に驚きつつ、

――こ奴、殺生鬼だな。

と、思った。不死鬼なら操心により剣を止めるだろう。

――まだ、御しやすい。

義経は敵に取られた刀を押し込むように足を前に出す。飛んで火にいる夏の虫とばかりに、相手は空いた左手で義経をかかえ、喉にかぶりつこうとした。

義経は左手で牙が生えた口をふさぎにかかる。

嬉々とした法体の殺生鬼は、義経の手を嚙んで……、

「……ごふぅっ」

噎せた。

――ニンニク袋。

義経は、臭いを消すため、よく蒸したニンニクをつつんだ小袋――素材は消臭効果のある牛蒡の灰汁に浸した布だ――を、もっており、それを左手に仕込んでいた。

奴が自信満々に嚙んだのは手肉ではない。

ニンニクだ。

右手の太刀は敵に掌握されている。義経の左手は、素早く小柄を抜く。その小柄は――長さ六寸五分(約二〇センチ)。柄に紫檀が貼られ、鐺には金銅で、竹の輪違い、藤唐草模様の飾りがあった。

三条小鍛冶が鍛えた小さな名刀で、鞍馬山の蓮忍からゆずられたものである。今剣は殺生鬼の横首に突き込まれる。血が滝になってこぼれる。義経はそのまま小さな名刀を自分の方へもどしたから、殺生鬼は喉が真っ赤に裂けて――斃れた。

生ける血吸い鬼は不死鬼と違うから、このように血を流しすぎれば死ぬ。ただ、不死鬼に甦る恐れがあるから胸に杭打ちして止めを刺すことが肝要だ。

氷月が、もだえ苦しむ妖尼に肘をくらわす。面を香玉が直撃した黒滝の尼は今までの若さをかなぐりすて、一気に皺深くなっている。坊主頭の鬼婆となっている。

七十や八十の老婆ではない。遥かに歳を経(へ)た——もっと皺くちゃの、凄まじき媼(おうな)だ。

足許に落ちていた刀を氷月はひろい一閃を喰らわせる。

老いても、さすがに黒滝の尼。素早く後ろ跳びして——かわした。

餓鬼が二体、氷月を襲うも、首から血をにじませた娘影御先は、疾風の勢いで、刀を振り、斬り伏せた。

「氷月姐さん！　無事かっ」

不殺生鬼の影御先、紅丸が氷月を呼びながら、駆け寄る。紅丸は右手に斧、左手に大金串をもっている。

少進坊も戦う。

自分を押さえていた敵が香玉に苦しんでいるのを感じるや、少進坊はそ奴を払い飛ばして、起きる。そして、呻きと気配で所在を読むや、殺生鬼の侍を掴み——石段に思い切り叩きつけた。

柔(やわ)らの技である。

三郎を摑んでいた殺生鬼が、少進坊に嚙みつかんとするも——殺気を察した少進坊は手刀をくらわす。

三郎がその隙に束縛からすり抜けた。三郎は、落ちていたさっきの香玉をひろい、自分をつかまえていた殺生鬼に——投擲した。

金的に香煙を放つ玉が当る。

炎の如き眼光を灯した殺生鬼が、刀を落とし、絶叫する。刀の落下音を頼りに少進坊は咄嗟に剣をひろい——叫びがする方に、果敢にも突き出した。

首を貫かれた殺生鬼は、息絶えている。

義経、氷月が餓鬼を一体ずつ屠る。

返り血を浴びた盲目の家来が、

「御主君！　ご無事かっ」

義経を呼ぶ。義経は——突進して来た繁春の突きを、火花を散らして払い、

「此処におるぞっ！」

氷月が繁春の腹を刺す。

「ぐぅっ」

怒りと、威嚇が混ざり合った呻きであった。

殺生鬼となった繁春、それくらいで斃れず、氷月を——蹴り飛ばす。

吹っ飛んだ氷月は石段に体をぶつけ小さく叫んだ。

「大丈夫かっ」

「……ええ」

只人の時より恐るべき手練れとなった繁春の矛をまた義経は左手の今剣で弾く。右手の太刀を薙ぐもかわされる。きっと睨み、

「貴方と戦うとは……思わなかった！」

ついさっきまで只人であった相手は、

「……わしもよ」

仲間の屍が散乱する修羅場で、真紅の双眸にかすかな揺らぎが見られる。良心がのこっているのだろうか。

だが、

——もはや、容赦は……。

刹那、

「————」

義経の面貌が強張る。

大きい影が、少進坊の横首めがけて、細く尖ったものを振った——。

「少進坊ぉっ！」

青筋を立てた義経は繁春めがけて今剣を投げ、繁春が手矛で払った処を袈裟斬りし血煙を浴びながら吠える。

——少進坊、死ぬなっ、死ぬなっ！

顔面を押さえ、水牢目がけて飛び込む黒滝の尼の横で……血吸い鬼と化した船乗り繁樹が少進坊の首に、大金串を深く刺したのだ。

繁春が斃れると同時に、怒りで熱をおびた義経の剣が、最後の餓鬼の腐った顔に叩き込まれ、腐肉のかけらと腐臭をこぼれ散らせながら、唸る——。

「何てことするんだ！　船乗りの親方っ」

涙がまじったような三郎の叫びだった……。三郎は、影御先の仕事を親切におしえてくれた寡黙な親方を、まだ敵と思えぬようだ。少進坊を刺した大男から逃げようとしない。

鮮血がこぼれる首を押さえ膝からがっくり崩れた少進坊が、

「逃げよ、三郎ぉぉっ！」

三郎に向って繁樹が金串を振り上げる。繁樹の相貌は青褪め、犬歯は凄まじい牙になり、額の下の二つの窪み(くぼ)は灼熱(しゃくねつ)をたたえている。

死が――三郎の脳天を突こうとした時、金属が起す風が、繁樹に向って吹く。

斧。

紅丸が投げた斧が赤い金壺眼(かなつぼまなこ)のすぐ上に勢いよく刺さる。

横向きに斧が刺さった額から、赤汁(せきじゅう)が、どっと暴れ出た――。

大金串が繁樹の手からこぼれる。だが、繁樹は斃れぬ。斧が刺さった顔面から血をどばどばこぼしつつ、さっと背を見せる。

今日まで首領だった男に剣を振るうにはためらいがある。が、今の繁樹を野放しにすれば――多くの犠牲者が出る。

義経は、天狗跳びした。

豪速の一閃を――長大な背中に薙ぐ。

繁樹が一瞬早く水牢に飛び降り空振りする。

同時に、後ろからさっき少進坊が投げた殺生鬼が起き、肉迫する気配があったため、義経は後ろを刀で払う。

その一閃に腹を斬られ、氷月の斬撃に背中を破られた殺生鬼は、息絶えている。

「少進坊！」

義経は深手を負った家来に駆け寄る。首を固く押さえた少進坊の手から止めどもない血が溢れていた……。

それを見た義経は、言葉をうしない、険しい面差しで、家来の背にそっと手を置く。初めて得た家来であり、影御先との接触にもはたらいた。幼くして父をうしない七歳で寺にあずけられた義経は、武者としての心得を現役の武士から聞く機会に恵まれなかった。

少進坊は鎌田正清から、そうした心得を聞いていたから、夜になるとよく琵琶を鳴らし古の武士たちの勲や、彼らがのこした教訓を、義経と三郎に聞かせてくれたのだった。

その男の命の火が今消えようとしている……。

三郎がくりっとした眼に、光の滴を浮かべ、

「死んじゃ駄目だからねっ！　少進坊さん、ねえ、聞いてる？　こんな早く死んじゃ駄目だよ！」

唇を紫に染めた少進坊は、何かをさがすように双眸を、さ迷わす。

「……見えまする！」

盲目の家来は、確固たる声で叫んだ。

「飢えに襲われていた里が、痩せ細った民たちが……救われる。世の中を立て直す御方のお顔が、たしかに」

義経をさがすように――少進坊の血で濡れていない方の手が動く。

「そなたが必要だっ……まだ逝かんでくれ！」

こみ上げてくる激情を抑えられず義経は冷えかかった手を強くにぎった。

微笑し、首を横に振った少進坊が、弱くにぎり返してくる。

そして、こと切れた。

三郎は吠えるように泣き崩れ、義経は胸を熱くする濁流と戦う。一筋の涙が義経のかんばせを流れた。きゅっと唇をむすんだ氷月と、目が合った。

水牢を見れば――屍が浮かぶ水中を勢いよく歩く繁樹が、血だらけになった顔を、こちらに向けた処だった。義経と氷月がさっき潜った抜け穴とは反対側の岩壁に、繁樹は向っている。水から上がり岩を這い上る。

刀を捨てた氷月が苦しげな顔で矢をつがえた。

「楽になって……お頭」

――射る。

矢は、繁樹の背に突き立ったが、相手はびくんと小さく反応したのみ。と、繁樹の手が岩肌を押し、押された所がぐにゃりと歪み、大きな体はそこに吸い込まれるように消える。

さっきは気づかなかったが、隠し穴があり、その入口には巧みな筆遣いで岩を描いた暖簾（のれん）がかかっていたのだ――。黒滝の尼もそこに消えたに違いない。どうすべきか思案しはじめた刹那、沢山の足音が、怒濤となって押し寄せて来るのが聞こえ、義経らは戦慄している。

地上につながる横穴の方から、

「船乗りのお頭、何があった！　無事かっ」

「巴の声……味方よ！……助かった！」

氷月が、崩れながら言い、紅丸が咆哮した。

第四章　月の堂

義経と氷月、紅丸と三郎――破戒壇の死闘を生き延びた四人は、外の影御先が来てくれたのだと思った。だが、やって来たのは巴と海尊以外、見知らぬ者たちであった。

あの後、巴は――捕虜にされた味方が無惨にも首を斬られた現場に、駆けつけている。

そこには十数人の敵がいたが、何故か、屍鬼王の姿はなかった。

巴は義仲らと力を合わせ、敵を打ち払っている。

そして、地下道に入った。

外にいた影御先の多くが、敵の別動隊の餌食となってしまった事実は、義経たちに視界が真っ暗になるほど絶望をあたえた。

一方、鶴や多くの者が無惨な最期を遂げ、船乗り繁樹が――魔の眷族とされたこと、今も、黒滝の尼と行動を共にしていることは、巴、海尊を、沈ませる。

だが影御先衆にはすぐに手をつけねばならぬことがあった。

――残敵の退治。

「整理したい。腫面の男は、こっちに来なかったんだね？」

巴は、たしかめている。

「左様な者は見ていない」

義経が答えると、巴はみじかい髪をぶるっと振るって、頭を掻き、

「じゃあ……腐れ外道は……」

「屍鬼王と呼ぼうぞ。敵を変に侮るのはよくない」

海尊が、たしなめる。それでも巴は、

「腐れ外道は、何処に消えたんだ？　まだ、十分戦えるはず」

氷月が言った。

「地下で討ち漏らした敵は、黒滝の尼。……お頭。殺生鬼と餓鬼、合わせて十五以上」

地下道を下りて行った輩について言っている。義経は、つけくわえる。

「あと、血酒を醸す酒殿で、従鬼がはたらいておるとか。その数は……不明」

「従鬼がいるということは、不死鬼も酒殿にいるでしょう」

氷月が言い、義経が、

「また、法起坊という男がいるが、これは……敵か味方か、何とも言えぬ」

巴が考え込み、

「つまり、まだ——かなりの数、いるってことね……」

氷月の、疲れた顔が水牢を見下ろし、

「水虎まで数えるなら……」

「相当な数じゃのう」

海尊が、ひしゃげた顎をさすっている。

義経は——この男たち丙組が繁春を追い詰めたことに、良い感情をもっていない。そうした思いが面差しを硬くする。

巴は眉を寄せ、

「……やっぱり、この態勢じゃ無理だね」

巴の視線が、黒滝の尼が逃げたという、横穴に向き、

「深追いするのは……」

氷月が大きくうなずく。

巴は、義仲に、

「木曾冠者」

大いなる体躯をもつ荒武者は――死んだ者たちの骸を丁寧にしらべていた。血吸い鬼や餓鬼についてしらべる彼は猟犬の目をしていた。

鬼武者というべき義仲を見詰める義経は、

……義仲殿はわたしの従兄。だが、義仲殿の父御を殺めたのはわたしの兄、義平……。

悪源太義平の弟たちについて、義仲が如何様な感情をいだいているか、計り知れぬ。

巴は、義仲を影御先に紹介する時、

『こちらは、木曾谷の……源氏の、ええと』

『――義仲ずら』

巴は義経を見ながら、

『言っていいのかな？　もう。この八幡は……』

言わないでくれという思いを、小刻みに首を振ってつたえる義経だった。慌てた巴は義経も源氏なのだという言葉を何とか呑み込んでいる。

だから義仲は、義経が何者かを知らない。

義仲がひとりごつ。

「木曾谷も、今井も、こ奴らに専属で対処する兵をもたねば……里を守り切れんぞ」

　そこで、巴に呼ばれていることに気づいた義仲は、

「どうした。——動くか？　おんしの指図があり次第……」

　荼枳尼天傍の横穴を固める兼平たち、入口に通じる横穴を紅丸と共に見張る若党どもを見やり、たっぷり自信を滴らす。

「俺達はいくらでも動く」

　巴は頭を振る。

「どうした女大将。臆病風に吹かれたか？」

「女大将じゃないよ。巴」

　巴は、義仲の傍に行く。そして——黒滝の尼の地下要塞が、想像を遥かに超えて広大、複雑、深遠であり、いったい如何ほどの敵が残存しているか、見当もつかぬこと、この人数で深入りすれば、地下道で敵の罠にはまり、全滅する恐れがあることをつたえた。

　話の途中で——義仲が義経を見る。

　さっきの巴の様子に不審を覚えたか？　じっと見てきた。

義経は不自然ではないように視線をそむけている。

鋭い本能が、血縁者と気づかせたか——？

巴と義仲の話に兼平もくわわる。

義仲主従の姿は——二人の若武者の間に在る揺るぎない信頼を眩ゆいほど感じさせた。

義経は——鞍馬山において、東光坊蓮忍から学問を、鬼一法眼から武術、兵法、天文など、様々な技や知識をおそわった。

が、鞍馬において義経が修行出来なかった処が二つある。

弓と、乗馬。

これらは弓馬の道と言われ、武士にとってもっとも欠くべからざる素養と考えられている。絶対武士にならぬという約束で、鞍馬にあずけられた以上、その二つを堂々と研ぎ澄ますわけにはいかなかったのである。

義経は、影御先と旅する中で、幾度か乗馬する機会を得た。

しかし、それは平坦な街道で馬に乗ったにすぎぬ。山林の中を馬で動いたり、障害物ひしめく原野を全力疾走させるような経験に、恵まれなかった。それを可能とする馬術もない。弓馬の道の経験の薄さ、義経はこれを自らの最大の弱みと捉えている。

――いつか徹底的に修練する機会を得たい。

兼平は今、狩りの折、義仲が性急すぎるせいでしくじった話などして、巴と共に主を諫めている。

義経は義仲を眩しく思う。

優秀な家来をかかえ、信濃一と言っていい軍事力をもつ庇護者がおり、弓馬の道にいそしむ時と環境をもつ従兄を。初めての家来、少進坊をうしなった直後だから、よけいそう思えたのかもしれない。

悲しみがまたどっと胸に押し寄せる。義経は石段の少し高い所にうつされた少進坊の亡骸に、目をやった。

三郎は――さっきから、亡骸にふれたまま微塵も動いていない。死せる琵琶法師の手をにぎりうな垂れている。悲しみから、立ち直れないに違いない。

義経は少進坊と三郎の方に歩み寄る。

義仲のガラガラ声が、する。

「つまり、おんしら、一度此処を出て、もそっと兵を掻きあつめいと言うのだな？」

「兵と、たっぷりの香、沢山の杭をね」

巴が言うのを背で聞きながら、義経は三郎の肩に手を置く。

義経も膝を折る。首を突かれた少進坊は、厳かな死に顔をしていた。三郎は
くしゃくしゃに濡れた顔を義経に埋める。

三郎の首に手をまわすと、

「……見事な最期だったわ。最後まで、勇敢に戦った」

氷月がそっと、後ろに来ていた。

「わたしを……守ろうとしてくれたのだ」

苦渋をにじませながら言った。何もない自分に、全てを賭けてくれた男の死は
痛かった。

その時、ふと——義経は己に細く刺さる視線を感じている。

見る。

——紅丸であった。

氷月と同じ丁組にいた、若き不殺生鬼が、義経を見ていた。義経は紅丸に、

「貴殿のおかげで助けられた。礼を申すのがおくれた」

「礼なんていいよ」

少し、はねのけるような言い方だった。義経は理屈では説明できない不安の如きものが、胸底に立ち込めた気がした。

評定の末、一度此処を出、今井の里と諏訪社に助勢を仰ぐという形に決っている。

また、濃尾の影御先の新たな頭は、暫定的に、巴に決っている。

褌一丁の義経には白猪武者が——鎧下着をかしている。

巴の決断は早い。

地上に出、陽が西にかたむきつつあるのを見るなり、

「日没までに塩尻峠に上る。蒜城に。さて、弱ったな。二人——使いを出したい。急ぎの使いだよ」

皆を見まわし、

「一人は、東国か奥羽の何処かにいる、東の影御先に。もう一人は、戸隠山の何処かにいる常在に。海尊は怪我してるし……」

四種の霊宝をもとめる黒滝の尼の手が、そちらに伸びるかもしれぬという急使だ。不死鬼を討つための宝が奪われれば、影御先はますます弱体化し、敵はます

ます強まる。

「あたしが此処をはなれるわけにもいかんだろ？　で……八幡と氷月は、誰よりも、忌々(いまいま)しい地下道に詳しいときてる」

「俺が行くしかねえってことよ」

逞(たくま)しい胸を張って——すすみ出たのは、紅丸である。

「東に行く使いは、俺がやります」

巴は言う。

「新入り、連絡(つなぎ)は初めてだよね？　どう、さがせばいいかわかる？」

「でかい寺社で七曜の模様を出せば、何かしら噂をおしえてもらえると、聞きました」

きびきびと、

「うん。あんたに、たのめると、嬉しい。東は紅丸。戸隠の方は……」

「まかせてくれ。おいらが行くよっ」

三郎は涙で赤くなった目を輝かせ、小さな胸をどんと叩く。

「……かなり、危うい役目だぞ」

義経がたしなめた。

「そもそも常在が、戸隠の何処におるのか、わからんのだ」

常陸坊海尊が巴に、

「怪我をしたとはいえ戸隠くらいまでなら行けよう。わしと、この子で、力を合わせて行って来る。どうじゃ？」

巴は素早く、

「そうしよう。あたしらも此処が片付き次第、戸隠に向う」

巴の指示は淀みない。

「承知しました」

巴は紅丸に体をまわす。

「……東のお頭に、くれぐれも用心するようつたえてくれ」

「承知」

氷月を姉の如く慕っている紅丸は、

「氷月姐さん。じゃあ、行ってきます」

「気をつけてね。貴方がちゃんとつたえないと……東の仲間が危うくなる」

「わかってます。姐さんも息災で」

義経は三郎を、抱きしめ、

「しっかり役目を果たせよ。……己の力を過信するな。だが、時には大胆さも必要だ」

「過信しないで大胆になれ？　ううん、もう……どっちでいっていいか、わからないよ。九……」

三郎の小さい手が慌てて口を押さえる。九郎様という言葉がつるりと滑り出しそうになったようだ。

「では」

不殺生鬼、紅丸は風の如く、走り去る。海尊、三郎も北に向う。

兼平も早馬を二騎、今井と諏訪に走らせている。兼平の父がいる木曾谷までは遠く、兵が着到するまで時がかかるゆえ、自邸と、諏訪にいる弓馬の師に助勢を請うたのだ。

使いを走らせると、残りの人数は蒜城を目指して足早に動いている。

義経は旱により枯草が目立つ塩尻峠を巧みな手綱捌きで上る義仲と兼平、その見事な馬に幾度か視線を動かした。

その日は、蒜城に野宿した。

懸念された吸血尼の夜襲はなかった。

翌朝——今井からの新手十五名、金刺盛澄率いる諏訪党三十人が合流。冥闇ノ結を討つためにあつまった兵(つわもの)は、影御先の三人を入れれば七十人にふくらんでいる。

昨日、白猪武者の鎧下着をかりた義経に、今井から来た侍が直垂(ひたたれ)をわたしてくれた。兼平は下着姿の男がいるから一着もってこいと、屋敷につたえていたのである。

どんな時にも細かい配慮をおろそかにしない男なのだった。

また、金刺盛澄は諏訪の神水を大きな甕(かめ)に入れ牛に引かせてもって来ると共に、大量の香を行器(ほかい)三つに入れ、力者(りきしゃ)にはこばせて来た。神水はもちろん湧出(ゆうしゅつ)したばかりの清水(せいすい)で、今日一日、邪鬼への強力な武器となる。

巴、義仲の指揮の許、七十人は——どっと長者屋敷まで攻め寄せる。

屋敷はもぬけの殻だった。道場も……無人だ。

胎内くぐりの穴から、問題の地下道に入る。香を行く手に漂わせ、反応をたしかめてからすすむ。……やはり、敵影はない。

いくつもの屍が沈み、早くも腐臭漂う水牢では、水虎どもが泳いでいる様子であった。

「――神水をぶち込む」

巴の下知の許、水甕に入った神水が、水牢にこぼされる。

とたんに――阿鼻叫喚が黒い水面をおおった。

怪魚が、一気に、水から跳ねる。

いくつもの苦しみが飛沫となり、もだえが波紋をつくり、ぶつかり合う――。

やがてどんより静かな凄気が黒水の溜りをおおい、音一つしなくなった。大きな魚の骸がぷかぷか浮かび出した。義経と義仲が下りてしらべる。郎党が下りようとするのを強引に引き止め、自分で下りる義仲だった。手に取ってみると、水虎は鯉に似ていたが、鯉より一回り大きく牙が生えていた。眼は血色であった。

義仲は昨日の赤子の骸を見つけている。

「この子かもしれん……」

静かに、言った。

赤子を攫い、血吸い鬼にした、黒滝の尼。水虎を生み出し拷問や脅しにつかっていた黒滝の尼。

――あの女を生かしておけば、旱より酷い災いが、天下を蝕む。

一刻も早く討たねば——。

義経は闘気をさらに、鋭くする。

巴は堂々と、指図している。

「あたしと木曾冠者殿は、二十五人つれ、昨日、黒滝の尼が消えたという横穴をさぐる！」

「おうよ」

義仲は言う。

「金刺殿、氷月、八幡は同じく二十五人をつれ、酒殿という部屋がある方に向い、そこにいる敵を討ち果たせっ！」

「承知」

「今井殿は残りの人数を率い、此処を押さえてほしい」

兼平は不本意げだが、巴は、

「此処は全ての中心。黒滝の尼か屍鬼王が、何処かに隠れていて、此処を押さえられると、みんな退路をうしなう」

兼平は言った。

「わかった」

義経と氷月は金刺盛澄と二十五人の侍と共に昨日上ってきた地下道に入っている。

くまなくさぐったが——もぬけの殻であった。法起坊がいた地下室は、無人で、あらゆる書物がもち去られ、最深部、酒殿には血酒や、血が入った甕、そして——夥しい白骨と血を絞り取られて死んだ者たちの、痛ましい骸があるばかりで、そこではたらく者の姿はない。昨日、逃げる途中、腐臭が漂ってきた横穴にも入り、さぐってみるも、誰もいない。ただ、餓鬼がいたと思われる重たい腐臭を漂わせた巣穴があるばかり。

巴たちにも——収穫はなかった。

巴たちは、不死鬼どもがいたと思われる、広い石室、一際立派な二つの石室を見つけたが、空の棺（ひつぎ）があっただけで、敵はいなかった……。また、塩尻峠や暗い森につながるいくつかの抜け道も見つけたという。

茶枳尼天像を殴りながら巴は、

「昨夜の内に……連中は此処を引き払ったっ」

急速な危機感が、一同の中に広がる——。

「戸隠が、危ないっ」

黒滝の尼は全兵力を動かし、戸隠山で霊宝を守る常在を討ち、影御先の秘宝を奪おうとしている。

巴の見立てに、誰も、異存はない。戸隠に魔衆が動いているなら、一足先に彼の地に走った、海尊、三郎は甚だ危うい状況に陥っているはず——。

捕まって妖魔の饗(あえ)にされてしまう三郎が眼裏(まなうら)を抉(えぐ)る。

焦燥の炎が、燃え立つ。

「……そうとも限らんぞ」

兼平は、腕を組み、

「わしらの注意を戸隠に引き……その実、手薄になった他所(よそ)を襲うのかもしれん」

「とにかく、あたしら影御先は、戸隠へ急ぐ」

「お前らだけじゃ足りまい。俺と兼平も、手勢をつれてゆく。盛澄はのこりの人数をたばね今井の屋敷を守ってくれぬか？　連中が報復で押し寄せるかもしれん」

義仲は提案した。

「御意」

弓馬の師の同意を得た義仲は、強い声で、影御先三人に、

「乗りかかった舟ずら。とことん、つき合う！」

義仲を見る巴の視線が眩しげになる。

貴族や武士とは距離を置き、よほどのことがない限り、彼らの助力を仰がぬ影御先だが、此度(こたび)は致し方ない気がした。変に意地を張り影御先だけで行っても、敵に滅ぼされてしまう。

巴は義仲に、一歩近づき、小声で、

「……恩に着る」

だが、この時もう義仲は巴を見ていない。兼平と誰を戸隠につれて行き、誰を今井屋敷に置くかという話をはじめている。

義経は同族に、斯様なすがすがしさと、荒々しい行動力を合わせもつ人がいることが嬉しかった。誇らしかった。

同時に……兄が義仲の父を殺めているため、従弟(いとこ)だと素直に名乗れぬ己が悲しい。同族同士で無惨に殺し合ってきた源氏の暗い呪縛が、重たく感じられた。

その日は、今井兼平の屋敷に泊る形になっている。

今井の田は、酷い状況だった。旱の女神に水を吸い取られた土は、そこら中罅割れ、か細い苗は、半分くらい黄色い。青苗が息絶えるのもそう遠くない。

僅かばかりの水の傍で、干からびた蛙や魚の骸が転がっている。水がのこった所では踊る人々のように鮒やらドジョウやらが跳ねていた。

――早く雨が降ってほしい！　さもないと……。

義経は歯嚙みしながら思う。

枯草が目立つ原で、手を土で汚し、草の根を竹籠にあつめているみすぼらしい童らが、いた。汚れた苧の衣をまとい、埃と脂がまとわりついて、髪の毛がいかにも重そうな男の子と女の子は、瘦せた手を止め、武士の一団を疲れ切った目で見詰める。

砂煙が舞う荒野で、くたびれた野良着を着た男たちが忙しそうにはたらいている。

――井戸を掘っていた。

瘦せた百姓たちは兼平をみとめると鍬や鋤をほうり出す。砂煙を上げて、こちらに、駆けてくる。

「兼平様！」

「今井様っ」

百姓たちは兼平をかこんだ。

老いた男が、こけた頬をほころばせ、

「山賊を討ちに行ったと聞きました」

白糸縅（しらいとおどし）の腹巻を着た、落ち着いた雰囲気の青年武士は、

「幾人かは、討った」

「おおおっ！」

百姓たちは喜ぶ。義経は、この貧しい人々が兼平を慕っているのが、よくわかる。自分も領地を得ればこのような態度で民に接したいと、思う。

「だが、幾人かは取り逃がした」

兼平は言った。

賊の一部は取り逃がしたと聞いても、百姓たちは兼平が怪我もなく帰ったことが嬉しいようである。百姓たちは兼平に親しみをいだいているようだが、義仲を……恐れているようだ。

兼平は、穏やかな笑顔で、農民たちに接していたが、義仲は、怒ったような顰（しか）め面（づら）で、掘りかけの井戸を見ていた。

義仲が根はやさしい男だと義経は存じていた。が、その温かさを表現するのが、この男は下手なのだ……。義仲はもしかしたら百姓たちの明日を案じているのかもしれぬ。しかし、硬い表情で黙しているため、怒っているようにしか見えない。ただでさえ、体が大きく、恐ろしげだから、怒ったように黙っていると……相当、威圧感がある。

――損をなさるお人だな。

何だかおかしく思った。

義仲が太声で、ぶっきらぼうに、

「水は、出たか？」

一瞬、びくっとした古老は、

「掘れども、掘れども……出ませぬ」

その声には、疲れが淀んでいる。

「そうか」

そう口にしたきり義仲は黙りこくった。兼平が、柔和な声でいたわる。

「辛く、不安であろうが……水はやがて出るはず。わしは盗賊の残党を追い北信に行かねばならぬ」

「……え？」

兼平がまた行ってしまうという話は百姓たちを落胆させた。

「なあに、すぐ、もどる。もどるついでに善光寺に寄り、井戸掘りなどに詳しい僧がおれば、同道してもらう」

「おおっ」

「かたじけねえことずら！」

痩せた百姓たちは、いつの間にか、明るい面差しになっていた。

「盗賊を討ち終えたら——わしも井戸掘りにくわわる」

兼平はにっこり笑って腕をさする。

「義仲様も、共に井戸掘りしましょう」

「……おう」

百姓たちは慌てて、

「そ、そんな、滅相もねえっ。兼平様には、あの堤をつくっていただいた」

兼平は頭を振る。強い感情をたたえた百姓たちは、口々に、

「去年の旱の時、年貢を減らしてもらった」

「今は水が涸れておるが……あの水路も、溜池も、兼平様の指図で掘ったものず

ら。そんな兼平様に、井戸掘りまでさせちゃぁ、おらたち……」

「申し訳ねえ」

兼平は、穏やかに、

「そのほとんどが……お主らの手で成し遂げたこと。わしは少しばかり知恵をかしたにすぎぬ」

静かに浸み込むような、声であった。

侍たちの乗る馬が荒い鼻息を吐く。百姓衆はあまり引きとめては悪いと思ったか会釈（えしゃく）して井戸にもどろうとする。兼平も、白馬をすすめんとしたが、心の糸は水が出ぬ井戸に引かれているようだ。

と、義仲が、

「見に行ってやれ。客人は、俺が案内しとくだに」

「……よいので？」

「ああ。よいずら。善光寺坊主に丁寧（まてい）につたえるにも、井戸の具合を見とかにゃなるめえ」

感情を嚙みしめる顔で、

「――かたじけなし」

兼平は白馬から飛び降りる。

「誰か、馬をたのむ」

若党が素早く下馬、轡を引こうとする。義経は乗る人がいなくなった白雪のような駿馬を、羨望をもって見ている。

義仲はそんな義経に、

「おい若僧！」

十七歳の、小柄な麒麟児は、二十二歳の大男を少しむっとして見上げる。義経は誇りを刺激されると、感情が鋭くなる処がある。鞍馬山で他の稚児たちに嘲られた日々が、侮りに対して敏感にさせる。義仲、馬上から、

「乗ってみるか？　それに」

「…………？」

義仲はニカリと笑い、

「おんし、昨日から何度も俺と兼平の馬を、ものほしそうな目で見ておった」

義経は兼平の駿馬に跨る己を思い描き、咄嗟に頬を上気させる。気持ちが弾みかかる。乗りたいと強烈に思った。

巴が、さっとつき、

「――駄目に決ってるからな」

　義経は本意を抑え、

「今井様に……叱られましょう」

「兼平！」

　義仲の太い声が兼平を追う。

「そなたの馬、屋敷まで、この若者にまかせてよいか？」

　兼平は、足を止める。

　馬は――武士の魂。兼平は自分のような素性の知れぬ者が、愛馬に跨るのを快く思わぬはず。自分は駄馬に数回乗ったくらいで、その馬術は拙い。斯様な立派な駿馬に跨った経験はなく、もしこの馬に怪我させたら？

　様々な憂いが心に浮かぶも乗りたいという熱い気持ちをどうにも抑え難い。

　兼平はゆっくり顧みて、恬淡たる顔様で、

「ああ、そなた、わしの馬を……何度もじっと見ていたな」

「………」

「怪我するなよ」

　さっぱりと言った。

「だ、そうだ。さあ、乗れ」

豪快に笑う義仲だった。

義経は、胸をどぎまぎさせて白馬に近づく。巴の手が肩に置かれ、灰色の尾がパタンと振られ——寄ってきた虻を払う。

「こらっ。大丈夫なの？」

「もちろん」

義経は、鋭く言い放つ。巴は苦虫(にがむし)を嚙み潰したような顔になり、石鎚山法起坊の緑衣を着た氷月は細い目をかなり大きく広げてみせた。

白馬の手綱をもった若党が少し怒った顔様で義経を睨んでいた。

義経は用心深く駿馬に近づく。

馬は、ブヒンと一度大きくくしゃみをする。

鐙(あぶみ)に足をかけた。

信濃の荒武者どもが、

——お主、真に四郎様の馬に跨る気か？

貴様如きに乗りこなせようか！

とでも言いたげな面貌で義経の小さい体を見下ろしている。

──ああ。乗ってやる！

義経は強い思いが凝縮した目で、白馬を見据える。

義仲は、真剣な面差しで、義経と白馬を見守っている。

義経は跨ろうと、足に力を入れる。

灰色の尾がバシーンと白い腿を叩いた。

一度、跨ろうとしてしくじる。馬は困惑した顔になり、荒くれ者どもから、失笑が漏れた。もう一度手をかけ、梨地に葡萄の葉の金蒔絵がほどこされた見事な鞍に──一気に跨る。軽やかな小鳥が如き身のこなしだ。

馬は抵抗しなかった。

さっきまでより……一段高い所から、乾き切った田畑、荒れた原野、遠い森、その向うの炊煙を上げた百姓家、遥か彼方の青き山並みが見える。

山々が──爽快な風をふっと吹き、こみ上げてくる喜びと、ぶつかった。

義経が無事愛馬に跨ったのを見とどけた兼平は背を向けて百姓たちと井戸へ歩む。

そして、義仲は箙から鞭を出している。

「ついて参れ」

鋭い一声を放つや、馬を叩き、一挙に駆け出した――。

義経も若党から鞭をもらい、軽く叩くが、走り出さぬ。

おろおろしていると、

「ぐわっはははは！」

馬腹を鞭で強く叩いた信濃衆が、豪快に笑いながら一斉に馬を疾駆させる
――。

丈夫な木曾馬どもが立ち止った義経と白馬、巴、氷月を夥しい砂煙を蹴上げ、追い抜く。

さすが、往古、望月の牧を有し――朝廷に駒を献じたという信濃。

皆、凄まじい乗り手であった。

ジグザグに馬を走らす侍の後ろで、髭面の武士が、全力疾走する馬上で、百八十度体をまわす。つまり……後ろ乗りで今井屋敷に馬を猛速で駆けさせ、小さくなってゆくその顔は、義経を見て笑っていた。

かと思えば、

「振り落とされるな、童！　おおう、わしが振り落とされそうじゃ。おおっ」

などとわめきつつ、わざと馬上で大きく尻を浮かせ、そのまま体を横にずら

し、馬体の右側面にしがみついてゆく姿、つまり、横乗りで――駆け去っていく武者もいる。

何なのだ、この男たちは……。

馬を自分の体のように。

これが――東国武者、東の武人たちの馬術か！　父上が率いた男どもの、底力か……。

驚嘆が胸を揺すった。

義経が今まで見てきた西国武者は馬に乗れるが、ここまで見事な馬術をもたない。

平家に仕える伊勢や瀬戸内、鎮西の武者は舟の操縦を得意とし、水戦に長ける。が、馬に跨っての戦では東国武者にひけを取る。

――これだ……。

数本の雷に、打たれた気がした。

総毛が、一斉にふるえていた。

もし……自分が東国武者の馬術、東国の馬の底力を極みまで引き出せれば……

勝てる！

平家がいかに大軍であろうとも。

必ず。

――血が、煮えそうになった。

もしかしたら、父は、東国武者の本領を十二分に引き出せず、清盛、重盛に都大路の大戦で敗れたのかもしれぬ。ただ、もちろん、この不敵な者どもをしっかり手綱捌きするには――彼らを凌駕する馬術を会得せねば。今の自分では到底無理だ。理論としての兵法が頭にあり、徒歩で戦えば、無敗の刀法があっても、馬術が無い。

運命の道が清盛との戦いという地平につながるなら、それまでに、馬術を会得せねば。

義経は固く心にきざむ。

一方で、懐中に入れた、桐が描かれた扇が、思い出される。

数奇な縁から義経とすれ違った重盛がくれた扇だった。

自分がもっと住みよい泰平の世を創るから、そなたは矛を収めてほしい……。

重盛の、こんな思いが込められた扇だ。重盛は確かに父の仇の一人であったが、義経はどうしても重盛を憎めない。武士として、敬ってさえいた。

だから影御先と旅する中で、重盛の言葉を信じ、平家への怨みを忘れ——羅刹どもとの暗闘に生涯を捧げるべきでないか……。こう思いさえしていた。

それと同時に、平家への拭い難い敵対心もある。さらに、連年の凶作で苦しむ諸国の里から里へ、旅する中で、民百姓に、酷吏や武士が振るう鞭を見てきた。

その度に、思った。

——あ奴らが民をいたぶるのは、平家につらなる目代の指図、はたまた都へおくる賄賂のため。だとしたら、もっとも罪深いのは目代どもをたばねる平家、賄賂で蔵が溢れた六波羅でないか？

左様に考えると、民を救うため、清盛を討たねばならぬのではないか、という思いが、ふつふつ、湧き起ってしまう。こんな下地があるからこそ、信濃武者の手綱捌きを見た義経は、この東国に漲る力を最大に引き出せば、平氏を打ち砕く大槌になり得ると、悟っている。

ぼおっとしていた義経に、巴が、

「言わんこっちゃない。あんな遠くに行っちゃったよ……」

義仲率いる騎馬武者どもはかなり小さくなっていた。

笑みをふくんだ声で、巴は、怒鳴る。

「もっとさ、強く叩けば走るよっ」

兼平の馬という遠慮が、相当あって、馬を叩けない。

「さあ」

巴の促しが義経の心を押し——比較的、いや、かなり、強く叩いてしまう。

「——————」

白馬は、一挙に全力疾走しはじめた——。

「加減というもんを知らんよ、あいつは……」

「今度は、強く叩きすぎ！」

楽しそうな巴の声、動揺をふくんだ氷月の声が、後ろから追いかけてくる。

最初は驚いた義経だが、山が、森が、田畑が、荒野が、青や緑や茶の風になって後ろに吹き過ぎてゆく様に、気持ちが昂ぶる。狼狽えがふっ飛んでゆく——。

何と速い馬か——。前に乗った駄馬とは比べものにならぬ。わたしもいつか
……斯様な駿馬を己のものとしたい。

心が、熱くなった。

今井屋敷がどんどん大きくなってくる。

熊井長者の屋敷より、小規模だが、建物をかこむ板塀、大きな庭木、廂(ひさし)を板でしつらえた茅葺(かやぶき)の主殿は、中原一門の勢威を物語る。

門前で、六尺豊かな大男が、腕組みして待っている。

義仲だった。

義経が手綱を引いたからか、義仲が眼前に突っ立ているからか、義仲の真ん前で白馬はぴたりと止った。

頬を上気させて下馬した義経に、銅鑼声(どらごえ)で、

「八幡だったか？　どうだった、兼平の馬は？」

義仲は言(げ)う。

「実に実に、見事な馬かと！　一時(いっとき)でも、この馬に乗れて無上に幸せです！」

義経は声を弾ます。

義仲は、心から嬉しげに、

「そうずら」

義経は――この飾らぬ荒武者が、心から好きになってしまいそうであった。さらに今井兼平も、好きになってしまいそうだった。いやもう既に――この二人の

男に惚れているのかもしれない。

義仲は自分の馬と兼平の馬をつかまえている。

厩(うまや)につれて行くようだ。

馬の世話に、関心がある義経は、

「わたしが一頭つれて行きます」

二人で厩に向う。

二頭をつなぐと、義仲は、

「……ひだるかろう？」

「…………？」

「腹が、減っていよう？」

「……ええ」

腹がぐーっと鳴る。

義仲は浅黒く大きな顔を、そうだろうともと縦に振る。

「俺が汁を煮てやる。おんしらは、風呂にでも入って、身綺麗(みぎれい)にして待っとれ」

気さくに言うのであった。

義仲は――山の幸を自ら煮た汁を、客人に振る舞うのが、好きらしい。

義仲自慢の根曲り竹の熱い汁は、冥闇ノ結との戦いで多くの仲間をうしなった影御先衆の心を少しだけ癒してくれた。夕餉を食しながら影御先と義仲たちはいろいろな情報を交換した。影御先は血吸い鬼についての様々な話を、義仲らは、信濃の事情を、また、熊井郷近くで起きた数々の怪しの事件を。

兼平は愛染明王を祀った小庵を牧から少し入った林内につくっていた。

まず、軍馬たちが草を食む、広々とした放牧地がある。

兼平の郎党、そして他ならぬ兼平自身が、木曾馬を走らせ、馬術を練るのは此処だ。

大きいが鄙びた屋敷に隣り合う牧場の東に、小高い丘があり、落葉樹の林や竹藪におおわれている。林に直線的に入ってゆく道があり、この小道の奥に、密教的小堂があり、そこが今宵の宿である。

案内された義経たちはまず抹香で薫物結界を張った。

少進坊、義経に淡い恋心を寄せていた鶴、安芸彦――死んでいった多くの仲間たちをねんごろに弔い、床につく。

兼平がつけてくれた大柄な武士が、表で不寝番をしてくれるという。だから今宵は比較的、安堵して眠れる。

横になりながら義経は戸隠に先発した三郎は無事だろうかと案じた。

夜半。

義経は誰かに見られているような気がして……ふと目覚めている。巴はすやすや寝入っていて、氷月が薄目を開け、こちらを見ている気配があった。

義経も氷月に面を向ける。

蒼く静謐（せいひつ）な月明りが連子窓（れんじまど）から堂内に漏（も）れていて、相貌はわからぬけれど氷月や巴の黒くぼんやりした形はわかる。抹香の香りがする堂に横たわる、氷月の顔の輪郭線もわかる。

――何一つ見えぬ全き闇を二人はくぐり抜けた。

あの黒漆をぶちまけたような暗黒とは、えらい違いだ。

「………」

巴の寝息が連続する中、義経と氷月は無言で見詰め合う。

不意に、義経の指に、氷月の指がふれる。

胸が熱くなる。

愛によって悟りにみちびく、愛染明王の働きによるものか、それとも、あの恐るべき暗黒世界から、協力して逃げてきたからか……この女への抑え様がない愛おしさが溢れた。

多くの仲間と忠実な家来をうしなったばかりで、戦いの最中である。斯様な思いが芽吹くこと自体、不謹慎のように思う。浄瑠璃がどう感じるだろうとも……。

だが、この女なら、後ろではなく前を向せてくれる気がした。浄瑠璃もみとめてくれる気がした。

そう思うと、抑えられない。

義経は――氷月の指に、己の指を絡めている。

巴の寝息はすやすやとつづいている。胸が、体の中で躍っていた。氷月は、指に力をくわえてきた。

義経は氷月の指と指の間に自分の指を思い切りめり込ませる。氷月の掌が、熱くなっていた。

指に体じゅうの神経が集中し、五つの意思をもった生命、たとえば頭が五つある蛇になっており、その感覚が鋭くなった指に、氷月の熱い指が絡む。

「…………」

言葉を一つもつかわず二人は多くを語り合っていた。

巴が、唐突に、

「あっ、うわぁああ……」

獣の如き譫言(うわごと)を迸(ほとばし)らす。そして、巴の寝息は——しばし、停止している。

ぎょっとした二人は巴に注意を走らせる。

氷月が、くすりと笑い、義経から手をはなす。

巴が、ぷしゅー、ぷしゅー、ぷしゅと、高く長く息を吐き出した。

義経の胸は、高鳴りつづけていた。

第五章　戸隠

　翌払暁――。

　万年雪をいだいた信濃の高峰が櫓門から旅立つ男女を見下ろしている。岩肌や白く冷たい冠に、朝日がきざんだ赤紫の皺が寄っている。

　新首領・巴、八幡の名で旅する源義経、氷月、そして、源義仲と今井兼平率いる三十名の武士は、北信濃、戸隠山に向って旅立つ。

　義仲は当初、馬三十頭をくり出し、影御先三人は二人乗りする形で、義仲、兼平などが後ろに乗せてつれて行こうと提案するも、冷静沈着な兼平は、

『……旱のため……秣が、値上がりしております。三十頭の馬を長旅させるのは、かなりの負担』

　自領やその近くに馬をくり出す場合と、勝手が違う。

　他の里へ長旅する場合、行く先々で、草を買わねばならない。

『それに、目的の地が、戸隠の頂近くなら……かえって馬が邪魔になり申す』

　兼平の言に、義仲は同意した。短気で頑固な義仲だが、兼平とは、兄弟のよう

にそだってきたから、何か直言しても怒らず、素直に聞くことが多い。

もっとも、他の発言者なら、こうも円滑にいかぬ気がした。

『騎馬十騎、徒歩（かち）二十人で行きましょう』

こうして――義仲、兼平をふくむ十人は騎馬、残り二十名と影御先三人は、徒歩で北へ向っている。

突兀（とっこつ）たる山並みにはさまれた地を、北流する川に沿って、一行は動く。

山地が吐き出す清らな流れは、水量に乏しい。旱魃（かんばつ）で川水自体がへっている。さらに鏬割（ひびわ）れ助けをもとめる田へ、百姓衆が方々（ほうぼう）で水を引いてゆく。だから川はますます細まる……。

かつて、水が流れていたろう所は、黒土が露出しており、夥（おびただ）しい石がみとめられた。そういう場所を一行は横切る。

上流の里が、水を多く取りすぎれば、下流の里が立ちゆかなくなり――川下から殺気立った武士や百姓が、攻めてくる。

だから、上流とはいえ、十分な水を引けるわけでもない。何処（いずこ）も似たような、鏬割れた田に、不十分な泥水が全体ではなく部分部分に溜っている有様で、今にも枯れそうな弱い苗が砂風にふるえていた。

今井を出た義経は兼平の農政が優れたものであったと肌で感じていた。

兼平は、その年の天候や出来高において、年貢をへらしたり、乾燥に強い作物を、百姓に勧めたりしていた。そのおかげもあり、今井の人々も飢えてはいたが、絶望的状況ではなかった。

ところが今井を出た直後――連年の旱で死にかかっている里が、次々に目に飛び込んできた。

飢えに苦しむ国衙領で、取り入れ時を迎えた麦を、稲の不作を恐れて、隠そうとした若い百姓。その若者を血だらけになるまで殴って麦を取り立ててゆく侍たち。

旱に強い麦も、あまりよい実りを迎えなかった、長者の畑。そこではたらく下人や下女は、自立した百姓でないから、朝から晩まではたらかされるが……年貢という心配はない。

迫りくる大凶作の予感で長者に仕える下人頭は殺気立っている、街道から麦畑を眺めた義経は感じている。

痩せた大地に辛うじて実った金色の麦を、小鳥が次々に舞い降りて掠めようとする。それを見た下人頭は鬼の形相で下人下女を叱咤――何事か命じた。土や埃に汚れた、ぼろ衣を着た下人下女は、今井の里の民より、ずっと痩せている。熊井郷の暗黒で見た餓鬼に近い痩せ方だ。

病人もいよう。

そんな顔に焼印を押された男たち、女たちが、力ない足取りで畑を駆けまわり、枯木を思わせる腕で鳥追棒を振るい、きゃあきゃあ喧しい空の盗人たちを追う――。

動きが鈍かったり、麦畑に転んだりすると、目付きが鋭い下人頭が駆けつけ――棒で殴りつけた。

若い下女がいた。少女と言ってよい齢であった。

ふらふらと小鳥を追っていたその少女が、何かに足を取られ――鋭い棘を何本も立たせた大麦を次々に折りながら金色の海に溺れてしまった。

風が吹き――麦が波立つ。

下人頭が唾が混じった怒号を上げて駆け寄る。

激しく怒鳴った下人頭は、少女をしたたかに蹴飛ばした。

その傍には蹴られた少女と同い年くらいの、下女が二人いたが、やや可憐な顔貌をしている。その娘たちの働きぶりも、義経から見たら決して褒められたものでなかった。が、下人頭のお気に入りか、長者の覚えめでたいのか……若干美しいその二人に、下人頭の暴力は向かない。

蹴られた少女が起きようともがく。

その少女をもう一度、下人頭が蹴った――。苦しみの海に溺れそうになっている人を、もう一度突き落す邪悪な船頭に見えた。

義経の胸は、張り裂けそうになっていた。飢饉と旱で、何処も人心がささくれ立っているとはいえ、見過ごせぬ光景に思える。

……斬ってやる。斬ってよい男だ！

太刀を摑み一団から飛び出そうになる――。

巴が、恐ろしい形相で、肩を摑み、止めた。義経を睨みつけ無言で頭を振る。

浅黒い巴の額には、怒りの青筋がうねっている。それでも、巴は止める。

下人や下女をどう扱おうと、それはその所有者の自由であり……他の者は、口出し出来ぬ。

もし介入すれば、影御先どころか、義仲、兼平たちと、あの下女を所有する長者の、争いになる。激しい私戦に発展しかねない。

――義経は、あの娘を救えぬ己が腹立たしかった。

一度、娘からはなれかけた下人頭は、街道上、義経の不穏な気配に気づくと、ニタリと笑い、娘の所にもどりこれ見よがしに——頭を強く棒で殴った。

金色の畑が娘を呑んだ。

気をうしなったのか、死んでしまったのか……知れない。

義仲も怒気をふくらませていた。

だが、幼くして父をうしない、信濃武士にそだてられた義仲は、似たような光景を、信濃の他の里で見たこともあったのだろう。激情の人、義仲は、この時は自制していた。

兼平はかつてない硬い面差しで麦畑に埋没した少女、そして義経を見ていた。

その兼平が義仲に、

「……少し、行って来ます」

義仲はしばし考えている。

そして、

「俺も、行こう」

低く言う。

兼平、義仲が、下馬する。

馬を若党にゆだねた二人は大股で麦畑へ歩む。

街道に取りのこされた家来たち、影御先三人は茫然としていた。

——何をするつもりだ？

瞠目(どうもく)している巴に、義経は、

「行ってきます」

暫定とはいえ、新たな頭であるため、言葉遣いを固くする。

巴は、低い声で刺した。

「——わかってるんだろうね？　決して、もめ事を起すんじゃないよ」

当然、というふうに、首肯している。義経は急いで、馬群の間を抜け、畑の方に大股で下りてゆく兼平らを追う。

大柄な武士二人、見目麗(みめうるわ)しい小兵(こひょう)の若者が一人、金色の麦畑にはさまれた畦道(あぜみち)を下女が倒れた方に歩み寄る。

もう少しで収穫を迎える畑に尖った気が——張り詰め出した。

棒をもった下人頭、畑の中から、

「……何か……御用でごぜえますか？」

この地を治める長者の大きな手が、自分を守ってくれるとわかっているから、何か腹に据えかねた三人が畑に入って来てもひるまない。もう一人の下人頭も、少しはなれた所から、義経らを睨む。下人下女は鳥追棒を止め固唾を呑んで立っていた。

兼平は麦を倒さぬよう、畦道から、

「娘が一人、倒れたように見えたが……」

「なぁに、心配ありません。生きてまさぁ。ほら立て！　それに、死んだって……貴方様に関りねえ話でございましょう？」

卑屈な顔をした男は毒虫のように嫌らしい表情で、言った。

「さあ立て！　いつまで、寝てやがるっ」

下人頭が畑に向ってわめく。

さっきの痩せ細った娘が、よろよろと立っている。——生きていたのだ。

日焼けした貧相な娘で、鼻は赤く顎は尖っている。目は小さくおどおどと自信なさげだ。

あまり美しいとは言えない。頭から血を流していた。

焼印が押された額にかかる髪は、砂や麦滓（むぎかす）で、黄色く汚れている。

さっきの二人組の娘が、顔が血で汚れているのが面白かったか……くすくす、笑った。

……こういう者どもが、嫌いだ。

義経の腹の中で――溶岩に似た感情が動く。兼平は暴行された娘に、

「名は、何と申す？」

頭から血を流した焼印の娘は名をつたえてもよいでしょうか、という顔で、下人頭を見た。びくびくした目付きである。

棒をもった中年の下人頭はしらけたように、

「言ってやれ」

傷ついた娘は、麦畑に吸い込まれてしまうほど、弱い声で、

「……松虫（まつむし）……」

兼平が下人頭に、

「提案がある」

面倒臭げに、

「はあ」

「――松虫を、買いたい」

「…………」

下人頭はしばし言葉をうしなっている。当の松虫も、啞然とし、他の下人や下女は、一瞬静黙した後、小さくざわついた。

義経も大いなる驚愕(きょうがく)に打たれ、やがてそれは兼平への感謝に変った。

下人頭が、やっとのことで、

「こんな……醜く働きが悪い娘をですか？」

信じられないという口調であった。

兼平は、穏やかに、

「先ほど、道から見ておったら実によい働きぶりに思えた。こんな下女がほしいと思うておった」

その兼平の隣では、義仲が仁王(におう)の形相で腕組みし、義経が今にも斬りかかってやるというくらいの鋭気を漂わせ、立っている。

下人頭は顰(しか)め面(づら)で、

「わしの一存じゃ決められませんな。石黒太夫(いしぐろだゆう)様のお許しがねえと……」

「では、石黒太夫殿とやらを呼んでくれんか？」

兼平は、粘る。

下人頭は下人を一人、走らせている。

やがて——石黒太夫と思われる人物が、麦と麦にはさまれた畦道を、大儀そうに歩いてきた。

巨漢である。

色白で、でっぷり太り、鯰髭(なまずひげ)を生やし、人を小馬鹿にしたような冷たい雰囲気を漂わせていた。水色の狩衣(かりぎぬ)をまとい右手にもった白い扇で左手をぺちぺちと叩きつづけていた。

長者の家来で、下人頭を上から監督する立場であるらしい石黒太夫。男を四人つれていた。

一人は、僧兵上がりか。

柿(かき)色の鉢巻をしめた坊主頭の男で、身の丈は義仲に匹敵する。おまけに横に太い。日焼けした角張った顔には汗がにじんでいて、矢車(やぐるま)模様が散らされた柿色の衣の下に、紺糸縅(こんいとおどし)の腹巻を着込んでいた。薙刀をもち、高下駄(たかげた)をはき、目付きは異様に鋭い。

——荒事を得意とする雰囲気が総身から迸(ほとばし)っている。

あと三人は、武士である。

一人は若く小兵。ひょろりとした長い顔で、細い目をしていて、頬に刀傷がある。この男は自分と同じくらいの背丈の義経を——ほとんど瞬きせずじっと睨んできた。

残りは屈強な体をした髭面の武士である。

斯様な四人の逞しい男の後ろに、棒をもった腕が太い下人頭二人——うち一人は、さっきの男だ——が、立つ。

「松虫を買いたいと仰せで？」

兼平は石黒太夫に、

「そうだ」

石黒太夫は、冷笑を浮かべ、左手をぺちぺち叩く白扇を速める。

「——何処のどなた様ですか？」

「通りすがりの者よ」

「それでは売れませぬな」

足許を見るように、

「身元がしっかりした御方でないと」

「今井四郎兼平と申せば、わかるか？」

「今井の兼平様？　ああ……木曾庄司様の、ご子息ですか？　ふむ。松虫や、おいで」

白い扇が畠から松虫をまねく。松虫はおびえたような顔でよろよろ麦畑から出て来た。松虫を隣に立たせた石黒太夫は、

「売ってもよろしいですが……松虫は、長者様のために、わしが佐久の人市で買い、今日まで仕事のやり方を叩き込んできた者。……高く、つきますよ」

「いかほどか」

石黒太夫、冷やかに、

「――七貫といった処でしょうか？」

働きが悪いという割に――吹っかけてきた。後ろの武士どもがせせら笑うような表情を見せるも、僧兵上がりは眉一つ動かさず、こちらを見据えていた。

兼平は少し黙ったが、動ぜず、

「……わかった……出そう」

静かに答えた。

頭から血を流した松虫が目を丸げ口を薄く開ける。

キリギリスが、不快な声で、鳴いていた。

下人頭がすっとすすみ出る。何事か、石黒太夫に耳打ちしている。石黒太夫は小さく幾度かうなずき、兼平に、ぬめり気をおびた声音で、

「一つ、忘れていました」

「何じゃ？」

「長者様は、機織(はたお)り女(め)をふやしたいとお考えです。この男が言うには、松虫は機織りだけは得意とか……。長者様が人数を増やそうとしている処を一介の雇われ人たる某(それがし)が、削ったり出来ませぬ」

「何が言いたい？」

「今申した値では売れませぬな。そうですなぁ……」

白い扇で手を叩きつつ、

「十四貫。この値でないと売れませぬな」

「……………」

宋銭(そうせん)十四貫――米なら十四石、牛なら三十頭近く、馬も二十頭以上は買える値である。

義経は――この男たちに、汚物で出来た水溜りで、盛んに跳ねている大根くらい大きい芋虫を、人が見た時に感じるであろう不快感を覚えた。

義仲の中でふくれ上がる殺気は、今にも爆発しそうだ。

柿色の鉢巻をしめた僧兵上がりはそんな義経たちをねめつける。やってみろ、と誘う目付きだ。

眉一つ動かさず、じっと黙っていた兼平が、一度松虫に微笑みかけ、それから石黒太夫を見て、口を開く。

「わかった。出そう」

茫然とする石黒太夫に、

「ただし全額を今用立てるのは無理。半額を今日払い、残りは証文をしたため、後日速やかにとどける。よいか？」

肥えた首は、縦に振られた。

「……いいでしょう」

松虫は薄く口を開いている。石黒太夫、ぬめり気をおびた声で、

「証文を出すならば何か質を置いていってもらわぬといけませぬな。その太刀は、如何か？」

義仲の額で幾筋もの太い血管がかつてないほど隆起している。

兼平は、落ち着いた声で、

「先祖伝来の太刀ゆえ、あずけるわけにはゆかぬ。……馬でどうか？」

「馬なら五頭くらいは、置いていってもらえますな？　何せ十四貫ですから」

「五頭は無理だ。これからつかうゆえ。……あれなる我が愛馬で如何か？　白い馬だ」

　昨日、義経が跨った駿馬中の駿馬である。

「ほう……遠目でもわかる。良い馬だ。幾頭か分の値打ちはある。——本気なのですな？」

　取引は、成立した。

　半金を銭で払った兼平は白馬をわたし郎党の月毛(つきげ)の馬に跨る。松虫をつれた一行は、麦畑を後にした。

　畑が完全に見えなくなると、榎(えのき)の木陰で氷月が、松虫の傷の手当てをする。

　松虫は、上野(こうずけ)の出だったが、年貢が払えず、困り果てた父に売られたという。松虫の身の上を聞いた義経は、人商人(ひとあきびと)の手に渡りそうになった、今は亡き恋人を思い出した。

　——浄瑠璃。

　浄瑠璃は邪鬼、熊坂長範に攫(さら)われ、従鬼とされ、命を落とした。

その長範の娘、静は父を憎み、人商人によって、京につれて来られ……数奇な運命によって、影御先としてはたらいていた。青墓で遂に長範を倒したのは……静なのである。

あの半血吸い鬼の娘は今いかなる旅の空の下にいるだろう？

義経は松虫に聞こえぬよう兼平に、

「今井殿。あの白馬は……」

「取りもどす。残金を速やかに払う」

感謝の言葉もないという顔で義経が見ると、兼平は止めてくれと手で制す。

さっきの畑からだいぶはなれた宿まで来ると、市が立っていた。

市は賑わっていた。が——何処か元気の無い硬い顔が、目立つ。飢饉の予感が、重く立ち込めているのだ。

二列に並んだ掘立小屋は萱葺で壁はない。

都の市と違い、月に数度しか開かぬ鄙の市に入る手前で、兼平は一包みの路銀を松虫にわたす。

「此処より一里（約四キロ）東に行くと観音堂がある。そこまで、護衛をつけよう。庵主は信頼出来る男だ。そなたをきっと上州まで送りとどけてくれよう。

我らはこれから、凶暴な賊を討ちに、北に行かねばならぬ。故にそなたとは此処でお別れだ」

いきなり兼平に言われた松虫は口をぱくぱくと動かした。何か言おうとするも、言葉にならぬ。頬を赤くした松虫の双眸は潤んでいる。

兼平は、やわらかく笑み、爽やかに、

「今日よりもう、そなたに主はおらぬ。そなたは上州へもどれ。さらばじゃ」

「あ、あの……さっきは、助けていただき……あ、ありがとうございましたっ」

焼印の娘は一生懸命声を詰まらせながら言った。しゃべるのは、あまり得意そうではない。

「礼にはおよばぬ。この男が——あの連中に今にも斬りかかりそうだったゆえ」

義経を顎で差す。

「これは危ないと思い畑に下りたまで」

義経は赤くなる。

「斬りかかったりはしませぬ。ただ……あの者たちに、一言物申そうとしたまで」

「嘘こくな！　おんしの手、刀に行っておった」

義仲が、からかう。郎党どもが、どっと笑った。

彫りが深い顔をうつむかせた兼平は、身をふるわし仏にでも祈るような仕草をする松虫に、

「礼ならこの八幡に言ってくれ。八幡がおらねば……わしは面倒事にかかわらぬよう、素通りしておったかもしれぬ。故に、そなたに礼を言われると……何やらこそばゆい。わしは信濃の田舎の一侍。神でも仏でもない」

「何をおっしゃる。わたしの力では、とても松虫殿を救えませんでした。今井殿の力がなければ。……幸いであったな、松虫殿」

義経は傷ついた娘に、慈しみを込めて言った。

「今井様にも八幡様にも感謝します」

「俺は？」

義仲が、己を指す。

「もちろん」

松虫は下を向く。松虫の履物をはいていない足に透明な滴がぽたぽたと落ちている。

顔を真っ赤にした松虫は、土で汚れた衣をわななかせ、

「あの……おらは……おら……」

「何じゃ」

兼平が問う。

双眸を潤ませた松虫は兼平を見上げ、頬を歪めて叫んだ。

「おらは……今井様に買われましたっ。お供します！」

「買って、解き放ったのだ」

松虫の乾き切った頬を一筋の細い川が素早く流れ落ちた。

「放生会の時、都のやんごとなき人々は、鳥売りから鳥を買い、その鳥を天に放つ。あれと同じよ」

「俺達がこれから上る山はな……鬼がうようよ出る、死出の山ずら。そなたの如き者が上る山でない。大人しゅう、故里へかえれ。いいな？」

兼平、義仲が、口々に言い聞かせる。松虫は血が出るほど強く唇を嚙んだ。

巴が、大金串をひょいと一本出す。

「大金串っていう」

松虫に押しつけ、痩せた肩に手をまわし、

「一本あげる。世の中、悪い奴が多い。上州までの道行でさ……襲われるかもしれない。ブスッと首を刺せば大丈夫だからね」

義経は松虫に、

「……息災でな」

「さらばだ」

兼平はくるりと背を向けた。

砂埃が舞う市を鬼を追う者たちは歩み出す。大小の水甕と小さな壺を商う店あり。黄や緑、藍に紅、石畳に海松模様、反物を商う店あり。雉や鴨が軒から下がり、雀を串で刺したのが壺に立てられた店あり。米を高値で商う店あり。そんな売る者と買う者がせめぎ合い、道と道が交わる市を——義経たちはすすむ。

少し前進した所で顧みる。

風に髪を攫われた裸足の娘は観音堂に行こうとする武士にうながされながら、何度も足を止め、じっとこちらを見送っていた。

市を出た所で、乾き切った田に突き出た小高い所に、人があつまっているのを見かけた。

街道の左に、田があり、田の向うに、二尺（約六〇センチ）ほど高い草地が、岬状に突き出ており、その上に群衆がいる。岬の奥にはまた荒廃した田がある。

目を凝らすと――老いた巫女が榊をまわし踊っている。

骨と皮ばかりに痩せた民たちが、目をつむって、手を合わせていた。

雨乞いの祈禱だ。

百姓たちからややはなれた所に、銭をあつめ、巫女を呼んだと思われる武士が二人、鷹揚な笑みを浮かべて座っていた。

「都でも……何と言ったかな？　偉いお坊様を呼んで、雨乞いをしているようね」

氷月が憂いをにじませ、呟く。

――雨乞いなど無意味だ。

義経は、思った。

もっと、違う方策でなければ人々を救えぬ……。

振り乱した白き髪が砂混じりの風に煽られ皺深き巫女の頬にかかっている。こういう人々の不安につけ込んで、立川流が、はびこっているのでないか。黒滝の尼の勢力が台頭する根になっていまいか。

だとしたら、その病んだ根をふくらませたのは、一体誰だろう？

西八条の豪奢な館、六波羅の要塞と呼ぶべき門構え、都人から恐れられる赤い禿の姿が、眼裏をかすめる。

都からほとんど忘れ去られたような民たちを救うには、武を振るわねばならぬのではないか——。

病因と呼ぶべき者を倒すしか道は……。

こんなことを考えてしまうのだ。

重盛によって、一度は矛を収めかかった。

だが、荒み切った大地を行く義経の心は、天下を牛耳る華麗なる一門との対決に、再びかたむいている。

その日は生坂の先に泊った。兼平が知る者がおり、屋敷に泊めてもらった。

翌日は未明に出立。

急いで北上し、善光寺に着いている。

新首領、巴は早速、濃尾の影御先とつながりがある善光寺の僧にたのみ、門前町の宿坊に泊めてもらう形になった。

門前町で、義経をじっと見ている僧があったが、義経は気づかなかった……。

戸隠山は善光寺から見て西北に聳える。

五月というのに、岩がつらなるその頂は、雪をかぶっている。

「戸隠山には山伏が住んでいる。山伏たちなら……常在について何か知っているかもね。前に戸隠を宿とした時、山伏たちは何も言わなかったけど……あの中に、常在がいるのかもしれないわ」

以前、戸隠に立ち寄った覚えがあるという氷月が、道案内をかって出る。

一行は――ミズナラや欅、栗などの落葉樹、天突くほど高くなった檜などの針葉樹が茂った暗い山道を戸隠山顕光寺に向ってすすんだ。今、戸隠神社と呼ばれる此処は、義経の頃は神仏習合、つまり修験道の聖地で、顕光寺とか戸隠十三谷三千坊とか呼ばれていた。

高木どもの下には山吹、ウツギなど小さな木が葉群を広げている。山吹は既に花期を終え、鋸葉のそこかしこに張られた蜘蛛の巣に、黄色く萎んだ花びらが露と隣り合わせにかかっていて、大きな羊歯の上にも、枯れた花びらがこぼれたりしていた。

ウツギは――今が白花の盛り。

この、清水がいかにも豊かで、土中も沢山水をふくんでいそうな山中にも、旱魅は忍び寄っている。山吹が葉を黄色く枯らしている姿が散見される。

　山道を上る義経は——かなりの数の人馬が、後ろから上ってくる音を聞く。

「お頭」

「何？」

　かすかに汗ばんだ義経は、巴に、

「——馬に乗った一団が後ろから来る」

　浅黒く逞しい娘首領は、ギラリと眼を光らせ、

「敵……かもねえ」

　氷月に、

「薫物(たきもの)結界の仕度(したく)」

「承知」

　義仲、兼平に、

「馬に乗った連中が後ろから来るみたい。一応、香矢の仕度を」

　いつでも香矢を射れるよう義仲が侍たちに下知する。巴の献策で、義仲の一党は鏑(かぶら)に香を詰めた影御先の武器、香矢を用意していた。

　武者震いする男たちに、巴は、

「まあ、そう殺気立たないで。人違いかもしれないからね。戸隠に参詣する侍衆かもよ。その場合は、笑顔で道を空け、素通りさせよう」

「何でこの娘は、これほど偉そうに指図するか」

義仲の家来の一人が、角張った面貌で、血管を爆発させそうになる。

巴はすかさず言い返す。

「あんたらは、人と戦う仕事。こっちは、鬼と戦う仕事。もし連中なら——あたしらの範疇。あたしの指図に大人しくしたがってほしい。じゃないと、死ぬよ」

「こんのっ……」

憤った武士は爪弾きの仕草をする。爪をシッ、シッと動かす所作で、相当な不快感をあらわす。

義仲は、爪弾きする男と堂々たる巴を見くらべ、豪快に打ち笑んでいる。

「何事も、巴殿の下知にしたがうずら」

兼平が耳打ちした。

「も少しすすむと、木立が無くなり、開けるそうです。如何します?」

「相手の方が、俺達より、馬が多い。——此処でいい」

——馬蹄音が大きくなってきた。

やって来たのは、三十人くらいの武士と、一人の法師であった。

いずれも騎馬である。

武士を率いているのは、萎びた老猿に似た、小柄な男だ。穏やかな相貌で白髭にはさまれた唇には円熟した笑みがたたえられている。白眉の下の目は、蕩けたように、細められ、笑っているのか……冷たく窺っているのか、容易に悟らせぬ。体に不釣り合いなほど重そうな白銀造りの大太刀を佩き、黒漆に銀の蛭巻がされた小薙刀をかかえ、弓矢はもっていない。立派な直垂をまとっていた。

老人に率いられた、武士どもは——いずれも一癖も二癖もありそうな、頑丈そうな輩だ。直垂や水干の下に腹巻鎧を着、弓矢や太刀、筋金入りの棍棒、薙刀、薙鎌で武装していた。

直感的に義経は——昨日の長者が、兵をよこし、何か因縁をつけようとしているのでは……と思った。

が、僧の顔を一目見た義経——驚きの矢に頭の中を射貫かれる。混乱した義経は面を伏せている。氷月が案じるように見る。胸を高鳴らせた義経は、どうか気づいてくれるなと願う。出来れば後ろにまわりたかったが、今、左様な動きを見せたら逆に怪しまれよう。

──あの頃からは……変ったはず。

大丈夫だと、己に言い聞かせた。

善光寺方向からやって来た武士たちは義経一行と数間をへだてて馬脚を止めた。

小さき猿に似た、一見穏やかそうな老武者が、

「そこもとは……」

兼平が向き合うように前に出、

「今井四郎兼平と申します」

僧が、こっちを見ている。皮膚を突き破って、体にぐいぐい入るような視線で。

──気づいておるっ。

義経は、わかった。

髪を下ろした後の名は知らぬ。この僧はかつて、竹王（たけおう）という名で──鞍馬山で稚児（ちご）をしていた──。

鞍馬には義経を盛んに攻撃してくる稚児のグループがあった。平家の童を中心とする集団だ。竹王は、その集団に入っていた。

……越後（えちご）の出と言っておった。

越後と北信濃は、近い。竹王が、善光寺や、名高き山岳道場、戸隠山に縁者と共に参拝しても、何ら不思議はない。

老武士は丁重に、

「木曾庄司殿の御子息か……。わしは、貴殿が乳飲(ちの)み子の頃、一度会うておる。もうお忘れかの？　高梨庄司(たかなしのしょうじ)政友(まさとも)と申す者」

今は亡き少進坊は信濃に入る前、かく語っている。

『高梨庄司は北信濃における有力な平家の家人。幾度も、宗盛(むねもり)邸の番役で上洛している男にございますれば、用心が必要かと思いまする』

その男をどういうつながりがあるのか、竹王めが、引き連れてきた。

「おお、高梨殿でござるか……。さすがに覚えておりませぬが、ご高名は父から幾度も聞かされておりまする」

如才なく答える兼平だった。

高梨政友は一度、義経を睨み、

「実はのう……これなる僧は、蓮明(れんみょう)と申しての。我が甥(おい)ぞ」

兼平は少し困ったように、

「そうですか」

話の雲行きが見えないという声色だった。

巴が自分を見捨てることはあるまい。だが、会ったばかりの義仲や兼平はどうだろう。自分が謀叛人の子として、平氏に手配されていると知れば、彼らは高梨に引き渡すのではないか。此処は清盛が治める天の下、その方が自然だ。

頬が燃えそうな義経は唇に強力を入れる。

政友は、兼平に、

「蓮明は年少の頃、洛北鞍馬山で修行しておってな」

義経は竹王こと蓮明を——鋭く見据える。

少年、竹王よりも、青年、蓮明は、だいぶ肉付きがよくなっていた。唇は赤く、てかてかしていた。蓮明は笑みながら義経を見る。義経は、睨み返す。——二人の間で火花が散った。

巴と氷月はもちろん、義仲たちも、義経と蓮明の過去に何か接点があったと気づいたようだ。仲間たちの面差しが硬くなる。

——高梨に引き渡されるわけにゆかぬ。もし、今井殿が、こ奴らに引き渡すなら、わたしは……高梨の郎党はもちろん、今井殿、木曾殿の郎党からも逃げる。無念だが……そうする他ない！

それは影御先との別れを意味するが、心を決めた。

胸が、激しく高鳴っている。熱い心臓が皮膚を突き破って、外に出そうだ。

「越後に里帰りし、わしの許に挨拶に来たのよ。共に善光寺に詣でた処、気になる男を見たと……この蓮明が申しての。誰だと思う？」

「さあ」

兼平は首をかしげている。

「前左馬頭・義朝の子、遮那王と申す者！」

「――――」

激しい衝撃が、巴以外の味方を揺すった。氷月が生唾を呑む音がする。

「その者が、貴殿の供の中に紛れ込んでいるという。入道相国様のお気持ちを踏みにじり、謀叛を企む極重悪人じゃ」

「どの者です？」

「――そこの下人也っ！」

猛烈な気迫と共に小薙刀が義経を――真っ直ぐ、指した。

馬上から睨んでくる高梨たち、そして横から見詰めてくる氷月、義仲や兼平の目、沢山の視線が義経に刺さる。

兼平は意外なほど落ち着いた声で、

「……そうなのか？」

義経は堂々と顎を上げ——勝ち誇ったような蓮明から、猛気を漂わす老武者に視線をまわす。高梨政友のまとう闘気の重さ、隙の無さから、義経はこの老人が並々ならぬ武芸の持ち主であると、知った。昨日、石黒太夫の後ろにいた四人を合わせたよりも、強いかもしれない。

義経は重たい静黙を突き破るように、堂々と、

「他人の空似でしょう。わたしは八幡と申す者」

「否定しておりますが……」

「そりゃ、誰だって否定するじゃろうよ。のう？」

政友が後ろに言うと、郎党どもはいかにもというふうにうなずいたり、せせら笑ったりした。

猛気を引っ込めた政友は、また蕩けるようなやわらかい物腰で、

「今井殿。これは、貴殿の下人かの？」

「……仲間に候」

皺首をかしげ、

「仲間？　下人の間違いじゃろう？　その下人、わしに売ってくれぃ。銭は……これを買った時の倍出す。異存はあるまい？」

小鳥の囀り（さえず）が、した。いつでも刀を抜き、駆け出せるよう心を構えている。

木曾殿の家来はなるべく斬りたくないな。

山中の小道は緊迫を孕（はら）み静まり返っている——。

「お断りする」

兼平は、透き通った声で告げた。義経は驚く。一歩もゆずらぬ雰囲気で、

「本人は違うと申しておりますし、仲間を売るのも筋が違うでしょう」

「筋とか——そういう問題ではなかろう！　今井のっ」

一気に面貌を険しくした政友は叫ぶ。

「わしは入道相国様に忠節を尽くすこと、十余年。当国一の家人を自負しておる。天下に安寧をもたらした入道相国様に盾突くような輩を……」

義経を、ギロリと睨み、

「わしの目の黒い内は、この信州でうろつかすわけには参らぬ！」

「無礼な男ずら」

義仲の一言を政友は聞き逃さぬ。

「何が無礼じゃ。なりは大きいのう。何者かっ」

素性を明かしてはなりませぬ、という顔様で兼平が義仲を睨む。

義仲は傲然と、

「木曾の義仲」

「同族を庇うわけか！　お前も一味じゃな？　どうする兼平！」

激高し鋭く大喝した政友は、薙刀を兼平に向ける。両陣営の侍どもが一斉に臨戦態勢になる。

「木曾庄司殿に免じ、猶予（ゆうよ）をあたえる！　十数えるうちに逆賊を渡せ。さもなくば――うぬらもまた、六波羅に盾突く者と見做（みな）し、このわしが掃滅（そうめつ）してくれる！

一、二、三、四、五……」

兼平は答える代りに――猛速の矢を、高梨庄司に見舞わしている。

老武者の小薙刀が、必殺の鋭気を弾く。

「――殺（や）って、いいわけね？」

巴の一声に、木曾義仲、今井兼平口々に、

「おうよ」

「おうよ」

「逆徒を――討滅せよ！」

皺首が千切れかねぬ高梨庄司の大喝だった。

味方から、かねて用意の香矢が次々放たれ、敵からも――矢の雨風が降ってくる。敵味方双方幾人か倒れる。

「徒歩の者、林内へ！　騎馬は道にのこれ」

義仲から、下知が飛ぶ。

善光寺がある方に体を向けた義経から見て、左が山側、右が谷側で、いずれも斜面に高木が生え、薄暗い林床に山草が密生していた。総員、騎士である敵は、戦いがはじまった時、林にわけ入るのを嫌った。だから狭い道に縦に長い線として伸び切っていた。

一方、義仲の下知により――味方はもっと、柔軟な陣形を取っている。義仲、兼平ら騎馬武者が、小道をふさぐように得物を構え、影御先の三人や徒歩武者は左右の斜面にさっと入り、樹を盾にして戦う構え。

――凄い咆哮が上がった。

義仲。

矢の雨が降ってくるにもかかわらず葦毛の木曾駒を驀進させた――。天地をふるわせかねぬ大音声に敵がおののく。

義仲の大太刀が、迫りくる矢を次々打ち落とす。

高梨庄司が吠えるや——その後ろにいた武士二人が、馬を前にすすめ、一人は薙鎌で義仲の首を掻こうとし、いま一人は刀で斬りつけた。

兼平の矢が薙鎌の男の喉を突き、義仲の大太刀が、刀と薙鎌を払いのけ、次の刹那、猛烈な血煙が上がった。

二人の武士の首を、直線的に斬り飛ばしてしまった——。

「一日で……倅二人をうしなったわ！　下郎！」

眼を血走らせ、白髭を憤怒でふるわした高梨庄司が、鬼の形相で叫び、

「仇敵の弟に何ゆえ肩入れする！」

分厚い剣風が老武士に叩きつけられ——小薙刀が火花を上げて発止と止めた。

「わからぬ。今は味方と、思うからよ」

義仲は、言った。

——！

義経を狙い矢が射られる。

武士から弓をかりた蓮明が射たその矢を、樹が盾になって、ふせいでいる。

――一日で、倅二人をうしなった。

高梨庄司の言葉が、胸を抉る。

幼き日、父や兄たちをうしなった自分と、今、息子二人を一日でうしなった高梨庄司、どちらが重い苦しみなのだろう。

この敵が不憫である気がしたが、一つはっきりしている。

この敵を倒さねば今日を生きられぬのだ……。それが父祖が歩んできた武人という存在の峻厳なる道なのだ。

氷月がひょうと射る。

矢が、蓮明に当り、あっと叫んだ僧は落馬した。

義経を守るミズナラの隣のミズナラに隠れた氷月、その樹が、豪速の矢を食い止め、粉を散らして身震いする――。

灰色の肌に不規則な裂け目が走った、ミズナラの幹、梢からだいぶはなれた幹の下部にぴったり体を押しつけながら、氷月は、

「大変なことを隠していたのね……」

怨じるような言い方である。源義経という名は、熊井郷で知ったが……その義経が義朝の倅だという事実を、今日知ったのだ。

「隠す他、なかった」

義経は樹から飛び出た――。

襲い来た矢を、払うや、斜面を素早く駆け――谷側から敵に迫る。氷月が矢で援護する。

「あ奴を討てば栄耀(えいよう)は思いのままぞ！」

義経に矢があつまる。それを悉(ことごと)く刀で弾き、あるいは、樹を盾にしてかわし、敵に突っ込む――。

義仲を高梨庄司の凄まじい一閃が襲う。義仲は、戛然(かつぜん)とそれを止めた。

敵と味方は集団でぶつかり合う。

この頃の武士が、必ず一騎打ちで戦ったというのは、大いなる誤解である。軍記物を読めば明らかなように、一人の武士に幾人もの郎党が襲いかかって首を取る、というような戦い方を当時の武士たちはしている。

ただ、集団行動（槍衾(やりぶすま)や一斉射撃）で大きな力を発揮する槍、鉄砲がまだ現れていないため、どうしても、敵味方入り乱れ、各個人が目前の敵に夢中で刀や薙刀を振るう戦い、個の力と力がそこら中で、ぶつかり合う戦いが多くなる。

この時……好敵手にめぐり合い、周りが手出しをためらうような状況が、たまたま生れたりするわけで、そんな時に一騎打ちとなる……。だからいつも一対一で戦うわけでは決してない。

高梨の若党が、二名、かの庄司の後ろから突出、刀を振るわんとした——。

襲いかかってきた男の一人を義仲が叩き斬る——。

悲鳴が、血飛沫に混じる。

高梨庄司が今度は大上段で義仲を上から襲うも、木曾の荒武者はまた止めた。

義仲を剣で突こうとした若党に、馬を猛進させた兼平が矢を放つも——そ奴は頭を低くし烏帽子(えぼし)を吹っ飛ばされながら助かる。烏帽子を無くした若党が剣をくり出すも——いきなり山側斜面から吹いた刃の旋風が、刀を手首ごと、飛ばす。

巴。

影御先の乙女が振った小薙刀だ。義仲の刀の凄まじい衝撃が、そ奴の黒糸縅の腹巻を、打ち据える。若党は、血反吐(ちへど)を吐いて落馬、背中を思い切り打って動けなくなっている。

刹那——斜面下方から義経が鳥の如く跳躍、高梨庄司の後ろにいた武士の馬を超す高さで、空(くう)を切りながら——隻眼(せきがん)のその侍を仕留めている。

魔界から飛び出た怪鳥(けちょう)を見たような表情で固まったそ奴の顔が、横に二つに、われた——。

着地し様、大金串を放る義経。別の武士の眼が赤く裂け落馬して後頭部を打ったその男の命は消える。

「おうりゃぁ！」

義仲が叩きつけた凄まじい殺気の圧を高梨庄司は馬から飛び降りてかわし、自らの馬の下をくぐらせた小薙刀で義仲の馬脚を切ろうとするも——義仲は愛馬を前に跳ばし、かわす。

さっと、馬体をくぐった高梨庄司、義経をみとめる。

騎馬武者が、兼平に薙刀を振るも弓を捨てた兼平が高速で抜いた太刀でふせがれ、一刀の下に斬殺された——。

巴が馬の足を斬り、前のめりになってその馬から転がった敵を、義仲が捩(ね)じ斬る。

義仲から獅子が十頭吠えたような声が出た。木曾の鬼柄者(おにがらもの)の大太刀が、蜘蛛(くも)手(で)、香菓泡(かくなわ)に暴れ、血煙がいくつも散った。

敵に、動揺が走る。

――――――！

高梨庄司の小薙刀が義経を袈裟斬りにせんとした。

――端武者(はむしゃ)五人を合わせたより、凄まじき気迫！

義経は山側斜面に跳び、ことなきを得た。

高梨庄司も斜面に入る。

二人の足が、山吹やウツギの枝をおっている。義仲の郎党二人が高梨庄司を襲うも、小薙刀が起す血の暴風に巻かれて――屠(ほふ)られた。

義経と高梨庄司は、しばし睨み合う。

「……なかなかの腕前よの」

皺深き敵は、小薙刀を構えた。十人の勇士が構えたような圧迫感がある。

「貴方こそ……」

――戦とは、酷いものだな。

自分が討たれることもある、親が斬られることもある、さっきまで笑っていた子を思いがけずうしなうこともある。今さらながら、己が身を置こうとしている道の恐ろしさが、骨身に沁みた。

乱闘は益々激しくなっていた。混戦の中、賞金首を討とうと、二人の荒武者が義経に奔馬をすすめるも――一人は巴が咆哮を上げて胴斬り。いま一人は恐るべき精度を誇る氷月の矢が首を貫き、泉下の人となった。

刹那――高梨庄司が、突風となって、来る。

左手が今剣を抜く。

義経は小剣、今剣で薙刀の旋回をふせぎ、逆手にもった右の刀で斬り抜けようとするも、読んでいた老武者は薙刀の柄で義経の攻撃を封じた。

二人同時に――後ろ跳びしてはなれた。

義経は、右手で振った刀で、山吹の枝葉を薙ぎ、再突進して来る老武者に叩きつけつつ、左手で今剣を飛ばしている――。鬼一法眼には山ではあらゆるものをつかって戦えとおしえられた。

「む」

顔面を襲う蜘蛛の巣がついた大量の枝葉を払おうとした老武士は、足を今剣に抉られる。――山伏兵法。高梨庄司が経験したことのない戦い方である。

義経から――闘気が放たれる。今の攻撃にこりた高梨庄司が小薙刀をまわすが、義経は、気を敵にぶつけただけで、動いていない。偽計であった。

鞍馬で鍛えた義経の足が一気に天狗跳び。桁外れの間合いを詰め高速の一閃が老いた猛者を横に斬った。

「……小癪っ……」

義経を、くわっと睨み、

「うぬは……大乱を起すな。謀叛人の大悪党めが！」

高梨庄司は血を撒き散らして斃れた。

――謀叛人の大悪党か。

「高梨庄司政友……旅の者、八幡が討ち取った！」

「遮那王ぉおっ！」

怒号が――突進して来る。

氷月に射られて落馬した蓮明だ。腹から血を流しながら、仲間の太刀をひろい、義経目がけて走っている。

僧だからといって侮れぬ。武士の次男で、強制的に寺に入れられた蓮明は、僧にするのがもったいないくらいの武勇の持ち主だ。

義経と蓮明、鞍馬で学んだ者同士が――刀をにぎって駆け合う。

二人は凄い速さですれ違った――。

蓮明は、会心の笑みを浮かべる。

義経の面差しは動かぬ。やがて、義経が、

「……南無阿弥陀仏」

弔いの言葉を口にした。

唱え終るや、よろ、よろと――二歩前にふらついた蓮明が、ゆっくり斃れた。

指導者をうしなった敵は直線の陣形では不利と悟り、後ろの武士が馬から降り、木立に入って戦おうとしたが、遅い。義経と義仲、そして兼平の太刀、巴の薙刀、氷月の矢が猛威を振るい、高梨の一党を全滅させた。味方は九人が討ち死にした。

返り血を浴びた義経に馬から降りた義仲が大股で近づく。

義仲の分厚い肩は荒く動いていた。湯気が、立っている。義経の麗しきかんばせにも汗で濡れた髪が幾本かかっていた。小兵の義経と大男の義仲が、同じくらいの気迫をまとい、向き合う。義経の傍らに巴と氷月が、義仲の傍に兼平が立つ。

義経は義仲たちに、

「素性を偽ったこと、お詫び致す」

「九郎……なのか?」

「九郎義経と名乗っております。悪源太義平は、我が兄です」

義仲は瞑目した。

しばし黙した後、

「……父を……よく覚えておらぬ」

「……わたしもです」

義経の兄、義平がこの従兄の父を斬ったのは、義仲がまだ乳飲み子の頃だった。義朝の家来、斎藤実盛（さいとうさねもり）がこの赤子を大変憐（あわ）れみ、背中におぶり木曾谷に馬を走らせ、その地の豪族であった兼平の父に、養育をたのんだのだった。ちなみに、斎藤実盛とは京で一度会っている。

悪源太が義仲の父を斬ったのは独断ではない。

命令者がいる。

義経の父、義朝だ。義朝は我が子に命じて我が弟を斬ったわけである。

義仲は静黙している。配下も、影御先たちも、固唾を呑んでいる。頬傷がピクリと蠢き無精髭が周りに生えた厚い唇が、開いた。

「平家の強さは……清盛を中心に一門が堅くまとまっとることとずら」

深い考えがにじむ声であった。義仲は怒りをにじませて、

「源氏はいつも、一族同士で殺し合っとる！」

「…………」

開眼した義仲は、義経をきっと見、

「俺はな、義経。源氏の男が平家の男に一対一で負けるようには思えぬ」

「——はい」

「個の強さでは、源氏が上ぞ！　じゃが……個が強すぎるゆえ、いつもぶつかり合い、殺し合う……」

かすかにうつむいた義経の額に深い皺が寄る。義仲は一歩、義経に寄り、

「それでは、勝てぬ。戦う前からばらばらゆえ……細切れにされて、負ける。今の源氏ぞ」

義仲の大きな手が義経の肩にがっしり置かれた。強い力が、肩にかかる。

「まとまらねば、勝てぬっ」

——この人も平家との戦いを心の深みで意識しているのだ。

「おんしの兄が、我が父を殺めた時……おんしは生れておったか？」

「いいえ」

「そのおんしをどうして俺が憎む？　我らは、同じ血族ぞ！　共に立とう。いつかな……」

信濃で、初めての家来、少進坊をうしなったが、新しき仲間を、心強い仲間を得たと思う義経だった。強い感情を込め、声をふるわし、

「はいっ、その日を、楽しみにしております！」

義経と義仲が争うのではないかとひやひやしていたらしい巴や氷月は、よかったというふうに体の力を抜く。兼平が大きくうなずいている。

義仲はぽんぽんと義経の肩を叩き、気さくに笑み、

「こすい男ずらっ。のう兼平、こいつは、何か大事を隠しとると、俺は言うたろう？」

白い歯を見せるのだった。

「はっ」

兼平は、穏やかに応じている。義経は義仲たちに、

「わたしのせいで……お二人を大変なことに巻き込んでしまった。木曾殿と今井殿が、六波羅に、目をつけられるやもしれない」

兼平は、言う。

「気にされるな。主も某も、いつか清盛と刃をまじえねばならぬと思っていました。だが……今、謀叛人と見なされるわけにはゆかぬ」

今までと打って変った冷えた気を漂わせた兼平は、郎党たちに、

「高梨殿は父御とゆかりがあった御方。……不憫であるが、やむを得ぬ」

厳しい声で、

「――全員に止めを刺せ。山賊の仕業に見せかけるぞ。遺骸を谷に落とし、金目のものを奪え」

ふだん穏やかな兼平だが主を守るためなら徹底した判断を下すようだった。義経は猛虎のような荒武者、義仲よりも、兼平の方が、恐るべき武士であるように思った。

少し後――。

血が混じった陰鬱なる凄気が、暗い斜面に遍満している……。止めを刺され、金子を奪われた骸、直垂などを剝ぎ取られた屍が、樹が並ぶ斜面に、無惨に転がっていた。

主をなくした馬は草を食んだり、先刻の場所に茫然と突っ立ったり、元来た方

にとぼとぼ歩きはじめたりしている。

「あっああ……痛い！　糞っ」

屍の中から声がしている。

血だらけの蓮明が、草を摑んで這い出し、

「他に生きておる者はおらぬか！」

——答は、ない。

「わしだけか……おのれっ」

止めを刺した者が甘かったか、あるいは出家ゆえ遠慮があったか、氷月に射られ、義経に斬られ、止めの一刺しまでくらったのに、何とか生き延びた蓮明、身をわななかせながら、痛みに耐えて這い上る。這う度に草が血で汚れる。

「叔父上まで……許せぬ。じゃが、甘い止めが運の尽きじゃ遮那王！　お——」

瞠目する。さっき戦いがおこなわれた辺りに旅人が二人立っているようだった。嬉々(きき)として、

「誰か、そこにおられるのですな！　お助け下されっ！　謀叛人の一味を追っていた処……返り討ちに遭いっ……」

泣き笑いの表情で声を張る。白い山気がまったりたゆたう斜面を、草汁と土と

血に汚れた顔がさらに汚れるのも厭わず、夢中で上った。

「入道相国様に害意をくわえんと目論む極重悪人！　討ち取れば、千金の恩賞は間違いなし」

「…………」

二人組は、無反応である。しばらく蓮明を黙視していたが、やがて、無言のまこっちに近づいて来る。

――地獄に仏じゃ。

が、寄ってきた二人をよく見た蓮明はぞっとしている。

――異様な二人であった。

一人は金壺眼の陰気な雰囲気の男で、痩せているが驚くほど背が高い。ひどい傷が額を走っている。いま一人は中背だが、不気味な仮面をかぶり、鎖を体に巻いていた。

面妖なる男たちであるけれど――さっき自分に降りかかった剣難ほど恐るべきことは起るまい。さっきは一生分の不幸が土砂降りになって襲いかかってきた。もう、晴れ間に向うはず。でなければ、不公平だ。蓮明は思う。

妖気をまといし二人に、

「旅の方、どうか、御慈……」

次の刹那、

「あっ……え？」

病的な痙攣が——蓮明の面を走った。

陰気な金壺眼の奥が、血色に光り牙が剝かれたから。

少し後——身もだえするような絶叫が、暗い山林をふるわした。

義経の両側で森が開け、蛇行(だこう)した道は小さき山里に出ている。

稗殻(ひえがら)を屋根にした貧しげな家が四つあり、猫の額ほどの土地に、段々畑がつくられている。麦畑の脇でウツギが白く咲いている。

家の前に棒が立ち猪(しし)皮が干されていた。稗、麦をそだて、炭焼きや狩りで生計を立てる山人の里だろうか。

義経たちが里に入ると、小家の一つから、人影がひょっこり現れる。その小さい人はこちらを見るや——タ、タ、タ、ターと駆け出した。

「八幡様ぁ！」

「三郎！」

義経は最前に出る。海尊も、三郎が出て来た家から姿を見せている。義経は胸に飛び込んできた三郎を思い切り抱きしめた。

「無事であったか？」

「うん」

皆の只ならぬ様子に気づいた三郎は、

「……襲われたの？」

「うむ。羅刹でなく……武士どもにな。何かわかったか？」

「うん。おいらたちは、さっき此処についたんだけど……」

かなり急ぎ足で旅してきた義経たちは前日に出た三郎たちに、追いついたのだ。

「此処は、四軒家という山里でね」

巴が、すかさず、

「常在がいるの？」

「人の話は最後まで聞こうよ。四軒家の人が言うには……此処よりずっと上、顕光寺よりさらに上に、もう一つ山人の隠れ里があるんだ。そこには七つの家が在る。常在は、そこだね」

「何で断言出来るのさ?」

巴の問いに、三郎は自分の袖に染められた黒い七曜をつつく。

「あの家の子がね……この七つ星の模様と、全く同じ形に、七つの家が並んでいるって、言うんだ」

「——でかした。間違いないね」

巴が手を打った。義経が、三郎に、

「詳しい所在は聞いておるな?」

「まかせておいてよ」

小さい胸を得意げに叩く三郎だった。

義仲が、悪戯っぽく、

「のう童、おんしの主の名は……八幡ではないらしいの。もう全て露見したぞ」

三郎の顔に——不審が揺らぐ。

「は? 何言ってんだ? おいらの主は、八幡様。他の名はねえさ」

必死になって庇わんとする。義経も今となっては、吹き出しそうになる。

氷月が細く垂れた目を、さらに細め、小さく笑った。

「この期におよんでまだ庇い立てするとは……。殊勝な御家来ね」

兼平が困惑を深める三郎に、

「真にそれ以外の名は無いのだな?」

「ねえよ」

「九郎とか……そういう名も?」

「九郎義経なんて、そんな名……あっ」

しまったという顔になった三郎は、口から出ようとする言葉の続きを手で押さえる。

「今井殿、あまりうちの子を脅かさないで。もう義経の氏素性は全て……この人たちにばれたの。でね、味方してくれるから大丈夫。何の心配もいらない」

巴が説明するもまだ三郎は半信半疑だった。

常陸坊海尊も合流、義経たちは間近に迫ってきた信仰の山、戸隠に向けて、移動を再開する。

十三谷三千坊とも言われた戸隠山伏の大聖地は遅くとも、平安朝の初め頃からととのえられてきたようだ。が、この地の山地民が、手力男命や思兼命を祀りはじめたのは、もっと時代が遡るだろう。

とにかく――多くの山伏が修行する霊山。邪鬼を退ける抹香が盛んに焚かれるし、清らな雪解け水がそこかしこに流れている。つまり、清水結界が、いたる所に張られている。

しかも、常在もいる。

黒滝の尼でもたやすく手が出せぬのが戸隠だった。

四軒家を後に再び山路を行きつつ、氷月が、

「わたしたちはさっき……血を浴びた。何処かで、禊をしていった方がいい」

体についた夥しい血は――不死鬼、殺生鬼を、引き寄せる。

「そうね」

巴が同意する。ふと――義経と氷月、二人の視線がまじわる。

乳をこぼしたような氷月の白肌に血を拭った痕がついている。

闇の中、氷月と潜行した記憶がふくらんだ。氷月は一糸まとわぬ姿で、義経は直垂も袴も脱いだ姿で、おぞましき魔窟をくぐり抜けた――。

氷月の首の大きな黒子を凝視する義経、頬が熱くなる。

氷月が気づき、唇をほころばせた。

「……どうしたの？」

　義経は上手く説明できぬが、かすかな不安のようなものが、氷月のかんばせをたゆたった気がした。それが少し気になる。

　同時に、海尊が、

「あったぞ、清流じゃ！」

　見れば――豊富な雪解け水が強い清流を形づくり、森を駆け下っていた。

　水源地たる戸隠では下界が旱であるのを忘れそうなほど水が豊かに流れている。だが、この水も平野に下れば、多くの里に引かれ、足りなくなるのだろう。

　巴と氷月、三郎が上流、義経や海尊、武士たちが下流で身を清める。川から出た三郎は頬を真っ赤にしていた。

　山伏寺（やまぶしでら）たる顕光寺内部に――黒滝の尼につながる勢力や、高梨党が、いるかもしれぬ。一行は用心に用心を重ね十三谷三千坊を迂回（うかい）、さらなる高みに向っている。

　だいぶ標高が高くなったからか耳がつーんとする。

　周りは、季節の歩みを一月（ひとつき）ほど前にもどした、新緑の林であった。ブナや白樺が若葉をつけ、あまり聞いたことのない鳥の声で溢れ、足許では笹が一面に茂っていた。

三郎と先頭を歩む義経は、只ならぬ気配を覚える。

——誰かが、木立から見ている……？

義経の鋭い感覚が肌に食い込む眼差しを捉えた。

鋭気を、漂わせ、

「皆、止れ」

後ろに手をかざす。全ての足が止る。

瞬間、

————！

樹上から放たれた矢が前方に突き立った。

「何奴」

義経は、問うている。巴や氷月、義仲らが、臨戦態勢になる——。

「こちらこそ、問いたい！　その七曜模様は何か！」

若葉の中から厳しい男の声が降ってきた。

義経は、巴を見た。小さくうなずいた巴は、一歩すすみ出る。

「濃尾の影御先の新しい頭、巴だ！」

しばらく黙していた樹上に潜む射手は、

「濃尾の影御先の頭は……」

「船乗り繁樹は……生ける屍になった。あいつらの仲間になったの！」

「雲龍坊殿は？」

「死んだ」

――間違いなく常在。義経は、確信する。氷月が弓矢を下げ義仲らも臨戦態勢を解く。

男が二人、樹から、飛び降りている。弓矢をもち鹿皮や猪皮を腰に巻いている。

二人とも極めて小柄で屈強だ。蟹が潰れたような、扁平な相好をしており、長いぼさぼさ髪を下に垂らし、日焼けした顔にいかにも強そうな無精髭が生えていた。一人は黒鉢巻を締め、いま一人は似たような黒布を首に巻いている。二人ともよく似ているから兄弟かもしれない。

鉢巻と、首に巻いた布が取られる。

「――――」

二人はそれぞれ眉間と喉に、黒い七曜模様を入墨(いれずみ)していた。影御先の印である。

「婆様(ばばさま)が……今日は大切な客人(まろうと)と、招かれざる客があろうと、話しておった。あんたらは大切な客。こちらぞ」

男の一人がうながす。

一行はずんぐりした男たちにみちびかれ林内をすすんだ。

しばらく行くと——木立が、開けている。

眼下に花が沢山咲いた窪地(くぼち)があり、古風な竪穴(たてあな)式住居が七つ、建っていた。炊煙が上っており犬が二匹吠えながら向ってくる。七軒はたしかに七曜模様を描いて建っており、花畑の真ん中を戸隠山が吐き出した清流が横切り、窪地全体をかこむように、ニンニクが生えている。

芳香を放つ花、山が吐き出したばかりの清水、ニンニク——悉く、邪鬼が嫌うものである。

常在の隠れ里は里全体が大きな蒜城(ひるき)になっている。

影御先たち、そして義仲一党は、里の中心、一際大きな竪穴式住居に案内(あない)される。義経らが近づくと、中から極めて高齢の媼(おうな)が四十歳くらいの女にかしずかれて出て来た。

長い白髪を垂らし、獣皮やイラクサ、藤布(ふじぬの)など、様々な素材をつなぎ合わせたぼろ衣をまとい、イラタカ数珠(じゅず)を猪首(いくび)に巻いている。

森で声をかけてきた男たちに似た風貌で、顔は平ら。子供かというくらい小さい。嫗は赤い七曜を喉に、黒い七曜を額に入墨していた。ちらほら顔を出したこの里の者は、皆、黒い七曜を入墨していたが、赤七曜を体に入れた人は、他にいない。

白髪の嫗は、

「もうほとんど見えぬが……心の目はよう見えておる。新しい娘のお頭、それを守る勇士たち、よくぞお越し下さった。常在をたばねておる赤鳥(あかどり)と申す」

めいめい名乗り合うと、赤鳥は大きな樹を背にした竪穴式住居に一行を招じ入れる。

巴はまず、黒滝の尼なる不死鬼により、多くの仲間が討たれたこと、敵が戸隠山に宝の一つがあると知り、動き出している旨をつたえた。

菅筵(すげむしろ)が敷かれた薄暗い室内、土に直接切られた炉(ろ)の舐(なめ)るような明りが、若々しい巴や皺深き赤鳥の相貌を、下から照らしていた。

「我らの先祖が……役行者直々の命により、此処でかの鏡を守りはじめたのは、文武天皇の頃と聞いておる……。かれこれ、五百年ほど昔か……」

五百年という時の重みが下界を旅しながら羅刹と戦ってきた若き影御先たちを、押し潰しそうになった。赤鳥たちは五世紀もの間、下界から訪れた影御先との通婚など……特殊な例外が無い限り、七つの家で婚姻を重ね、豊明の鏡を守ってきたという。

「昼のうちに陽の光を溜め、闇の中でも光明を放ち……不死鬼を焼き尽くし殺生鬼を脅かすという豊明の鏡。敵からしてみれば、何としても我らから奪い、壊すか、他の血吸い鬼を脅すのにつかいたい処じゃろう……」

薪をくべつつ、赤鳥は、

「その大切な霊宝を守るためえらばれた七つの家の者は……決して下界に下りず、此処で暮して参った。……濁世の影御先は……」

山の上の影御先は、義経や巴など下界ではたらく影御先を濁世の影御先と呼ぶようだ。

「新しい首領と副首領が決ると、訪ねて参った。繁樹殿もずいぶん若い頃……」

度来られた」

巴に面を向け赤鳥はあらたまり、

「古い頭につれられて此処に登るのが仕来りでした。ですが、貴女様は……」

「様なんて、止めて下さい、あんたの方があたしよりよっぽど……」

赤鳥は頭を振り、

「いや、よいのです。貴女様は頭で吾はそれにしたがう身。貴女は……前の頭が、人道から修羅道に入るという未曾有の事態の許、自らの力で、頭になられた。……恐るべき時世になったものよ……」

巴は静かに、

「不死鬼、殺生鬼の力が、強まっているんです」

「そのことと関りあるのじゃろうか？　あるいは、血が濃くなりすぎたゆえか……？　この里には近頃、子が生れにくうなりました。年寄りが多くなって参った」

そう言えば隠れ里に入ってから童を一人も見ていない。

「この里の在り方も今のままでよいのか、左様なことも……濁世の方と相談せねば……かく思うておった処なのでございます」

話し合いの結果——豊明の鏡は早急に他にうつすと決った。黒滝の尼に戸隠と知られた以上、此処にあるわけにゆかない。どれだけ時をかけても、魔女は霊鏡に邪まな手を伸ばして来る。鏡が動くなら——これを守る常在も山を下りる。

ただ、

「わしはもう九十……旅が出来るとは思いませぬ。六太夫と申す翁も八十八歳。これも旅が出来ますまい。わしと、六太夫、幾人かの老人はのこし、若い者をお連れ下され」

「お婆様。おらものこります」

介添えをしていた細面の女が述べると、赤鳥は、

「いいや。お主は山を下りい。今まで山の下をろくに見てこんかった。鏡と共に旅するがよい。お頭……どうか、わしと老いた者たちが、此処にのこるのをお許し下され。影御先を抜けることをお許し下され」

赤い七曜が弱々しく収縮し嗄れ声がしぼり出されている。大切な戦いで足手まといになりたくないという思い……隠れ里でずっと生きてきた者として、この地を簡単に見捨てたくないという気持ちが、痛いほどつたわった。

巴は神妙な顔で、

「赤鳥のお婆様……置いてゆけないよ。此処にのこれば、殺される。冥闇ノ結は必ず来る。不死鬼に殺生鬼。餓鬼。立川流を信じる只人……。置いてゆくなんてあたしには、出来ない」

氷月も細い目に悲しみを潤ませてうなずいた。が、媼は、決然と、

「——ただでは殺されませぬ。一人でも多くの敵を……道づれにしてみせん」

ずっとつきしたがってきた女の従者がさめざめと泣く横で、頑として、意志を動かさない。

今から下れば——山中で、日没を迎える。出発は明日曙と決っている。結局、赤鳥と六太夫、どうしても旅が出来ない老人たちは置いてゆき他の常在は同道する形になった。

豊明の鏡の正式な遷座場所は、東の影御先の頭、山海の影御先の頭、今はなき畿内の影御先の頭で目下、山海の影御先と共に動いている磯禅師など、諸国の影御先とも相談せねばならない。巴の一存では決められぬ。一度、暫定の隠し場所にうつし、その後で正式な隠し場所を詰める。

「一昨年、邪鬼どもが——王血者を狙っているという噂があった時、船乗りのお頭は、濃尾の王血者をさがし、諏訪下社、金刺盛澄殿の所にあつめました」

氷月が言う。金刺盛澄ならば義仲や兼平の武芸の師で、現在、今井の里を守ってくれている。

「諏訪ならばいくつも宝鏡があるだろうし、その鏡がくわわっても、怪しまれまい。それに清らな水も多く湧き出る」

兼平が顎に手を当てる。義仲はこの大切な話にくわわらず、常在がつかう矢を興味深げに手に取っていた。

「——決りだね。取りあえずの隠し場所は、諏訪下社。今井に急行して、金刺殿にたのむ」

巴の決断は早い。

「諏訪に鏡をうつしたら常在の衆に堅く守ってもらい、西と東に使いを出し、正式な隠し場所を決める。赤鳥の婆様、どう思う?」

「良いかと思いまする。では、早速、鏡を封印から解き日の光を吸わせましょうぞ」

竪穴式住居の裏で、見上げるほど高い樹が、青空一杯に皹割れた手を広げていた。齢数百歳を数えるであろう梅だ。

「……行者梅（ぎょうじゃうめ）。役行者お手植えの梅です。今年は……花がほとんど咲きませんでした。この里はじまって以来初めてのこと。花がろくに咲かぬゆえ、実も……」

赤鳥が老木を仰ぎ見る後ろに義経たちが立っていた。

陰暦の五月は、太陽暦では六月、山の下では梅果が熟れはじめる頃である。が、元気ない顔つきで、少なめの葉をまとった行者梅は、一つの実もつけていない。

「単に、旱（ひでり）のせいか……悪いことが起る兆（きざし）なのか……。話し合っていた処にございます。梅中（ばいちゅう）の祠（ほこら）に鏡が在ります」

「ばいちゅうの祠？」

巴が、訝しむ。

「あれなるほよの中に――祠が在るのですよ」

ほよとは宿木（やどりぎ）である。宿木は、落葉樹の梢の中に茂る常緑の小低木だ。大きいものは幅三尺（約九〇センチ）を遥かに超える緑塊となる。冬でも青いため、古（いにしえ）より神聖視された。

ほよのやわらかい実は、ある時は風にはこばれ、他の樹に潰れながら付着、またある時は、渡り鳥に食われてその腹におさまり、彼方にはこばれる。そうやって樹の上から樹の上へ、勢力を広げる。

たしかに球形のほよが三つ、梅の梢に発達していた。赤鳥の指は一際大きな幅四尺（約一二〇センチ）はあるだろうほよを、差している。

赤鳥が樹上に合図する。

男が二人、梢から顔をのぞかせた。――緑に染めた衣を着て葉群に溶け込んでいたのだ。

赤鳥に付き添う女が説明する。

「――木守（きもり）。鏡守（かがみもり）とも言い、この里でもっとも辛い役目にございます。昼と夜に二人ずつ、七つの家から交替で、見張りを出します。その間、行者梅から決してはなれてはなりませせぬ。親が死んでもはなれてはいけない」

「…………」

常在は二人の木守、花畑とニンニク、森の各所に配された見張り、三重の防御陣で、五百年以上の間、豊明の鏡を守りつづけてきた。旅する影御先と同じくらい過酷な戦いを戸隠を守る常在たちもつづけてきたのだ。そのことを、義経たちは心底わかった。

「樹の上に隠したのは？」

氷月の問いに、

「昼は、日の光が不死鬼を討ち、春は、花の香りで結界が張られる」

赤鳥はおしえた。

巴は赤鳥に、

「どうすればいい？」

「木守が縄を下ろしますゆえ、まずは御登り下され」

鉈をもった巴は、縄をつかってするする登った。ほよの所まで到達すると、鉈を振るい、枝を手際よく払っている。

すると、どうだろう。

ほよ、そして葉群に隠された、小さい木の祠が現れた——。

巴が赤鳥を見下ろす。——開けてよいか、という問いかけだ。

「お開け下され！」

赤鳥は、叫ぶ。義経や氷月が生唾を呑む中、巴はほよの葉にかこまれた祠を開け、中にあったものを慎重に出す。緑の子宮から赤子を取り出すような所作だった。巴は秘匿されていた木箱を大切そうにかかえた。そして片手で縄に摑まり、シュッ、と降りてきた。

木守二人も樹から飛び降りる。

影御先の皆が、巴をかこんだ。武士たちは義仲の下知でそれを遠巻きにしている。――巴の右手が箱をかかえ、ふるえる左手が蓋(ふた)を開けようとする。蓋の中央には七曜模様、それをかこむ形で、四方を守る四聖獣が黒漆で描かれている。

――箱が、開けられる。

中には埃にまみれた銅鏡が大小二つ入っていた。

赤鳥の、嗄れ声が、

「言い伝えによれば……大きい方が豊明の大鏡。小さい方が豊明の小鏡」

豊明の大鏡は太陽光を吸わせることで、ほんの一瞬、強烈な光明で辺り一面を照らす。闇の中でも。その光は――どれほど強い不死鬼でも、焼き滅ぼせるくらい強い。

豊明の小鏡は大鏡と似た力をもつが光量は弱い。が、持続時間は、大鏡より長い。

「他の霊宝についても、おしえてもらえませんか？」

巴が訊くと、赤鳥は、

「小角聖香(しょうかくしょうこう)は東の常在があずかるという。邪鬼を退けるのはもちろん、餓鬼にも効くとか。またその結界は——何日も持続する」

「それは素晴らしい」

義経が面貌を輝かせると、

「ただ……僅かしか、のこらぬようじゃ」

「………」

「三回分ほどしか……ないようじゃ」

水玉（すいぎょく）は既にうしなわれ、邪鬼にとっての毒酒・神変鬼毒酒（じんぺんきどくしゅ）の製法は、畿内の首領につたわる。

これは熊井郷で聞いた通りだった。

その日は幾人もの影御先が取りかこむ中、二つの神鏡を太陽に向け、光を吸わせた。が、雨は降らぬものの……すぐに不吉な雲が出たため、ろくに光を蓄えられなかった。

夜半。

義経はミズナラや白樺が茂った林で太刀をかかえ、眠気と闘っていた。戸隠の常在は、周囲の林に、常時十二人の見張りを、置いていた。

義経は鬼門たる丑寅の夜警を自らかって出ている。

故に一人、不寝番をしていたが、つい、眠気が襲ってきた。

と——隠れ里の方から誰か歩いて来る。

義経は合言葉を口にする。

「つき」

月明りに濡れた、しなやかな影はそっと、

「しか」

笹を踏みながら歩いてきたのは弓矢をたずさえた氷月だった。氷月は、常在かららわけてもらったか、獣の毛皮をまとっていた。年上の娘影御先は、何気なく

——黒滝の尼に噛まれた首に手を当てて、

「巴が代れって。明日も、早いから」

綾布が如きやわらかい言い方だった。氷月の声に魅惑を覚えた義経は、じっと相手を見詰める。義経は妖尼が氷月にのこした咬傷が気になる。——血吸い鬼は、只人の血を吸い、その者に自らの血を吸わせることで、初めて仲間にする。だから黒滝の尼に噛まれただけでは血吸い鬼にならない。

義経の眼差しに気づいた氷月のシルエットは、囁き声で、

「……どうしたの？　九郎御曹司様」

刀を手に、落ち葉を筵にしていた義経は、苦笑いしている。腰を上げ、

「御曹司と呼ばんでほしい。その言葉の響きが、気に食わぬ」

「どう気に入らない？」

義経、氷月に歩み寄り、

「ゆったりとした高慢さが感じられる」

かしこまる氷月に月が薄白い輪郭線をあたえている。

「大変無礼を致しました。二度と、その不埒(ふらち)な言葉をつかわぬように、気をつける」

義経は、ふっと笑った。そして二人は言葉に詰まる。氷月の影を見ていると、義経は胸が高鳴り、血が熱くなるのを感じた。氷月の姿からも義経に何かを期待するような、危ういやわらかさを秘めた気が、漂っている。

義経が黙していると小声で、

「わたしの父も……武士と言ったでしょ？」

熊井郷、魔が統(す)べる闇の中で——氷月はたしかにそう話した。

「うむ」

顎を上げた氷月は真っ黒い梢と梢の間から透き通った星夜を眺めて、

「正確には……元武士の馬商人と言った方が、いいのかも」

氷月が話したそうだったため義経は倒木に腰を下ろしている。氷月はミズナラの樹に体をかたむけ、立ったまま話す。

「京武者だった。……滝口の武者をしていたことが、唯一の自慢だった。あ……唯一の、は言い過ぎ。弓の腕も自慢していたわ」

「弓の腕は、父御譲りか？」

「そうかもね」

ふっと笑った義経は、

「都の大乱では、どちら側の……？」

「……どちらでもないわ。日和見というか……。それが災いし、保元の乱の後、侍を辞めた。母が馬商人の娘だったから商人になったの。……お得意様がいてね。馬がとても好きな武将で、伊豆守仲綱様という方だった」

「もしや……馬場頼政殿の？」

馬場頼政――源頼政のことであり、摂津源氏源頼光の末裔である。義経と同族であった。平治の乱では初め義朝へ助太刀を約束したが、戦況芳しくないと見るや平家に加担、義朝を追い込んだ人である。

ちなみに、源頼光は——言い伝えによれば、影御先と力を合わせ、不死鬼の首魁・酒呑童子を討ったという。

氷月はつづける。

「そう、頼政様の御子息の仲綱様。仲綱様には……よくしていただいた」

頼政、仲綱親子は今、清盛から大内（宮城）警固の任を言いつかっているが、全幅の信頼を寄せられるはずもない。悶々としているという話を、少進坊から聞いていた。

「父は……仲綱様に……見事な、もう並びもないくらい見事な鹿毛の駿馬を売った。仲綱様だから売った。木の下という馬」

『平家物語』に、云う。

源三位入道の嫡子、仲綱のもとに、九重に聞こえたる名馬あり。鹿毛なる馬の、ならびなき逸物、乗りはしり心むき、又あるべしとも思へず。名をば木の下とぞいはれける。

「この木の下という馬に……平宗盛様が横恋慕された」

宗盛は清盛の子で重盛の弟だった。

「宗盛様は……」

氷月によると――宗盛は、名高い木の下にどうしても乗りたいと切願、馬を見せてほしいとたのんでいる。

が、仲綱は――時の最高権力者の子に馬を見せれば、愛馬を取られてしまうと、疑った。

「宗盛様は馬そのものではなく、馬がもつ名を愛でられる御方……この噂も、仲綱様の心を見せたくないという方に押してしまったのかもしれない……」

木の下を宗盛に奪われたくないと考えた仲綱は嘘をついた。あとで考えれば、この嘘が、彼の一門を蝕んでゆく。

『……さる馬はもって候ひつれども、此ほどあまりに、乗り損じて候ひつるあひだ、しばらくいたはらせ候はんとて、田舎へつかはして候』

（その馬をもってはいるのですが、このほどあまりに、乗って消耗してしまった

ので、しばらく労（いたわ）わろうと考えて、田舎で休ませているのです）

　これを聞いた平家の侍どもは――、

『その馬を……一昨日見ましたが』

『いや、昨日、仲綱の館におりましたぞ！』

『今朝……見ましたがっ』

　宗盛に、密告した。

　宗盛は激怒している。その馬は、本当は京都におるのだろう、見せよ、と督促（とくそく）する使いを初めは一日五、六度、やがて一日七、八度おくるという、偏執狂的な真似をした。

　門が悲鳴を上げるほど執拗に宗盛の使いが来ると聞いた老頼政は、倅に、

『左様に人が請（こ）うものを惜（お）しみ……怨（うら）みを買うのはよくない。たとえ黄金で出来た馬でも惜しむな』

　と、諭（さと）した。

　仲綱にとっては……苦すぎる命だった。結局、悔し涙を呑んだ仲綱は宗盛に木の下を貸した。

ところが宗盛は木の下を仲綱に返さず、奪い取ったばかりか、

『あまりに主が出し惜しみするゆえ……この馬を可愛いと思う気持ちが、さらさら無くなったわ。むしろ憎うなった。旧主の名を焼印してやれ』

と、命じ、「仲綱」という焼印を名馬、木の下に押して、厩に固く閉じ込めて、一度も乗ろうとしない。

宗盛はそれでも飽き足らず、客が来る度に、

『それ！　仲綱めを引き出せ！　そこのお前、仲綱に跨れ、仲綱めに鞭打て、仲綱を殴れ』

と、仲綱と改名した木の下を散々いたぶり辱めてみせた。これを聞いた仲綱は寝床が千切れるほど掻き毟り、憤っている。怒ったのは仲綱ばかりではない。仲綱に木の下を売った氷月の父も憤怒した。

『何ということを……あれほどの名馬に！　宗盛という男は……何と、愚かな小人なのかっ！』

酒を飲み、吾をうしない、吠えた。

これを密告した人がいた。

次の日、赤い集団が――検非違使をともない、氷月の家に雪崩れ込んでいる。

六波羅の赤い禿(かぶろ)である。

赤装束の子供たちは店を散々に壊し、金目のものを奪い去り、括(くく)し上げた父をつれ去った。

「父は……二度と……もどらなかった」

弓を置いた氷月は樹の幹に置いた手をふるわしながら、言った。京で商いをするわけにはいかなくなり、飛騨の伯母の家にうつる途中、荒野(あれの)で不死鬼に襲われ、母や弟は吸い殺され、船乗り繁樹に助けられ、影御先に入った。

義経は氷月の話に魂を揺さぶられている。

「ねえ……八幡、世を忍ぶ仮の名なのだろうけど八幡……貴方はいつか、立つわね? 平家を討つ兵を木曾殿や今井殿と一緒に挙げる」

氷月はこっちを向いて言う。

夜の森の中、誰も聞く人はいない。が、義経は黙していた。氷月は真剣に、

「きっと、そう。わたしにはわかるわ。貴方はきっと立つ」

義経は腰を上げた。

氷月は、一歩近づく。義経の肩に手を置き、囁き声で、

「その時は……わたしの弓もはたらかせて。役に立ってみせる」

肩に置かれた手に力が籠る。氷月の面貌が、ありありと歪むのがわかる。息がかかるほど傍で、

「母と弟を殺したのは鬼。だけど、父を殺したのは……あいつらなのっ。平氏なの！」

義経は答える代りに氷月をきつく抱いている。そうしないと、荒らぶる氷月の心を静められない気がする。氷月が義経の胸に顔を深く埋めた。平家に父を、恋人と師を羅刹によって死に追いやられた義経は——似たような境涯の氷月を抱きながら、この女ならば己の脆い部分も暗い部分も全てをさらけ出せるように感じた。

花を思わせる香りが鼻をくすぐる。氷月の匂いであるようだ。義経は、氷月の匂い、感触、息遣いにより——この上ない充足を覚えた。

氷月の髪に口づけする。

氷月は、義経の胸に遠慮がちに接吻した。

ぴりぴりという電撃が胸から体全てを駆ける。

義経は唇を、氷月の髪からはなす。氷月も義経の胸から唇をはなしている。夜

の帳の下——二人はしばし、言葉なく見詰め合う。

やがて、どちらからということもなく、唇を重ねた。

何度も重ねた。

やわらかい感触が陶酔に変り、総身を痺れさせる。やっと氷月からはなれた義経は翳になった氷月の頬に手でふれて、

「……何かあったら、すぐ知らせるのだ」

「ええ」

氷月はさっぱりと言った。

「あまり遅いと……怪しまれるゆえ、もどる」

そう告げると、引っ張られるような気持ちを断ち、娘影御先からはなれて、赤鳥の家の方へ歩き出している。

もどりながら義経は浄瑠璃を思い出している。後ろ首に、氷月の眼差しを感じる。

鞍馬での厳しい修行をささえてくれた浄瑠璃。将来を誓い合いながら……殺生鬼の群れに攫われ、命を落としてしまった恋人。浄瑠璃の残像が氷月からはなれさせたのかもしれない。極楽の蓮の上にいる浄瑠璃は氷月をみとめてくれるはず、愛染堂ではそう思えた。なのに今、浄瑠璃を思うと、胸が苦しくなった。

権力や邪まな力によって——多くの大切な人から引き剝がされてきた義経は、今、傍らでやさしくつつんでくれる何者かを強く欲していた。氷月に惹(ひ)かれゆく心と、死んでしまった恋人への思い、二つの気持ちが、内側でせめぎ合う。

顧(かえり)みる。

暗い森の底に立つ氷月の影はまだこちらを見ていた。

森から出た義経は、草地を歩く。花の香りが五体をつつみ瀬音(せおと)が近づいてくる。邪鬼を駆逐(くちく)する清流の傍に来た時、義経は、かすかな妖気を覚えた……。気が昂ぶっているだけか？　決して、邪鬼が近づけぬはずの、花畑にはさまれた清水の下流から、何者かが迫ってくる気配がある。

「…………」

面差しを引き締めた義経は草地に腹ばいになっている。夜風に揺らぐ花が、顎をさする。——考えてみれば、清流の川下は、決して羅刹が近づけぬから、隠れ里でもっとも守りが薄い。

迫り来る妖気を見極めるべく義経はそよとも動かぬ。あえかな湿りをおびた花の香気がやさしくつつんでくるが、その中に——かすかな緊張が孕(はら)まれている気がするのは、思い違いか。

しばらく伏せていた義経、極みまで聴覚を研(と)ぐ。

——水の中を忍び寄る音。水際を歩く者も……。

義経の額に、険(けん)が、きざまれる。

鞍馬で鍛えた夜目が遥か川下——清流の中や水際を歩いて来る人影を、四つ、みとめた。

内、二人の両眼が、赤く光る。

——いかなることかっ?

不死鬼、殺生鬼は清水を嫌う。なのに……。

深い疑問を覚えたが何らかの術策を弄した黒滝一味が襲来したのだと考える。

「——敵襲っ! 清流の下より、敵襲!」

大音声(だいおんじょう)で吠えた。

少し前——。義経を見送った氷月は、小動物が頭上を横切った気がした。

刹那、

《氷月……氷月……》

魔的な囁きが脳中で、ふるえる。女の声だ。固唾を呑んだ氷月はすぐに首の嚙み傷に手を当てた。

黒滝の尼に首を嚙まれた日の夜から己しか聞こえぬ妖しの囁きが、氷月を苦しめていた。血吸い鬼に嚙まれただけの自分は血吸い鬼にならない。これは嚙まれたことを気にするあまり引き起された、幻聴の類、と己に言い聞かせている。一方で……嚙まれたことで、あの底知れぬ力をもつ不死鬼と、つながりの如きものが、生れたのでないか、という忌むべき考えが、日増しに、膨張していた。

氷月はこの問題を一人でかかえ込んでいる。――誰にも相談していない。

相談出来なかった。

巴にも。義経にも。

唇を歪めた氷月は、

――幻聴だ！　わたしが鬼になるわけないわっ。

不吉な囁きは、

《……わかっておろうが。吾は汝（なんじ）の心の全てを聞き汝の一挙手一投足を見ておる。ずっとな》

夜叉が如き形相になった氷月は辺りを睨みまわす――。

が、邪鬼らしき影は、ない。ただ、一匹の蝙蝠が遥かミズナラの高みにぶら下がり、彼女をじっと見ていたが、氷月はそれに気づかない。

幻聴か呪か、判然とせぬ声は、

《清盛の一党を討ちたいのであろう？　吾もぞ。……伊勢平氏は我が仇でもある。氷月！　我が僕となれ。力をくれてやる。強大な力を。……心して聞け。力は正しさなり、力は美しさなり、力は不滅なり》

氷月の口が、見えぬ糸に引かれ――、

「……力は正しさなり、力は美しさなり、力は不滅……」

正気に返り慌てて口を押さえる。怪しい蜘蛛糸がはびこったようにやけに口が粘ついた。

頭上で蝙蝠が飛び立つ。それきり、声はせぬ。

氷月は荒く肩を動かしている。玉の汗が、額に浮いていた。

――その時だ。

「敵襲っ！　清流の下より、敵襲！」

義経の叫びが、した。

第六章　妖獣陣

義経が叫ぶや――清流、あるいは水際を歩み、こちらに迫っていた人影は俄かに駆け出している。うち一人は若い百姓でもう一人は僧だ。その僧は、溶岩の如く両眼をギラつかせ、牙を剝き、太刀を引っさげ、飛沫を上げて、清流を突っ走って来る。

――蓮明っ――。

奴が……何故？

訝しむ義経だが既に抜剣、清流上で正眼に構え、迎え撃つ構え。

月明りに照らされた敵四人のうち、二人――若い百姓と蓮明――が、血吸い鬼で、残り二人は邪まな面相の只人だ。立川流に魅入られし者どもだろう。只人が、清水をものともしないのは、解せる。が、赤眼をきらめかせた蓮明と若者が、清らな水がかかっても、何ら痛がらず突っ込んでくる、これはどう解したらいいか？　疑問が心に差す。

ある一つの結論に達した。

——不殺生鬼。

血吸い鬼になってまだ日も浅く、一人も吸い殺していないなら、香、清水、ニンニク、花の香を、苦手としない。敵は常在が張った堅牢な結界を崩すべく、只人と不殺生鬼を、先鋒にした。

「仏道はおろか人の道からも踏みはずしたが！」

仲間が殺到する気配を覚えつつ、かつて共に学んだ男に叫ぶ。

清水上で立ち止った蓮明は答えぬ。ただ、ニタニタ笑むばかり。

義経は相手に、思考とか細やかな情の起伏とかが……欠けているのを、知る。

……従鬼かっ！

蓮明は不死鬼にあやつられる人形になっている。

蓮明と若者が「不殺生鬼の従鬼」なら、この二人が視界に入る何処かに、操心主、乃ち不死鬼がいなければならぬ。が、それらしき影は、ない。

と、蓮明が、誰かに言わされているような声調で、

「風呂場で家来に殺された男と敵将の妾になった女の、子……みじめに都落ちし、まだ生きておったか！」

その汚らしい悪罵が義経を狂わす。抑え様がない怒りの炎で紅波が煮え、咆哮

が口から迸っている。

　義経はもう連中を斬り殺すこと以外、何も考えられなくなった。一瞬、清らな水を血で汚すのはまずいと考えたが、そのような理性は憎しみに潰される――。斬りかかる義経に敵が射かけた。その矢を、刀で弾く。百姓の従鬼が凄い勢いで鎌を投げるも――天狗跳びしてかわした義経は、上から男の頭部に一撃をくらわした。

　従鬼から溢れた血潮がぼとぼと清水に垂れた……。血まみれになった若鬼が、夜目にもわかる飛沫を立てて斃れている。刹那、従鬼は牙を剥いて笑った気がした……。

　義経の頭上を蝙蝠が一匹飛んでいる。

　蓮明が、猛速で、薙いできた。攻撃を弾いた義経は、弓を捨て刀を抜こうと手間取っていた別の男に一閃。斬り捨てた。男もまた、血を清水にこぼして斃れた――。

　殺意が義経に迫る。

　蓮明。

　昼間より――剣力がましている。二人は数合激しく打ち合い、火花が咲く。蓮明の突きを義経の剣が打ち落とし、返す刀が脇腹から肩まで斬り上げる。

まだ、ひるまず、

「謀叛人」

心臓を一突きする。これで、ようやく斃れた。

——のこるは一人。

いま一人は手斧をもった只人だ。義経の武勇を前に、腰が引けている。斬りかかろうとすると清流から草地に上がる。そこを何者かが射た豪速の矢で、射貫かれ、斃れた。

森の方から氷月が、集落の方から赤鳥や巴、義仲らが走って来る。先頭を疾駆する義仲は強弓をたずさえていた。彼が射たのであろう。

赤鳥が渓流に転がる屍を見、声をふるわし、

「結界を……穢したか」

「無我夢中で斬り合ってしまい……」

憤怒に押し流された己を恥じた。

「お前……何てことを」

巴が義経に怒る。摑みかかりかねない勢いだ。赤鳥は、嗄れ声で、強く、

「味方同士で争っても仕方がない。……此処(ここ)の所在が知られた以上、どの道こうなるのはわかっておった」

　巴は溜息をつき、

「戦いで償え。十人は冥土(めいど)へおくれ」

「……承知」

　赤鳥は巴に、

「――大鏡小鏡は光を十分に吸っておらぬゆえ、つかえぬ。香を焚こう。結界の綻びを縫(ぬ)う」

　が、常在が香を仕度しはじめると、義経はさっきの森から、何かが殺到してくる気配を覚えた。氷月も耳をそばだてる。

「もうお出ましかよ」

　巴が悪態をつく。

　総員、殺気立ち森を睨んでいると、恐ろしい数の四足(よつあし)で走る影が、飛び出した――。

　……何？

　義経以下、皆が目を凝らす。義経は迫り来る者の正体を見切っている。

「――狼！」

大きく叫んだ。

恐らく三つくらいの群れが丸ごと、不死鬼にあやつられている。

――四十頭は、いる。

火の玉が如き大喝が義仲から迸る。山深き木曾谷にそだてられた、大柄な従兄は、惚れ惚れするような強弓を構えた。兼平も隣で、

「弓矢構えいっ！」

「もっと、引きつけい！」

刀術や兵法、格闘術に優れる義経だが――馬術と弓術だけは今まで学べなかった。その二道を研ぎ澄ましてきた二人の武士が、大きく見える。

氷月も細眼に殺気をたたえ弓を構えている。獲物をずたずたに切り裂く、鋭い爪牙をもつ野獣の群れは、どんどん迫ってくる――。

兵が「もう射ても？」という目で見ても義仲は下知しない。十分、引きつける気だ。牙と牙のあわいから漏れる腥い吐息が迫ってくる。

「射よぉおっ！」

木曾義仲が、命じた。

――――！

次々と矢が飛び狼が何頭かぶっ斃れた。氷月も、正確な狙いで射殺した。

「火を振って威嚇せい！」

赤鳥の下知に、常在の男衆が、松明を大振りする。しかし狼は何かに憑かれたように全くひるまず猛進してくる――。義経はけたたましく吠えながら、跳びかかってきた大狼を一刀の下に斬り捨てた。血飛沫が散る。次の狼に相対した義経はぎょっとした。その狼……右目に深く矢が刺さっていた。義仲らが射た矢ではない。……元々刺さっていた古矢だ。残る左目が、青き寒光を放っている。その青光がげっそり肉が落ち、骨が露出した顔の下部、蛆が這いまわる腐れ顎を照らしていた。

「死せる狼っ、屍狼じゃ！」

海尊が――大声で言った。狼の餓鬼である。

「それだけじゃない！　餓鬼もいる」

義経が言う。狼の後ろ、青色眼光を迸らせた人影が複数、みとめられる。まさに、生ける狼、死せる狼、餓鬼、三種の敵が一斉に仕掛けてきた――。

どの敵も薫煙にひるまぬ。

餓鬼は血吸い鬼より弱く、遅い。知能も低いが、血吸い鬼が苦手とする太陽光、ニンニク、清水、香は、効かない。

屍狼の首を義経の刀が吹っ飛ばす。首をうしなってもなお、爪という凶器をつかい、義経に跳びかかり、襲わんとした。その死の狼の横腹を氷月が山刀で打つ。

「キャン」

生ける狼を剣で追い払った義経が山刀で襲われ大きくひるんだ屍狼の肉体に、上から下へ真っ二つにする形の――激烈な一閃をくらわす。

腐れ狼はそれでも二歩歩もうとして、ようやく斃れている。

――何たる生命力。

餓鬼、そして、屍狼が混入した狼軍は、味方を圧倒した。義経と巴、義仲や兼平は善戦するも、他の影御先や侍が押される。

その時だ。あたかも、広い御殿や山寺の、ずっとはなれた廊下を、何人もの稚児が駆けまわっているような、どどどど、という重低音が迫ってくる。

――蹄？

義経の眉宇は大いに曇り警戒の大きさをしめす。音は川下の方から大きくなり、やがて濁流となり、殺到してきた——。

　そ奴らは、血によって結界が破られた清流を遡上、猛進してきた……。

　赤眼の騎馬武者ども。

　何十人も、いる。逞しい馬に跨った敵勢は、香気をやわらげるためか黒覆面で面貌を隠している。覆面のあわいから見える双眼から、血色の眼火が窺える。薙刀や手矛で武装、腹巻を着込んでいた。

　——不死鬼と、殺生鬼か。

　先頭で統率する男二人は——覆面をしていない。

　一人は、萎烏帽子（なええぼし）をかぶり、額がひどく傷つき、陰気に窪んだ眼を血色に光らせた、死霊を思わせる雰囲気の恐ろしげな大男であった。金杭をもち粗末な衣は夥（おびただ）しい血で汚れている。

　……船乗りの親方！

　いま一人は鎖を胴に巻き弩（ど）をもった、黒狩衣の男である。瘤（こぶ）が額や頬でひどく隆起した腫面（はれめん）をかぶっており相貌は窺い知れない。

「屍鬼王……」

　巴が呻く。

清流から草地に馬をすすめた邪鬼の一軍は、常在や兼平の郎党を次々に屠り出した。

——それは武力の塊、戦闘力の嵐であって、とても只人の軍勢は対応出来ない。生身の兵は即座に叩き潰される。

「まずい！　霊宝を守れっ」

巴が声を張る。

義経らは、赤鳥の家の方へ戦いながら退く——。屍狼を斬り捨てる義経。まだ生きていて、首だけになったそ奴が義経の肩にかぶりつく。首だけでも、物凄い喰いつきだ。義経がもぎ取り、飛ばした死の狼の首を義仲が踏み潰す。その義仲が、餓鬼を大太刀で粉々に砕く。屍鬼王が勢いよく振った鎖が、常在二人を同時に屠り、繁樹の杭が白猪武者を突き伏せた。

一度は影御先をたばねていた男は……血の霧を浴びるや、心地良さげに大口を開けていた。

「八幡、霊宝の許へ急いで！」

巴が声を張った。

「おう！」

肩から血を流し、生ける狼を斬り捨てて走る義経めがけて、黒馬に跨った繁樹が驀進（ばくしん）してくる。少進坊は繁樹に殺された。だが、繁樹をあやつった者への怒りがあるばかりで、繁樹への憎しみはない。赤い目を爛々と光らせた繁樹が金杭を振るい義経はよける。思わず反撃をためらった、義経は、

「――元にもどって下され！」

鋭い叫びが、黒腹巻を着込み杭をにぎった繁樹の心を、どういうわけか打ったようなのである。

馬の前足を高々と持ち上げ――今にも義経を踏み潰さんとした繁樹は、一瞬、はっとなる。

赤い眼光が弱まる。

――やはり従鬼になっても……心がもどるのだ。浄瑠璃のように。

「船乗りのお頭っ！」

刹那、兼平の家来が射た矢が繁樹の脇腹に当り、前首領の双眸で怒りの灼熱がきらめく。

金杭が義経の喉を襲い、火花散らしてふせいだ義経は反射的に馬の首、そして繁樹の胴を思い切り斬り上げている。

繁樹は、もんどりうって落馬するも、まだ、その命は消えない。

牙を剥いた繁樹は猛獣のように跳びかかってきた——。そこには憤怒があるばかり。

……駄目かっ。

義経はすれ違いざま斬りつける。血煙噴いた繁樹は遂に倒れた。

怒りと悲しみが籠った絶叫を上げた義経は、餓鬼を一体叩き斬るや、赤鳥の家へ急ぐ——。

赤鳥の家にも狼が殺到、常在や三郎が歯を食いしばって奮闘していた。

義経は狼を追っ払って、

「落ち着いて戦おう！　薫物結界を、張る！」

三郎が素早く動き、薫物の仕度をしている。

薫煙がたゆたう。

巴や義仲たちも赤鳥の家の前まで押されてきた——。七つの家が固まる所で、影御先、信州武士と、魔の者たちの死闘がはじまった。

狼は満ちはじめた香煙にひるまぬが、草原に茂るニンニクを馬で跳び越し、集落に殺到した騎馬の者どもは、匂いの壁に接すると、ひるむ。

不死鬼らしき黒衣の巫女が屍鬼王の後ろに控え、ゆっくり手をかざした。

「操心する気だ！　妙な声に惑わされるなっ！」

巴が、薙刀で血の旋風を起しつつ――声を嗄らさんばかりに吠える。操心によって尊い仲間がうしなわれた辛い記憶が胸に活写された。

長い髪を夜風に揺らし、こちらに手をかざしていた女不死鬼二名が、香る煙に巻かれ、面貌を歪めている。香気によって心をあやつる集中力が乱れるようだ。

さらに、もっとも強力な操心をおこなう黒滝の尼は、何処かに身を隠し、狼と従鬼をあやつっているらしいが、義経たちまでマインドコントロールするゆとりはないようだ。

――操心さえないなら、勝てる！

確信した。

常在の各戸には、香の備蓄がある。この戦に勝たずして、いくら香があっても無意味だろう。

「三郎、どんどん、香を焚け！　物惜しみすなっ」

義経の意を察した三郎と常在の女が残量を気にせず次々焚いた。煙に巻かれた敵鬼は、苦しみながら退く。味方がひるむ敵を討ちすすむ。すると、屍鬼王が、

香気にひるむ生喰（いけずき）を飛び降り、

「香気にひるまぬ者、つづけぇ！」

半身が餓鬼、半身が不死鬼である屍鬼王——薫煙に耐性があった。

生喰が主を追おうとするも香煙に噎（む）せて、引き下がる。

徒歩（かち）になった屍鬼王は餓鬼ども、屍狼、そして狼を引きつれ、香気を悠然と越える。

屍鬼王の行く手に、返り血を浴びた巴が立ちふさがった。この日の巴は、小薙刀が途中でおれたか、義仲の家来がもっていた、恐ろしく長い大薙刀をひろって戦っていた。巴から放たれる気迫は物凄く、荒武者が振るう大薙刀を手にしても、十分様になる。

都のどの姫君の御殿でも斯程（かほど）一気に焚かれまいという薫煙、いかなる寺院でもお目にかかるまいという物量の抹香が、闘気が形でももったように、両者の間で渦巻いている。一同、その波間にもまれるような感覚に襲われた。

仮面の下で青、赤二色の眼光を灯した屍鬼王、鎖をまわし、

「娘。すぐそこまで来た新しき御代（みよ）の足音が、聞こえぬか」

威厳が籠った声色だった。

匂いの海に立つ大薙の娘は、香りの波に一瞬噎せた。巴は手拭いで面をおおっていた。不死鬼対策である。不死鬼の血を大量に浴びると、気が狂うという。

「――新しい御代って、どんなもん？」

巴が問うと、魔界の将は、

「朝廷ではない。闇の宮廷が、全てを統べる世。その闇の宮廷に米の代りに血を年貢として差し出す。血を吸われても……苦しみを覚えぬ。快楽しかな。血の快楽で全てがつながり、一切の苦しみから解き放たれる世じゃ……」

おどろおどろしい声で告げた。

すると、一度は薫煙にひるんでいた邪鬼どもが、屍鬼王がしめす新時代への興奮、共感か、高笑いや、歓声を上げる。

巴もふっと笑い、かすれ声で、

「――あたしだけ？」

風向きが変る。向うに吹いていた香煙がこっちに流される。それにともない、餓鬼や屍狼の耐え難い汚臭も漂ってきた。

巴は屍鬼王に、

「お前の話が丸ごと腐っているように思えるのは。……仕方ないか。心が腐ってんだから考えることも丸っと腐ってくるよね」

巴から挑発された屍鬼王は顎をかすかに上げ、

「——死せっ」

言葉尻に殺意が重なっている。豪速で、大鎖が振るわれた——。

重厚な殺人嵐を——歯噛みしながら薙刀で受けた巴が、吹っ飛ばされる。香気に溺れるが如く転がった巴に、顔の横半分が白骨化した屍狼と、生体の狼が、一頭ずつ、跳びかかる。

怒りの大薙刀が二頭を屠った。

屍鬼王が、鎖で巴を潰そうとしている。

義経は助けようとするが無理だ。餓鬼、そして、狼が猛襲してくる。義経の眼はふと、ずっと上を飛ぶ小さき影をみとめた。

——蝙蝠？

鎖が、ドーンと振り下ろされ、巴を狙うも、巴は転がりよけ土が裂けている。巴の動きは読まれていたらしい。屍鬼王が驀進、巴がもう一本の鎖に潰されかける。

瞬間——爆風を思わせる猛気が腫面を貫き通り、そのまま後頭部から突き出て向うへ飛んだ。義仲が射た矢。仮面はわれて下に落ち、半分腐った憤怒の相貌が顕わになる。

巴が立ち、

「あたしの獲物に、手ぇ出すんじゃないよ！」

義仲は、苦笑しながら二の矢をつがえ、

「一人では危なそうだったずら！」

顔を射貫かれた屍鬼王だがそこは不死者、少しよろめくも――立っている。

「頭じゃないか……餓鬼とは、違うんだねぇ」

巴が言った。

怒気を燃やした、屍鬼王は、目にも留らぬ速さで駆け、巴に大鎖を振るう。のけぞりかわした巴の額を鎖がかすする。覆面が、取れる。大金串が、眼に向って投げられた。

屍鬼王は思わず右腕で目を庇う。下に、隙が生れる――。

高速旋回した大薙刀が足を狙い屍鬼王は跳ねた。鎖が、脳天を直撃しようとするも、義仲が巴を救うべく動かした大太刀、巴自らが振り上げた大薙刀が、戛然とふせぐ――。

巴は一気に大薙刀を前に出し屍鬼王の右胸を突いている。

「ごっ――」

「やはり。右にあったんだね。――心臓が」

巴は熊井郷の戦いで、屍鬼王の左胸に矢が当っても何ら苦しまなかったこと、右胸を後ろから射られた時に、かすかな動揺があったことから、斯様に読んでいた。

屍鬼王は心臓が体の右側にある右胸心であった。

薙刀が引き抜かれ、屍鬼王が、虚空を仰ぎ、何者かに、

「……腑甲斐のうござる」

巴が吹かせた鋼の凄風が、屍鬼王の首を吹っ飛ばした――。

義経は、

「あの、蝙蝠を射られるかっ」

氷月に問う。

弓を捨て、長めの山刀を諸手持ちし餓鬼と戦っていた氷月は、

「やってみる！」

餓鬼の首に二本の山刀を突き立てた。

「三郎、氷月に弓！」

義経が——餓鬼二体をふせぎながら、叫ぶ。

「はいよっ」

常在から弓を受け取った三郎は氷月にとどけた。餓鬼二体を討った義経は、馬から転がり落ちた殺生鬼の心臓を、剣で突き破る。同時に氷月が香煙のずっと上、蝙蝠を射る——。

矢は一発で蝙蝠に刺さっている。


利那——。

戸隠山と全く違う所にいる、黒滝の尼に、異変が起きた。

黒滝の尼は夜の山中を数騎の手下をつれ東に向っていた。

総員、馬に跨り、赤い月に照らされ、不穏な夜霧漂う暗き道を、神速で動いている——。黒滝の尼は手下と二人乗りする形で騎乗していた。つまり、殺生鬼の侍が、手綱をにぎり、この者の腰に手をまわして、馬上の人となっている。

黒滝の尼のかんばせは……先刻まで眠っているようであった。

が、氷月が蝙蝠を射殺したとたん、くわっと、開眼。赤月を仰ぐ。

「……やってくれたわ」

白き牙のあわいから、黒き憎しみが吐かれた。眉間から見る見る血がにじむ。

騎手がぞっとするほど低い声で、

「興世王(おきよおう)を討ってくれたのう」

黒滝の尼は屍鬼王を興世王と呼んだ。


蝙蝠を射殺した刹那、異変が起きた。

狼、そして、従鬼をあやつっていた幾本もの呪(しゅ)の糸が、断ち切れたようなのだ
――。

まず、狼の心が自由になる。いきなり地に投げ出されたような顔を獣どもは見せた。

一瞬、茫然とした狼は、義経たちを襲うのを止め、邪鬼や餓鬼、屍狼、さらに同じ狼――恐らく違う群れに属するのであろう――に、牙を剥き、襲いかかったりしている……。

味方を襲う狼もいるがめっきり少数になった。また、指示系統をうしなった従鬼どもも、ぼんやりとし、その場に立ち尽くしていた。

屍狼にいたっては……ぐるぐる同じ所をまわったり、周りの死肉を喰らったりしはじめた。

こうなると、まだ攻撃してくる敵はずいぶん少ない。自分の意思をもっている血吸い鬼と、餓鬼が、何とか抵抗するも打ち倒す。

不利と悟ったか、

「退け！」

小人数（こにんず）になった敵は、早々に退いて行く。

「この蝙蝠は……？」

死んだ蝙蝠をひろう氷月だった。

「恐らく黒滝めにあやつられ、彼奴の意思を此処におる者どもにつたえる役割をになっていた。恐るべき術だが……そうとしか考えられぬ」

義経は、推理を口にする。

氷月は、細い目に何か強い感情を漂わせ、唇を小刻みにふるわした。

「如何した？」

「何でもない」

氷月は飛ぶ獣の骸を——闇に向って投げた。

「赤鳥を家にはこんで！　すぐ手当てっ」

常在に、赤鳥の手当てを指図した巴がつかつか歩み寄り、義経と氷月の肩を強く叩いている。

「痛いわよ。巴」

氷月の抗議に、

「二人とも、よくやってくれた」

賞賛と達成感がふくまれた巴の声だった。巴は、義仲を見、

「木曾冠者……」

巴と義仲は、しばし見詰め合った。夜風が薫煙を揺らし白い煙が身をくねらせてのたうつ。

「あんたにも助けられた」

「俺達の方こそ、おんしにいつも、助けられとる。のう兼平」

「あたしが？」

巴が、小首をかしげる。

「おう。おんしの武者ぶり見とると……嫌でも、本気の倍を出さねばならん気になる。それに妖しい声が胸の中で聞えたが……おんしの声がすると、おさまった」

義仲はにかりと笑った。その笑いを見た者みんなが、引き込まれてしまいそうな笑顔であった。巴はやや頬を紅潮させて、義仲を見ている。巴の面差しに気づいた義経、氷月は、目で会話する。

夜風に頬を嬲(なぶ)られた義経が巴に、

「お頭。前(さき)のお頭の許に……参りましょう」

巴は相好を引き締め、

「そうだね」

巴は、濁世(じょくせ)の影御先をともない、繁樹が倒れている所に向う。義経に斬られた繁樹だがまだ息があった。苦しみが混じった喘鳴(ぜんめい)を漏らす繁樹を見ると、義経の心は痛む。

敵の手先にされたとはいえ、一度は影御先の首領だった男で、一年以上共に旅した。みじかいが濃い日々を共に過ごし多くのことをおしえてくれた先達(せんだつ)である。

繁樹の目は常の色で面差しには理性が感じられた。

——もしや。

仰向けに倒れた繁樹は、義経たちの方にゆっくりと長い顔をかたむけて、

「長く悪い夢を……見ておった気がする」

繁樹の心は、元にもどっている。悲痛な顔になった巴は、草原に膝をつき、繁樹の手をにぎった。

「あたしが引きついだよ、船乗りの親方」

「お前なら……よい頭になれる。よく聞け、巴。冥闇ノ結はかなり前から、天下を引っくり返す謀をすすめておったようだ。西光が牛耳っておるという噂があるが……実際の首領は黒滝の尼。

まず、黒滝、あるいは手下の不死鬼の力により……」

一度、敵の腹中に入った繁樹が語るには、冥闇ノ結は天下を掌中におさめるにはまず、影御先を一掃、その秘宝たる四種の霊宝を我がものにせねばと考えたという。

そのため彼らは極めて長い仕度をしてきた。

まず、不死鬼の手下をふやし、黒滝の尼自身とその奴らの操心により、影御先に

最大の庇護をあたえてきた寺社に、魔の網を、少しずつ、広げていった。

それが左道(さどう)(異端)密教・真言立川流である。

そして、立川流の僧尼や巫女などを通じ、寺社を宿とする影御先の情報を少しずつあつめる。

立川流の者と影御先に幾年(いくとせ)もかけて信頼関係をきずかせる。そうやって、味方になりそうな影御先をしらべ上げ、切り崩していったという。つまり裏切者をつくっていった。

たとえば濃尾の影御先なら——繁春がこれに当る。

各影御先の枢要(すうよう)な処に裏切者をつくった処で、一気に仕掛ける。それが今、という。

「連中は……東の影御先の上部にも、内通者をつくった」

「何っ——」

巴が呻く。驚きが義経たちを襲う。

「その者から東の常在の居所が上州赤城山(あかぎやま)ということを突き止めたようだ。黒滝の尼は精鋭をつれて、今、そっちに向っておる」

「…………」

「赤城に隠されておる古の秘宝は……小角聖香……。その昔、役小角が調合したという香じゃ」

「邪鬼はもちろん、餓鬼もふせぎ、結界を長い間、たもつんでしょ？」

「ああ、黒滝はこれをなくすつもりだろう」

今のように、不死鬼、殺生鬼が盛んに蠢く世だからこそ、影御先が大切に守り伝えてきた宝を決してうしなってはならないと感じる義経だった。

血を吐きながら、繁樹は、

「そろそろ話すのが苦しい……。巴、甦らんよう、胸にっ……」

海尊が強く頭を振り、

「血吸い鬼とて、影御先になれる！　わしのように。お頭、また一緒に……」

繁樹が、赤い眼光を点滅させて、

「わしは……もう駄目だ。あやつられておる時、人を殺め、夥しい血を吸うことを、覚えてしまった。……お前たちの敵にこそなれ、共に旅することは不可！　さあ、早く。襲いかからぬうちに」

巴が、何かをこらえるようにきつく瞑目する。新首領は逞しい肩をふるわし、大金串を出す。

「──みんな、後ろを向いていて！」

身を斬るように叫んだ。

義経や氷月、三郎や海尊が、巴と繁樹に背を向けている。義経は胸の中で、繁樹に別れを告げる。

後ろで深く肉を刺す音がした。

「……終ったよ。みんなで、お頭を弔おう」

五人の影御先は悲愴な面差しで亡骸に向って合掌した。

夜が、明けた。

傷ついた赤鳥以下五人を隠れ里にのこしていくことに巴も義経も強い抵抗がある。だが、堅く決めた赤鳥たちの思いはくつがえらぬ。自分たちは足手まといになる……この一点張りであった。今宵、いま一度、敵襲があれば、赤鳥ら五人ではとてもささえられない──。死を覚悟しているのであった。

最終的に、赤鳥らの気持ちを汲んだ巴は表に出る。

竪穴式住居がつくる七つ星を出た所で、馬の仕度を終えた義仲や兼平が、待っていた。朝霧が、義仲の精悍な顔、兼平の思慮深き相貌、木曾馬の逞しい足を撫である。

闇は遠のき嵯峨嵯峨しき山上を青き帳がおおっている。

巴は、つとめて明るく、

「では——達者で」

「武運を祈っております」

後ろ髪を引かれる思いで、影御先、そして義仲たちは出立した——。赤鳥と四人の老人は一行が見えなくなるまで見送っていた。

朝日の赤い矢が盛んに射込まれる針葉樹林を義経は下る。戸隠山を下りた所で、義経と氷月は上野へ、巴以下他の者が諏訪へ向う。

巴たちはもちろん下社に行くのである。

一方、義経と氷月は、東へ急行、黒滝の尼の魔手が伸びつつある赤城山に使いに行くのだ。

東国には既に紅丸をおくっている。諸国をさすらう東の影御先に急を知らせる使いだった。

だが、昨夜、繁樹から聞いた話では、黒滝の尼は東の影御先の主要なる者を既に寝返らせた。そして、上野国赤城山に東の常在がいると知り、彼らが守る霊宝を奪うべく、自ら馳せ向っている。

一刻も早く赤城に急を知らせねばならない――。その急使には、赤城において魔軍を迎え撃つ戦にくわわることがもとめられる。

義仲は、上州にも人数をまわそうと言ってくれたが、巴はことわっている。

敵は――赤城山を奇襲する計画が、影御先に漏れたとは思っていない。

だから極秘に動けば裏をかけるが、大人数で動けば黒滝の尼に罠を張られよう。

さらに武士はとかく縄張り意識が強い。信濃衆が大勢、上野に入れば、上野衆と余計な軋轢が起きかねない。

そこまで考えた巴は義仲の申し出をことわり、精鋭一人を東に向わせた。

『八幡、氷月。一人が倒れても、もう一人は必ず赤城に着くこと。わかったね？』

巴は念を押している。

『この役目で、昨日の不始末はなかったことにしてやる。十人斬ってないだろ？』

『斬りましたが……』

『あたしにはそう見えなかった。たのんだよ』

また、巴から氷月に「ある物」が、託されていた。魔と戦う奥の手として。

戸隠を下りた義経、氷月は旱（ひでり）に苦しむ北信を東へ動く。徒歩旅だ。馬を走らせた処で必ず途中でばてる。道々の宿で、替え馬を得られればよいが、義経はお尋ね者だし、影御先は陰の存在、徒歩で行くより他にない。

「見て」

里に下りた氷月が囁く。

目立つ所に、高札（こうさつ）が立っている。鞍馬の遮那王を手配する旨、その特徴が、したためられていた——。高梨家が立てたものである。

高梨庄司は、善光寺から義経を追う兵を繰り出しつつ——一人は高梨荘に、連絡（つなぎ）で走らせたのだろう。

凶作の不安に脅える里人たちは痩せた畑で収穫した麦の脱穀に忙しい。水不足でこれからそだつ米に不安がある以上、人々はこの麦を頼りにしていく他ない。百姓たちには旅人に注意している余裕はなかった。人目をぐるりと警戒した氷月は、義経に、

「……急ごう」

里を出た所で氷月は、

「なるべく、人里を通らぬよう、行きましょう」

「……迷惑をかける」

一瞬、氷月は悲しげな顔になる。

「貴方のせいじゃない」

強く言うのだった。

――不死鬼と戦いに東に行く義経は平家の目も気にせねばならなかった……。

様々なものに警戒しながら東へ旅する義経は、巴と共に南に向った三郎の悔しげな顔を思い出す。

三郎は、義経のお供をしたがったが……赤城に向う組には、最速の移動がもとめられる。子供の脚力を疑問視した巴が却下し三郎は諏訪に向う形になった。

戸隠から飯縄山麓を抜け、人目を避けて、東行する二人。その日は東信濃の山林に野宿した。

翌日、辛い峠に差しかかる。

渋峠。

上州と信州の境にある標高二千百七十メートルの高峰だ。

険しい峠を登り切り――草津白根山に近づくと、卵を茹でたような臭いが鼻に刺さった。

硫黄の悪臭である。大火山たる白根山は毒気を盛んに吹く。火口近くには草木が一本も無い地獄の光景が広がっている。

「白根山に近づきすぎると危ない」

警告した氷月が、四囲を見まわす。

岩がごろごろ転がった、かなり海抜が高い平坦地で、笹が辺り一面に茂っている。山はある高さになると森が無くなり草地や笹原になる――。とっくに、その高さにいるため、木はまばら。笹原に灌木が点在しているばかりだった。

悪いことに、霧がたゆたい出した。

方角を見うしなう。

見当違いの方にすすんでいるのでないか、斯様な焦りが胸で広がった。

半時（約一時間）後、靄が晴れたとたん――荘厳な風景が、義経と氷月を、わななかせた。

「……極楽のよう……」

娘影御先の声には感嘆が籠っている。

二人が立つ場所の標高は——二千メートルを超えよう。

義経と氷月は、上野と信濃の境近くにいて、東、上野側を見下ろしている。

急斜面がすぐ前からはじまっていて、下降する大地は、緑の敷物と花でおおわれていた……。夥しい笹、あるいは桃色の花を咲かせたアズマシャクナゲ、そして、白花を溢れんばかりに咲き乱れさせた白山シャクナゲが、笹からひょこひょこ突き出す形で、点在していた。所々に瞑想(めいそう)する僧侶の面持ちで針葉樹が佇んでいる。

斜面をずっと下った所には、見渡す限りの、壮大な、黄緑の湿原が広がっていた——。

そこは、下界の旱(ひでり)と無縁に、盛んに霧を孕む、水に恵まれた別天地であった。

芳ケ平(よしがだいら)である。

若々しい高山の草が、広い大地をくるみ、下界の旱を知らぬように、池がちらばり、所々に落葉松(からまつ)、モミなどの針葉樹、そして白樺が生えていた。

池の一つ一つは雲一つない空を綺麗に映す、瑠璃(るり)色の鏡になっている。

陽はやや西にかたむきつつある。木立の縁であったり、草におおわれた窪みであったり、池に風が立たせる小波などは、やわらかい赤みをたたえていた。

——この美しき天地が、坂東なのか。……父がその勇名を大いに轟かせた東国なのか。

声が——二人の口から迸っている。

疲れが足から吹っ飛び、義経と氷月は、笹を踏みしだきながら急斜面を駆け下りる。

さっと——金色の影が前を横切った。野狐であった。

真っ白い花を満開に咲かせた、白山シャクナゲの木の横から、つがいと思われる二頭のカモシカが、笑みながら斜面を駆け下る義経と氷月を、茫然と眺めている。

上州側の大湿原たる芳ヶ平に下りてきた時には、陽はかなり西に落ちていた。

見上げると渋峠は血色に燃えている。

夜は——奴らが活発に蠢く時。

花の香りは、不死鬼、殺生鬼を追い払う。此処はいわば天地が仕度してくれた安らかな結界だろう。

「見通しがとてもよく……」

花にふれつつ、

「夜襲されにくい。今宵は此処で泊ろう」

義経が言うと、氷月も同意した。二人の周りでは幾千というワタスゲが風に揺らぎ、棲取草が白く可憐な花を咲かせ、姿なき小鳥の囀りが、何処からか聞こえる。

夜明け前に速足で歩きはじめ、海抜二千メートルを超す渋峠を徒歩で越え、芳ヶ平まで急な斜面を下りてきた。

肌と衣は汗、埃で汚れている。

「水浴び……しましょう」

氷月が、唇をほころばせて提案した。

そして池に歩み寄る。水の畔では、青紫の檜扇菖蒲が幾株も咲き乱れていた。何処を見渡しても花、花、花。義経は本当に極楽に迷い込んだように思った。

氷月が衣に手をかけるや義経は地下世界で見た美しい裸形を思い出し、少し嗄れた声で、

「そなたはそこな池で、わたしはあれなる池で水浴び致す」

「……ええ」

義経は色白の娘に背を向ける。溶岩と化した心臓が、肉という肉を内から溶かしそうであった。

笹を踏みしだく義経。後ろで、するすると衣を脱ぐ気配があった。

——東の影御先は、黒滝の尼の脅威にさらされている。

本能の赴くがままに動きたいという思いと、今はそのようなことをすべきではないという思いが、十七歳の青き胸の中で角を突き合わせている。

後ろの水音が義経の足を止めた。氷月が、池に入った音だった。

愛おしさと欲が、強くこみ上げる。これを振り切るには旱に苦しむ人が水に背を向けるほどの忍耐力が必要だった。

義経は、身を翻す。

西日に白い裸体をさらした氷月はちょうど首の所まで水に入っている。

氷月が、こちらを見る。義経は衣を脱ぎながら氷月に向って大股で歩く。

氷月は義経から少しはなれるように、かんばせをこちらに向けたまま、水中を退いた。義経が脱ぎ捨てた衣が青紫の檜扇菖蒲にかかる。

水に、入る。

ひんやりして、心地良い。

義経が氷月に近づく。——氷月は微動だにしない。

もう少し、近づく。すると氷月の方から近づいて来た。

水に体を半ば沈めた二人は至近で見詰め合っている。義経は、氷月の白い五角形の顔に手をかける。どちらからともなく、夢中で、唇を吸い合った。義経が氷月の小ぶりで形がいい乳房に手をかける。

乳首を吸った。氷月は、もだえるようにのけぞる。義経は氷月を水辺につれて行った。花の上に押し倒す。

陽はますます信濃の方にかたむき、真っ赤な光が二人の肉体を照らしていた。

義経は花の中に仰向けに倒れた氷月の胸から臍まで唇を這わす。

大自然の只中で、二人は幾度も契りをむすんだ。

汗と草汁と花の香に体がまみれると、池に入り、身を清めながら愛し合った。

辺りに青い黄昏が忍び寄り満天の星が瞬き出しても、まだ、もとめ合っている。

そうやって幾度か水浴びした後、ぐったりとなった義経は氷月を固く抱きしめ、ワタスゲのやさしい花穂を押し倒して、仰向けになって眠りはじめた。

氷月は——義経が眠りの国に行ってしまっても、まだ、はっきりと目が覚めていた。先ほど昂ぶったものが、まだ、首筋や指、腹や腿に、焼印でも押されたように、のこっている。

氷月は義経に挙兵してほしいと思った。

——我が父を攫い、殺めた平家。邪鬼を討つのはもちろんだけど……この人には平家を討つ兵を一刻も早く挙げてほしい。

思えば、母や弟を殺めた血吸い鬼は、影御先が成敗してくれた。が、父を殺した平家は野放しのまま。自分たちは此処でこうしているべきなのだろうか——。

迷う心が、氷月の内部で膨満した。

その心を末那識と都のお坊様は呼んでいたっけ。

その時である。

小さな妖気が——義経と氷月の頭上をよぎっている。氷月は視線を星空に動かしたが、義経は眠りこけたままだ。

二人の頭上をはたはたと飛びまわるのは一匹の蝙蝠であった。

《……氷月……》

怪声が、胸底にひびく。

ぐっと歯を食いしばった氷月は弓に手を伸ばす。
《その蝙蝠を射ても、第二の蝙蝠を差し向けるだけ……。花畑の中に寝ても、薫物結界の中にいても、蝙蝠はそなたに忍び寄る。何故なら、不死鬼ではないゆえ》
「…………」
氷月の手は、止っていた。
《その傷により、吾とそなたの間につながりが生じたのじゃ。もはや、逃げられぬ……。東の影御先は——既に滅ぼした》
氷月は瞠目する。
《残るは、赤城の常在ばかり。これも崩壊が目前に迫っておる……。そうやってそなたの味方は、次々と滅ぼされておる。もはや、吾に抗っても無駄。ならば——》
義経が熟睡する横で、魔の声が氷月の末那識に、浸み込んできた——。

＊

翌日。

高原を下りた二人は、白樺帯を突き抜け、楢などが茂る大森林に入る——。

山中を足早に潜行する氷月の相貌が昨日よりだいぶやつれていることが、義経は気がかりだった。戦いに次ぐ戦いに強行軍がつづいている。おまけに、昨日は激しく愛し合った。——赤城でも死闘が予想される。

義経は足を止め、

「一休みするか？」

目の下に隈が出来た氷月は意外そうに、

「え？　大丈夫よ」

「疲れておるように見えるゆえ」

「疲れていない」

きっぱりと答えた。

「強がりを言うそなたも……好きだ」

義経は真剣につたえた。

氷月は細い目を丸（まろ）げた。そして、唇を嚙みしめてうつむき、しばし押し黙っている。

やがて、寂しげに、

「わたしは……貴方より年上だし……」

「それが、どうした？　関りのないこと」

今度は義経がきっぱりと告げる。

義経は、氷月の手首を強くにぎった。

梢越しにこぼれる陽光が、いくつもの眩い水玉模様を、氷月のうなじであったり肩であったりにつくっていた。木漏れ日の矢に二人は射込まれていて、空間をたゆたう羽虫は、光の矢に貫かれた時だけ、飛ぶ宝石になった。

浄瑠璃をうしなってから誰も愛してこなかった義経は、氷月に傍にいてほしいと強く欲していた。浄瑠璃が願っていた、民が安心して暮らせる世をつくるためにも、氷月のような人に傍にいてほしいと思った。

「此度の敵を討ち、影御先への恩を返し終ったら、わたしは、平氏の手がおよばぬ地に行く」

「ずいぶん……時がかかりそうね。そして、そんな場所はあるのかしら？」

「あるはず」

信濃路で見た光景から平家との戦に心がかたむきつつある義経の中で——奥州、という選択肢が、急浮上している。

大豪族、奥州藤原氏が割拠し、六波羅の支配は、ほぼ及んでいない。だが奥州と源氏は浅からぬ因縁がある。真に奥州に下向すべきか否かは慎重でなければならぬと、思っている。

「その地に屋敷を構え……賢く、勇敢で、強く正しい心をもった女を傍に迎えたい。それは、貴女だ」

氷月はかすかにふるえ睫毛を伏せる。

義経が、抱き寄せると、

「買い被りすぎ……。貴方は、わたしのこと、さほど多くは……」

「これから知ればいいと思っている」

燃えそうな声で、囁く。義経は氷月の唇を奪った。頬を火照らせた氷月は義経からはなれて、

「今は……黒滝の一党との戦いに専念する。いいわね？　それが終るまでに……

気持ちをととのえておくわ」

凛とした声色だった。ただ、義経への深い愛情が感じられた。

氷月を穴が開くほど見詰めた義経は、

「……わかった」

氷月から、はなれる。

義経がまた走り出そうとすると、氷月が、強い声で、

「義経っ！」

顧みると、

「……嬉しかった」

「わたしもだ！　そなたに会えて、無上に幸せだ」

その時だ。

木陰から何者かが――二人の前方に、ぱっと飛び出る。傷を負った、ぼさぼさ髪のその若者を見た氷月は、驚き、

「紅丸！」

一足先に東の影御先に危急をつたえに行った不殺生鬼、紅丸だった。

が、どうしたことだろう。体に複数の矢傷、刀傷と思しき傷を負った紅丸は、

獄卒に似た怒りを顔に浮かべている。真っ赤な双眼で、炎が燃えており、その目は義経を直視していた――。

紅丸は一瞬、氷月を見るも、またすぐに義経を睨み出す。今にも飛びかかりそうな勢いだ。

「何があったの？」

氷月が紅丸に駆け寄る。

紅丸は硬い相貌で、氷月に、

「……東の影御先に合流したが、襲われた」

「何処で？」

「少し南に行った所だ」

紅丸は、あの後、東の影御先の本隊に合流したという。迫り来る危機をつたえ、任務を果たした紅丸だが、昨夜、凶事（まがごと）が起きた。東の影御先では、首領と副首領をつとめていた広茂（ひろもち）なる男の間で、行動方針をめぐってかねてより対立があった。

この元山賊の広茂なる男が、いつの間にか、黒滝の尼に操心され、昨夜、凶行に走っている。

すなわちさる寺に逗留中、薫物結界に水をかけ、首領を自らの手で殺めて大混乱を起し、不死鬼、殺生鬼の群れを呼んだという。

氷月は東の影御先で何人か知っている者の名をつたえたが、紅丸は首を振るばかり。

――紅丸だけが何とか死地を脱したのだ。

「とにかく、紅丸の怪我の手当てが終り次第……」

義経が言いかけると――、

「手当てなんていい。あんたら、只人と違って、こっちは、丈夫に出来てんでな」

紅丸は、毒づく。

「すぐにでも走れるぜ」

眉間に険をきざみながら挑むように告げる。

「紅丸、どうしたの？」

氷月がたしなめると、

「――どうも、しねえさ」

殺伐たる言い方だった。この男の中に、野獣がおり、それが今にも牙を剝き、こちらに跳びかかりそうだ。義経は、紅丸は氷月に好意を寄せていた、さっきの自分たちの姿を見て、感情的になっている、と考えている。

もちろん、氷月をわたすつもりは全く無かった。

だからと言って紅丸を挑発するつもりはない。この三人で、力を合わせ、強敵と戦わねばならなかった。

義経は紅丸の心の傷にこちらから塩を塗ってはいけないと考える。畿内の影御先にいた静も、当初、巴と対立をかかえていた。巴と静の間に裂けた谷は、深かった。

それでもあの二人は、特に静は——その谷を乗り越えたのだ。

静に出来たことは、わたしにも出来る。義経は思っている。今、出来てしまった谷はむずかしく深い谷だけど、氷月との恋を堅く守りつつ、紅丸との対立も解消したいと、義経は考えた。

義経と紅丸との間に、緊張を孕みながら、影御先三人は疾駆する——。吾妻川（あがつまがわ）沿いに赤城山を目指してひた走る。

吾妻なる地名はその昔、蝦夷（えみし）を平らげた倭建命（やまとたけるのみこと）が、我が妻を思うて三度嘆いたことに因（ちな）むという。

つまり、此処は、遥か昔から、東と西をむすぶ大動脈であった。

右に、旱で細くなった吾妻川、そして対岸の山々、左には、すぐそこに急峻な山並みが迫る。陽が西にかたむく頃、東に駆ける三人の両側で山が遠ざかってゆく。

遥か左前方に——赤みがかった灰色の大きな山があった。山の手前には何処か力ない木立、そして干からびた田が広がっていた。

「あれが、赤城に違えねえ」

紅丸が、指す。

常在は赤城山にいるらしい、と聞いているだけで、広い赤城のどの辺りを訪ねればよいか、定かではない。旱に苦しめられた田のずっと上では獲物をもとめた鳶が数羽、まわりつづけている。鳶の下を小鳥が一羽通りかかり、気付いた鳶が一羽急降下する。小鳥は懸命に逃げ鳶はしつこく追う。波を描くように飛ぶ二羽は戯れているように見えるが、そこでおこなわれているのは過酷な命のやり取りだった。

「……とにかく、行ける所まで行きましょう」

氷月は決意をしめす。

少しはなれた道端に、野晒しの骸があった。痩せこけた四十がらみの女で口を開け、うつろな双眸で天を睨み、無念そうに倒れている。街道沿いに鄙びた里があり、お堂に人があつまっていた。密教僧が呼ばれ雨乞いの祈禱をしているようだ。祈りを込めたか細い煙が、雲一つない空に上ってゆく。

その里にも——遮那王を手配する旨が書かれた高札が、厳めしく、立っていた。

三人はかなり水が少なくなった坂東太郎、利根川を岩から岩へ跳びうつる形で、わたる。

利根川をわたると——赤城の広い裾野につつまれている。

ここからは里人から情報をあつめる他ない。

陽はどんどん西にかたむいていた。世の中を照らす光が弱まったからか？

赤城の雄渾な山容は、川向うから見た時と——打って変った顔をしていた。残忍な鬼が棲む死出の山を思わす、暗く思い詰めた顔だった。

砂埃が舞う荒野を行く義経は、焦りを覚える。氷月も紅丸も、同じだろう。

と、触手のような葛がかぶさった藪から、背中の薪で体が潰れそうな翁と嫗が、現れた。翁は額に瘤がある。氷月はすぐに老夫婦に駆け寄り、

「あの……この山の中に、七つの家が、ちょうどこのような模様になって建っている所などありませんか？」

氷月は、箙に塗られた七曜を指す。

陰気な雰囲気の翁と媼は顔を見合わせていた。

やがて、瘤がある翁が、

「……七軒じゃねえけど、山伏の家が四つ、固まっている所があるのう。そこの山伏たちが……ちょうどその形に焚火しているのを、林の中から、見た覚えがある」

大いに驚いた氷月は、

「──それは何処？」

「覚満淵という。山のずっと上に在る」

氷月は、老人から覚満淵の詳らかな所在を聞く。話の途中、粗衣を着た媼はじっと──少しはなれた所にいる義経を見ていた。

氷月が聞き取りを終え三人は老夫婦とわかれて山を上る。不安を覚えた義経は顧みている。すると媼もこちらを振り返り、翁に……何事か囁いた処であった。

ちょうど、その時、日輪が──西の山の果てにささえた寝床に入りかけ、今日最後の赤く強烈な光を放った。

「どうしよう……、もう少しで日が、沈む」

氷月が、唇を、噛みしめた。

——日が沈めば不死鬼が跳梁跋扈する。

本当は、日がある頃に赤城を上りたかった。が、芳ケ平からかなり遠く、義経たちの健脚でも不可能だった。

世界が血色に燃えはじめ、そこかしこで暗い陰が急速に勢いづいている。

血刀を思わす日差しが、ミズナラの罅割れた幹、篠竹の葉、五月なのに黄ばんだ葉が目立つ山栗の木に斬り込む。くっきりした直線が、陽が照らした所と、照らしていない所を、わけており、照らされていない所は、不気味な黒陰になっていた。

赤と影のコントラストが山全体を色分けしていた。

氷月は、眉間に濃い皺を寄せる。面貌から苦悩が漂っていた。

「行くしかあるめえ。連中の鬼気は……俺が感じられる」

紅丸は、迷いを隠すように太腕を組む。

義経は夜に黒滝の尼とぶつかり合うことに——不安があった。

出来れば、あの女は、昼間討ちたい。

昼、塒を見つけ、隠れて眠っている処に、杭を打って退治したい。

――何を義経が恐れているかと言えば、黒滝の尼がもつ……底知れぬ強さの、操心術である。

あの女の前に立つと、あやつられてしまう気がする。手先になってしまう気がする。

強い不安が渦巻く義経の心に別の海流が起きる。

その海流は、低く轟きながら、

――それでも武士の子か？　源氏の棟梁の子か？

と、言ってきた。

鬼一法眼の声がした。

――黒滝の尼を恐れれば、そなたは志を果たせぬ。

義経は意を決する。凜々しい面差しで、

「連中は今夜辺り常在の里を襲うかもしれん。一刻の猶予もない。――日が暮れても行こう」

危険を承知で夜の山中を覚満淵まで急ぐという献策である。

目をつむって熟考していた氷月はゆっくりうなずき、

「……覚満淵の畔に在る山伏の家が、常在の隠れ里であるのは、ほぼ間違いない。小角聖香を奪われたら、取り返しが、つかない。……よし行こう。みんな、腰火舎をつけて」

三人は、腰から煙を漂わす。

いつ、黒滝や手下が襲ってきても、おかしくない。

篠竹を掻き分け、やけにごつごつしたミズナラどもに見下ろされながらすすむと――日は全く没した。

何処かで山犬が遠吠えしている。

不穏に温かい風が、ざわざわ、青い黄昏を騒がす。

三人は小さな幽鬼の塔の如き舞鶴草の白花を踏み分けて、刻一刻と暗くなる山中を、歩いた。

所々に銀蘭が咲き、ミズナラ、栗の樹が鬱蒼と茂っていた。

黄昏の赤城山は人を二、三人捕って喰いそうな、底知れぬ緊張を孕んでいる。

義経は抜き身を引っさげ、氷月は弓矢をもち、紅丸は斧をにぎっている。

と、

「――感じらあ」

先頭を行く紅丸が、こちらを振り返っている。

「鬼気を……よ」

紅丸の相貌は黒い陰に塗り潰され窺い知れぬ。

そちらに行ってみましょう、と、氷月が手振りした。

刹那、はたはたと何かが頭上を飛ぶ気配がして義経はさっと見上げた。蝙蝠か、梟か。……黒々とした楓の葉群に飛び込んだ飛行獣は、姿を隠していた。

義経は強く警戒する。

少しすすむと――夜が完全に、山を呑んだ。

とっぷり暗くなる。

が、明りはつけられぬ。三人は木の間からこぼれる月明りを頼りに、倒木を跨ぎ、蔓をくぐった。降り積った落ち葉を踏みすすむ。

と――空閑地が前に現れた。

悪夢の中の巨獣が、角を怒らせて吠えたような、樹の影が立っている。

その大木の前に、落ち葉が敷き詰められた窪地が三つ、ある。

――野営地である気がした。

というのは、伐採した木を支柱にし、黒布をかけ、その上に沢山の草、落ち葉をかけ、出入口も暖簾状に黒布を垂らした、人一人が入れるような、小型の即製住居が、複数みとめられたからだ。山人がつくる「瀬降り(せぶり)」に似ていた。自然木の下部に斜めに杭を固定、そこに葉付きの小枝を沢山かけた畤、さらに窪地の縁には、狐穴(きつねあな)を広げたような横穴の入口に黒布、枝葉をかぶせ、完全に遮光した隠れ家もみとめられた。

中央には――一際大きい、瀬降りがあった。

……一見、無人だ。

と、氷月が少しはなれた小さき窪地を指す。

月明りに照らされ、人が複数、叢(くさむら)に倒れている。

義経たちは走る。

若い百姓娘が一人、直垂姿の武士と思しき、かなり大柄な男が一人、童が一人、壮年の尼公が一人、武士か尼の従者と思しき男が一人。

皆、血まみれになって、重なるように、倒れていた――。

「まだ息がある。明りを」

義経が囁く。氷月が、傍に落ちていた木をひろい、火種から火をうつし、小松明(たいまつ)

にした。

――おお、血吸い鬼に襲われたのだ。

五人は、首や手首にひどい嚙み傷がある。つまり此処は――冥闇ノ結の野営地であった。只人とは逆に昼、此処でやすんだのだろう。瀬降りに似た小屋は殺生鬼の、狐穴は不死鬼の塒かもしれない。五人は餌食にするために攫われてきた憐れな人々だった。

首を嚙まれた娘を見た義経の中で、閃光をともない、結社の森が、浄瑠璃が長範に捕らわれた森が、よぎる。

氷月が腰袋から何かを出し、

「わたしが、この人たちの手当てをする。二人は、あの中に連中がいないかもう一度よくたしかめて」

義経と紅丸、口々に、

「気をつけるんだ」

「……血を、飲まされているかもしれねえ」

「わかってる。全員にニンニクを飲ませるわ」

血吸い鬼に血を吸われ、さらにその血を飲まされることで――人は血吸い鬼になる。しかし魔の血を飲まされてすぐ後に生ニンニクを飲むと、只人のままでいられる時もある。もちろん、絶対ではない。

義経と紅丸が野営地に向わんとした時である。まるで、頭を撫でる冷風のように頭上を何かがかすめる気配がした。

義経は、はっと、仰いでいる。

時を同じくして、物音がしたため、後ろを向く。

血を吸われて倒れ、黄泉に呑み込まれかかっていた童が、無表情で跳び上がり――氷月に襲いかかった。

氷月は反射的に蹴る。だが、猿の如く素早い童は、蹴られながら氷月の脛に取りつき、鋭い牙で齧りついた。童の双眸は赤い灼熱をたたえている。

「氷月っ！」

魂を激盪させる、義経だった――。

浄瑠璃につづき氷月までも魔に呑み込まれる気がした。

すかさず、義経たちは、助けようとする。瞬間――倒れていた武士が、むっくり起きる。爬虫類に似た武士は、無表情で、義経に向って白刃を振るいながら跳んで来た。凄い脚力だ。義経は右に跳んだ。

牙を剝いた武士は、大量の落ち葉を散らし——かなりはなれた所に着地する。

冥闇ノ結に襲われた人々が血吸い鬼になって、影御先を襲っていた……。

尼の手が毒蛇が如く動く。むろん、黒滝の尼ではなく、犠牲となった尼だ。この尼が童に齧られているのとは逆の氷月の足を、俄かに引いたからたまらない。

氷月は仰向けに勢いよく倒れている。

義経は、叫びつつ、猛進してきた吸血武者の剣を、刀で止める。火花が、散った。紅丸に氷月をたのもうとした刹那、異変に気づく。斧をもった紅丸はぶるぶるわななないていた。まるで、異物が体に入ろうとしていて……心のある部位は抵抗、ある部位は受容しているような。

——操心っ！

直覚する。

何処かに蝙蝠がいる。黒滝の尼はこの窪地にいないが、蝙蝠を通じて、ついさっきまで犠牲者だった者たちを動かし、紅丸まで取り込もうとしている。

——一刻も早く蝙蝠を仕留めねば。

と、紅丸が爛々と赤色眼光を放ち、威嚇するように牙を剝き、こっちに向いた。

「……紅……丸？」

若き不殺生鬼は――斧で襲いかかっている。義経は剣で止める。腕が捥(も)げそうな衝撃だ。同時に、氷月が、足に噛みついた童を払い飛ばし、尼の首に大金串を刺す。

紅丸は血吸い鬼と化した武士と共に義経を攻めながら、

「氷月姐さんに何をした！　何をしたっ！」

義経は、懸命に二人の血吸い鬼の猛襲をふせぎ、

「正気にもどれっ。敵は、そなたをあやつろうとしておる！」

嫉妬を突破口に魔に入られた紅丸は聞く耳、もたぬ。大金串を構えて童の血吸い鬼と向き合う氷月は、あやつられた者たちに、

「止めなさい！　まだもどれるわっ」

だが、紅丸は義経を襲いつづけ、童は牙を舐めただけである。

その時だ。今まで倒れていた百姓娘が、かっと牙を剝き、突風となって――氷月に跳びかかる。

氷月は即応出来ず押し倒された。義経は咆哮を上げて、太刀を振り、武士の血吸い鬼の腕を刀ごと斬り飛ばす。武士は血が噴き出す手首を不思議そうに眺めて

いた。

　——鋭気の風が、義経を襲う。

　紅丸が投げた斧だ。

　義経は刀で弾いている。

　紅丸に斬りかかると相手は、武士の手をつけたまま落ち葉の上に転がっていた刀を取り、ふせぐ。

「死ねやっ」

　右手で柄を、左手で刃をにぎった紅丸は——活火山のような力で、義経の剣を押している。

　只人の義経と、血吸い鬼の紅丸。

　膂力では紅丸が勝り義経は押し倒された。

『兵法の強さは、腕の強さにあらず。体の大きさにあらず。あらゆるものが合わさった力ぞ』

　鬼一法眼の声が胸にこだまする。

　——生き抜いてみせますっ。お師匠様！

　倒されながら義経の左手はさっと動き、三条小鍛冶の小さき剣を、今剣を取り出し、紅丸の脇腹を刺している。

紅丸から苦しく長い呻きが漏れている。

義経が、紅丸に刺さった今剣を膝蹴りする。

と、

「――くあっぐうっ」

もんどりうった紅丸はよろめきながらも立ち、義経を斬ろうとするが素早く体勢を立て直した義経の一閃が襲いかかり――袈裟斬りにされた。

今剣を回収する。と、鬼と化した武士が、なおも牙を剝き、斬られていない手で義経を摑もうとしたため、義経は、気迫をありったけ込めて胴斬り。

――成敗した。

氷月が、小さく叫ぶ。

悪魔と化した百姓娘が肩にかぶりついていた。

義経は、一気にそちらに驀進、娘血吸い鬼を突く。娘は突きが到達する前に大きく跳ぶ――。

只人を遥かに超える飛翔力だ。

《――欲しかろう？　あの力が》

　声が、した。黒滝の尼の。

《あの力があれば仇を取れる。……民を救える》

　恐らく身は常在の里を襲撃しながら、心の一部でこの戦いを見ている──。

　ただ、使い魔となっている蝙蝠めは、闇の何処かに上手く潜んだらしく、視認出来ない。

《そなたは無力すぎる》

　──そうだ。

　妖尼の囁きを肯定してしまう自分が、どうしてもいる。

　──今のわたしに何が出来る？　わたしには、何もない。ちっぽけすぎるではないかっ……。

　その時であった。いつだったか、畿内の影御先で操心について話した時、

『自分を……信じられれば……あやつられにくい』

　と話した娘影御先がいたことを思い出す。あれはたしか──静であった。

「妖力など、欲しくない！」

　義経は、姿なき敵に笞を叩きつけながら、娘血吸い鬼に斬りかかっている。

　手応えはあったが、敵はひるまぬ。

義経に斬られた女妖は手を――神速で出す。

義経の、喉に向って。首を貫く勢いで。

義経はさっと首を横にひねる。

刀同然の手が、横首を焼けるほど強くこすり、かすめた――。左手を剣からはなした義経は、その手で自分を突いてきた相手の右腕を摑み、右手で剣を動かし、胸を突こうとするも、敵は素早い。素手で――刃を摑み、攻撃を止めるや、牙を剝いて哄笑した。

――むっ。

義経は刀を捨てて両手を自由にし、手首に固定した大金串を一瞬で抜くと――相手の心臓を刺しながら押し倒す。

もう一度、深く刺す。

この一撃で娘血吸い鬼の命は止っている。

その時だ。

《平家が血吸い鬼のつわものを召し抱えたら、如何(いかが)する？ 鬼を百人召し抱えたらどうする？》

妖しい囁きが、心に浸み込む。

——平家が血吸い鬼を……？

義経は、一瞬、考える。

そのほんの一かけらの思考が、相手が編んだ罠の網にかかる第一歩になった。

《左様、さすれば、只人のそなたは決して清盛の天下を覆せぬ。夢は、ただの夢に終る。しかし吾なら……そなたに力をあたえられる。力を……正しき方につかえば、良いではないか？》

——力を……正しい方に？

義経を捕らえかけた網がぐんぐんせばまって、体に金縛りがかかり出す——。まずい、と思った時には、遅い。身が重くなっていた……。

「危ないっ！」

氷月が叫んだ。

義経が上を仰ぐと小さい殺気の影が飛び降りてくる処だった——。だが義経の体は岩のように重くなっており、動けぬ。殺られる、と思った瞬間——細い殺気の風が吹き、小さい影に命中している。矢を受けて転がったのは、樹上から義経を狙った子供の血吸い鬼で、射たのは氷月だった。

「六波羅の手がとどかぬ所に行くんでしょ？　そして、わたしと……」

とたんに、義経は——凄まじい拘束力をもつ金縛りから、解き放たれた。

汗をぐっしょりかいた義経に、氷月は厳しく、

「貴方らしくない！」

「——後ろ！」

義経の警告は、遅い。氷月の後ろ……怪しい影がさっと起き、首に刺さっていた凶器を鮮血が迸るのも構わず抜くと、その細い武器で氷月の腰を後ろから刺した。

小柄な、尼の血吸い鬼だ。さらに小男もゆっくり半身を起し、目を赤く滾らす。

「おのれっ！」

義経は怒気を燃やして走った。

氷月の後ろ首を噛もうとした女血吸い鬼を引きずり倒し、首を捩じ斬った。そのままあくびしながら起き上がった小男の血吸い鬼の喉を、一思いに刺し貫いた——。

「もう、大丈夫だ！」

義経は氷月に駆け寄り、抱きかかえている。足、肩を噛まれ、腰を深く刺され

た氷月は荒い息を吐いて、

「大丈夫……じゃない。奴らの本隊は恐らく覚満淵の常在を襲っている。一刻も早く、救いに行かねば……」

義経は今の氷月の有様で無理だと思った。

深手を負った氷月の細い目が、義経を捉え、

「わたしを此処に置いていって。貴方は、覚満淵へ急いでっ」

義経は首で否定する。

「此処は、敵が野営していた所。しかも、黒滝がつかう蝙蝠までおる」

氷月の頰にやさしくふれて熱く激動する胸の内を抑え、

「此処を出来るだけはなれるのだ！　わたしが手をかす」

義経が肩をかし二人はすすみ出す。覚満淵を目指し、闇の森を少し行った所で、氷月が、月明りに照らされた、銀蘭の群生に倒れ込んだ。

ひどい旱がつづいているが栗の花が咲いているようだ。匂いでわかる。男の精を甘く煮たような独特の芳香が辺りに満ちている。汗と花の香にまみれてつながり合った昨日の記憶が、何故か義経をかすめた。

義経が手をかそうとすると氷月は拒絶した。

「一人で……行って。もう無理だわ」

「何を言う」

「此処なら、栗の花の香りが、結界になる。だから……心配無用」

有無を言わせぬ語気であった。

氷月は、懐に手をやる。信州から大切にもってきた小巾着を義経にわたし、

「これを、もって行きなさい」

巾着を受け取る。氷月の恋人として今ははなれたくない、だが影御先として、氷月の言葉は正論だとわかる。

「香をのこしてゆこう」

「いいえ。必ず、必要になる。全てもって行って。花の匂いがわたしを守ってくれるはず……」

義経は――氷月とはなれるのが大層不安であったが、遂に、心を決めた。

血がにじむような声で告げる。

「……わかった。何があっても、此処を動くなっ。連中を退治したら、必ずもどる」

氷月はしなやかな首、たおやかな声をふるわし、

「ええ、信じているわ。貴方に勝てない戦いなんて……無い。九郎義経。わたしは凡人だけど貴方は違う。特別なの。

貴方は……龍よ。まだ、飛べない龍なの」

その声に——押された気がした。

義経は、立つ。そして、疾駆する。

それを見送った氷月はどっと銀蘭の中に突っ伏した。

——と、

《ようやくゆるりと語り合えそうじゃの……》

弓に手を伸ばそうとしたが、手はやけに重くなっていた。氷月の頰はびくんと痙攣(けいれん)する。甘ったるい栗の香りの中、抵抗しなければと思うが……このまま魔性の女の囁きに身をゆだねることが、ひどく甘美なことのようにも感じられる。

《あの男、もはや——もどって来ぬ》

「え?」

氷月はいけないとは思いつつも反応している。弓を取ることを、忘れてしまう。

蝙蝠が、頭上をさっと飛び、

《覚満淵の常在は先ほど、討ち果たした。そなたらが守らんとしておる小角聖香も既に手に入れた。そう……そなたらは負けたのじゃ。氷月。もはや、あらゆる抵抗は、無意味。この負けが日本六十余州の全影御先の負けにつながる》

蝙蝠を、目で追おうとした。だが、見当らない。

《そなたの敵は、六波羅。……力を呉れてやる》

お告げのように重々しく、嵐の如く不穏な声だった。

——惑わされてはいけない！

濃密な栗の香の中、氷月は理性をたもたんとする。

《これでも？》

恐ろしく大きな猛気の影が叢（くさむら）を踏み潰しながら、のしのし歩み寄ってきた。

「——」

途方に、暮れた。

そして、怖かった。

月明りに照らされたその巨獣を見た氷月は絶望的な顔で這い逃げようとした。

首を振り、涎（よだれ）を垂らし、ゆっくり寄ってくるのは——大きく凶暴そうな熊であった。

――今、氷月の叫び声が聞こえた気がした。

夜の山林を全力疾走していた義経は、立ち止る。振り返る。さっきの所からだいぶはなれていた。氷月なら、すすめと言う気がした。

義経はまた、覚満淵目指して走り出す――。

正常な熊に、思えない。心がすっぽり抜け落ち、空っぽになった所に誰かの手が入り、内から動かしているような……。

そんな様子の雄熊が、牙を剝き、鼻息荒く、接近している。

と、熊は――黒嵐（くろあらし）になって、氷月に突っ込んできた。驚くべき速さだ。

逃げられない、と感じた氷月は山刀で、突進してくる熊の顔を、思い切りはたこうとした。

が、狙いをはずし、運命の武器はごつい肩に当る。

氷月は、怒り狂った熊に、吹っ飛ばされている――。衝撃で、山刀が手からはなれる。銀蘭を潰しながらうつ伏せになって転がる。

山刀を、ひろわんとした。

そこに、もう、後ろからのしかかった。熊が。氷月の頭と足に、上から手をかけ、爪を喰い込ませた熊は、肩の辺りを齧った。

悲鳴が、迸る。もう少し、首に近い所を深く咬まれる。山刀に指先でふれながら激しい痛みと恐怖に襲われ氷月は絶叫した。

熊が首を咬み切ろうとする気配があった。

「――そこまで」

女の囁きが、すぐ傍でしている。

太い牙は――首すれすれで止っていた。

銀蘭や舞鶴草を踏みしだき、黒衣に血色の格子入りの袈裟(けさ)をかけた、色白、ふくよかな尼が、薄笑いを浮かべて寄ってきた。不気味な髑髏(どくろ)本尊を杖につけていた。

針に似た細い眼は紅(くれない)に燃えている。

黒滝の尼だった。

――どうして?

心を読んだか、

「たやすいこと。花の香りなど、そなたの血の臭いと熊の腥さで、とうに消えておる」

黒滝の尼は凝固した野獣の頭にやさしく手を置いている。

――獣をあやつるのは知っていたけど、熊まで……。

闇の総帥が熊から少しはなれると、袂から獣的な反魂香の香りが、こぼれた。

そのこぼれたものをひろいあつめるかのように、熊は氷月から顔をはなし鼻をまわす。

「此処で、熊に咬み殺されるか、我が眷族となるか、えらべ。冥闇ノ結は後者を歓迎する」

「どうして……わたしにこだわる？」

「目にかけた者を常に味方にしてきた。そうやって、結を大きくして参った」

「答になっていない」

黒滝の尼は、不穏なほど穏やかに、

「一つには……そなたが影御先だからであろうか？　元影御先の鬼ほど、影御先から吾を守るに優れた者はおるまい？　いま一つには――」

かがみ込み、氷月に、そっとふれ、

「六波羅を恨むそなたに、ゆかしきものを、覚えるから、であろうか……？」

この時、黒滝の尼の目は赤い光を消し、常の色になっていた。青褪めた寂しげな顔様で、

「吾もまた、大切な者を……多く奪われ、京の朝廷を恨んだ。坂東の裏切者どもを憎んだ。遠い昔の話ぞ」

この尼の過去に何があったのだろうという強い興味が掻き立てられている。

「義経にも同じ仔細で関心がある。そなたと、義経は、我が下でこそ大いにはたらける気がする。そなたらを憎いとは露とも思わぬのじゃ」

二つの赤い閃光がきらめき、氷月は引き込まれる。妖美な赤が、逆らい様もないほど強く、吸い寄せる——。黒滝の尼は氷月の心に浸み込む声で話しかけた。

「……天下を……引っくり返したいと、思わぬか？　我らが力を合わせれば、いとたやすきこと」

この尼が、考えていることに……少しだけふれてみたい思いが、ふくらんできた。

それは、果物であるとしたら、いかにも、怪しく、禍々（まがまが）しく、毒が滴り落ちそうな、果皮につつまれている。

だが、薄皮を一枚剝いてみるがよい。

すると、世にも甘美な汁がこぼれる。氷月が、かつて味わったことのないような、新しい味覚、想像を超える芳醇（ほうじゅん）、人の心を揺さぶる刺激に満ちた果肉が、隠されているのだ。

氷月は、黒滝の尼の謀（はかりごと）の奥に左様な、魅惑的果肉が隠されているような気持ちになった。

そんな気持ちになることが、妖尼の――呪（しゅ）であった。赤い眼光を灯した人影がいくつも林内から、こちらを見ていることに氷月は気づく。

嬉しげに牙を剝いた相手は、

「――魔道へ、ようこそ」

牙が、近づいてきた……。

山中を行く義経の眼前に、黒い湖が開けた。

覚満淵かと思いきや周囲に人家は見当たらぬ。ただ、黒々とした森におおわれた山が、湖を見下ろし、眠りこけているばかり。

赤城の詳らかな地理情報、たとえば、大沼（おの）、小沼（この）、覚満淵、三つの湖沼があるというような話は、薪を背負った翁から、氷月につたわっている。小さき砂浜に立った義経は、これは、小沼でないかと思う。

　刹那、

　――――!

　鋭気が降ってくる。

　義経は、高みから放たれた凶器を、間一髪、刀で弾く。戛然(かつぜん)と火花が咲いた。草中に転がったのは大金串だった。

「濃尾の影御先……か?」

　相手は、樹から飛び降りた。

「そういうお前も影御先か?　元がつきそうだが」

「東の影御先……広茂(ひろもち)」

　裏切りの副首領は、三十歳くらいの物乞いに思える。ぼろ衣を着ていたが、馬を斬れそうな大太刀を、にぎっていた。首に黒数珠を巻き中背。ごつごつと逞しい体をしていた。頬骨が高く、角張った顔で、目は鋭い。顎に鬚(ひげ)があった。

「裏切り者のお出ましか」

　義経は、剣を向ける。

広茂と同じような装いの男が二人、義経の左右から同時に現れ、弓矢を構えている。

広茂と同じく影御先を裏切った男たちであろう。三人とも、双眼が、赤く光る。

黒滝の尼のために働き血吸い鬼にしてもらったに相違ない。鬼になってまだ日も浅いため、清水が溜る小沼の傍にいても、障りはないのか。

義経は、ふと、この男たちが何を思い——冥闇ノ結に取り込まれたのか、知りたくなる。それを知ることが妖尼の操心から、己を守ることにつながるかもしれない。

太刀を構えて、

「何ゆえ、仲間を裏切った？」

「聞きたいか？」

「聞こう」

「今の世の中……不死鬼と殺生鬼の結が、抑えられぬほど大きくなっておる」

広茂は暗い絶望を漂わせ、

「世の中を見渡してみい！　血吸い鬼のような只人、賊の親玉のような者が威張り散らしておるわ……。そんな世の何処に……守る値打ちがある？　そう思わんか小童？　迷いがふくらんだ時、あの御方の囁きが……自ずと胸に入ってきたんよ。全てを闇で塗り潰せとよ」

白く美しい顔に憂いを漂わせて義経は言う。

「お前の言葉は、何かをありがたく思う、その気持ちを忘れた者の言葉だ」

広茂は苛立ち、

「今まで散々、鬼を狩ってきた！　人からありがたがられこそすれ、俺がありがたがる処など、ねえわ。この肥溜めのような世によぉっ」

語気が昂ぶる。義経は、血吸い鬼になった男に、世の中を肥溜めとしか……見られなかった男に、憐れみを覚えた。

「そこが——違うのだ。たとえば、お前が米を食う、芋を食う、椀をつかう、その米や里芋や椀は……誰がつくりしものか？」

都や田舎で圧政や飢えに苦しみながら、今日を真剣に生きる人々の姿が、胸に浮かんだ。自分は、その人たちに見えない処でささえられている……。だから、その人々を苦しめる者が、邪鬼であれ権門であれ、許せぬ。

「顔も見えぬ、名も知らぬ、何処かの誰かがつくりしもの……だが、その者がおらねば、お前は米も芋も食えなかった。椀もつかえなかった」

義経は、強い気持ちを込めて、

「お前をささえ、お前に幸(さち)をもたらすのは、お前が知る者だけに非ず！　お前が知らぬ多くの者が……お前をささえ、お前が今日という日に味わう幸や喜びをもたらしてくれている。もっとこの真実(こと)を見据えた方が良い……。わたしは顔の見える者はもちろん、顔の見えぬ人々にも感謝を忘れぬ。その感謝があれば、今のような言葉は出てこぬはず」

広茂は、黙り込んだ。義経の言葉をわかろうとする心と、否定しようとする心が、ぶつかり合う。そんな顔つきだ。だが結局は殺気が面貌をおおう。

「お前は——世の一面しか見ておらぬ！　世の中には、もそっと美しく……清らな一面も必ずや、在る！　その一面が見えねば、憎しみの心、嘲りの心だけがふくらもう。左様な心に統べられ……仲間を裏切り、影御先を、奇胎(きたい)に瀕(ひん)させた貴様の罪は、重い。お前に殺された仲間と、天に代り、成敗する！」

——剣先から爆裂しそうな気が放たれた。

「うぬ一人で、何が出来ようっ！　ああ？　もはや、畿内の影御先もねえっ。東の影御先もねえっ。もう、ねえんだよっ。濃尾の影御先も死に体で、赤城の常在も滅ぼした」

義経の相貌が、怒りで大いに歪む。興奮した広茂は口角泡を飛ばし、

「変えられねんだよ、もう、てめえらが負ける運命(さだめ)をよぉっ……」

「変えてみせるっ！」

叩きつけるように吠えた。

さっき氷月にもらった言葉が義経の中を去来している。

「――出来るもんなら、やってみい、小童っ！」

矢が二方向から飛んでくるも――義経は小沼に後ろ跳びしてかわしつつ、左手で出した大金串を左にいた男の喉に投げて、命中させている。

次の瞬間、義経の太刀は右にいた男の喉を薙ぎ、鮮血を撒き散らしながら、首より上を叩き飛ばした。

荒ぶる野犬に似た素早さで広茂が大太刀を旋回させるも――義経は強圧が籠ったその一撃を、頭上で受ける。

首に大金串が刺さった血吸い鬼が、後ろに動き、草刈り鎌を取り出してかかってくるも、小沼で脛まで濡らした義経は一挙に飛翔。

その血吸い鬼の首を斬り抜ける形でだいぶはなれた所に降り、大きく飛沫を上

げた。

すぐ顧みる。同時に一閃した剣が——広茂の大剣とぶつかり、金属音がひびいている。

人間離れした膂力が義経を押してくる。相撲を得意とする男が五人ぶつかってきたほどの圧だった。

義経はいなすように横跳びし下段から広茂に斬り上げるも……広茂の豪剣は義経の剣を、叩き飛ばした。

——む。

茫然とした刹那——魔の足が義経の鳩尾(みぞおち)に、めり込んだ。

真っ赤な衝撃が義経の胃を貫く。

蹴飛ばされた義経は、沼に倒れた——。

呻きと、飛沫が混ざる。

「……凄(すげ)えや、この怪力(ちから)。へへ」

山月に照らされた広茂が牙を剝き大上段に振りかぶる。

その時だった。

何かが、義経の懐から水中にこぼれ、強い光が広茂を直撃した——。

ないかと考え、氷月に託したのである。信濃路、上州路で、氷月は旅しつつ、小鏡に十分な太陽光をあつめていた。それはさっき、氷月から、義経に、わたされている。

豊明の小鏡――。

豊明の大鏡を諏訪にはこぶ巴は、坂東での一戦で、この霊宝が必要になるので

巾着から出、湖底に落ちた小鏡から、真っ直ぐ上へ放たれた、夜の太陽光が――広茂の顔を下から貫いた。

敵は三度小さく叫び、手で目をおおう。

――豊明の鏡は、光の矢で不死鬼を焼き滅ぼし、殺生鬼の目を眩ます。

すかさず、起きた義経は、剣をひろい、広茂を叩き斬った――。

一瞬の隙を衝かれた広茂は飛沫を立てて崩れている。

歯噛みし、起きんとした広茂の胸を、義経は突いた。

水を枕にした広茂は血を吐きながら、低く笑う。

「うぬなら……わしを呑み込んだ絶望に……勝てるやもな」

「…………」

赤色眼光を点滅させて、

「氷月、と言ったか？　仲間が……危ういぜ。黒滝どもは氷月を料理しようとしてらぁ」

「何っ――」

義経から憤怒の炎が燃え立つ。すぐに刀を広茂から抜き豊明の小鏡をひろい、濡れ巾着にしまう。

そして、水から上がり、夢中で、夜の林を駆けた。

――氷月ぃっ！

恋人を、今、魔が呑まんとしていた。

――浄瑠璃につづいて、氷月までも闇の手に……。させるか！

氷月と共に暮したい。うしなうわけにはいかない。

さっきはなれてしまったことが、取り返しのつかない過ちである気がした。

共にいるべきだった――。

たった一つの過ちで……大切な人を危険に晒すとは。

後悔が次から次に波のように押し寄せている。

間に合ってほしい。毒牙が白肌を嚙み破る前に何としても助けねばならぬ。

ウラジロの葉や、舞鶴草の花を踏み散らし、山栗、ミズナラ、臭木(くさぎ)などが伸ばした手を荒々しく掻き分け、義経は、駆けに駆けている。

先刻の場所まで——もどって来た。

静まり返っていた。

だが、奴らは、いた。

こっちを向いて、無言で佇(たたず)んでいる。

群がり生える銀蘭の敷物に三十人以上の黒影がずらりと横一列になって立っていた……。

いずれも、不死鬼、殺生鬼だろう。

眼が赤く貪婪(どんらん)に光っていた。

魔性の横列の中心に、肉置(ししお)き豊かな妙齢の尼が倒木に腰かけ、氷月を弄んでいた。黒滝の尼である。妖尼は氷月の体を後ろからかかえ、白い上半身をはだけ、両の乳房に爪を立てて鷲摑みにし、ぐったりした氷月の首に牙を立てていた。妖尼の後ろには月輪熊が一頭、まるで彫刻か何かのように大人しく控えている。

銀色の月明りに照らされた氷月は、首はもちろん、肩などにも嚙み傷があり、腰回りも黒い血で汚れていて、見るも無残な有様だ。可哀そうなほど痛めつけられ、ぼろぼろな様子だ。眠っているのか――死んでしまったのか、きつく瞑目している。何故か……犠牲者たる氷月の口元は血で汚れていた。

「黒滝の尼！」

義経は剣をビュンと振り、吠える。

月光に白く濡れた銀蘭が葉という葉を夜風にわななかす。

冥闇ノ結に討たれた多くの仲間たちの姿が、心をよぎる。

「今日こそ、お前を討つ！」

義経が咆哮しても、氷月はそよとも動かない。血で汚れたその白肌は既に死膚（しにはだ）なのか？　判然とせぬ。

義経は氷月を案じる気持ちが、大きすぎれば、その心を黒滝の尼に読まれて、操心の材料にされるとわかっていたから、なるべくその気持ちを抑えようとする。だが、無理な話で、

――生きていてくれ。

すると……義経の心の深みを何らかの力がこじ開けて、声が吹き込まれる。

《――生きておる。今の、処は》

その一声で手が痺れかかった。やはり、この尼相手に誤魔化しは通用しない。
《そなたの出方次第》
黒滝の尼は氷月の血を啜りながら赤く細い目でちらっとこっちを見ている。
——出方？
黒滝の尼、義経の心に、
《頼みの綱としておる小鏡。巾着に入れたまま、こちらに投げよ。知っておるぞ。——後生大事に隠しもっておるのを》
「……………」
——わたせるかっ、と思う。もうその心を読んだ化物の総帥は、
《鏡をわたさば氷月を生かしてやる。わたさねば、命はない》
どうにかして氷月を助ける術は無いか考える。しかし、敵が心を読む以上、それを考えると同時に攻めかからねば、絶対に勝てない、とも考える。
黒滝の尼、血塗られた口を白い首からはなし、さも愉快げに、
《左様な術は無い》
足にも金縛りをかけられたか、やけに重い。
《手も足も——動かぬ》

と、心に語りながら、初めて真っ赤な口を開いた吸血尼は、

「そなた、血族は？」

心の淵から常盤の姿、そして母が義父、長成と住む屋敷の様子が、どうしても浮き上がってくる。

「なるほど——京の一条に母の住む屋敷があるか。貴族であるのに、ろくに香も焚けぬほど貧しい家がな。ほほ、実に押し込みやすき家があるものよの。……のう？」

不死鬼、殺生鬼の男どもが幾人か薄く笑い、女どもの何人かが袂を優雅に唇に当て、笑みを隠す。あとの影は静かなる月明りに照らされ、無反応に立ち尽くしていた。

礼儀正しさ、奥ゆかしさのようなものが、冥闇ノ結の血吸い鬼からは感じられた。

もちろん、だからと言って、こ奴らが貪婪な妖魔という評価は全く揺らがない。

《えらぶがよい、妾は後者を期待する》

「鏡をわたさず、そなたも氷月も死に、京におるそなたの家族も死に絶えるか

「……」

眉間でうねる青筋を抑えられぬ。

「鏡をわたし、我が眷族となり、氷月と夫婦になって、剛強な武勇を得……六波羅を血の海にする。清盛を八つ裂きにしても、吸い殺してもよい。どちらがよい？」

「――仇は許せぬ。が、六波羅を血の海にしたいわけではないっ！　どうして鏡をわたせよう」

叫んだ義経は、濡れ巾着から小鏡を出そうとしている。

が、黒滝の尼の手が動くや、義経の手はぶるぶるふるえ、動かなくなっている。

――強力な操心だ。

「氷月、そなたの男は……何と薄情であろうか？」

黒滝の尼の長い舌が氷月の首から流れる血を舐めた。

すると、どうだろう。

氷月が一重の双眸をおもむろに開く。それは、赤く輝いていた……。

――そなたまで――。

浄瑠璃につづいて氷月までも血吸い鬼になってしまった事実は、義経を苦しめる。絶望に突き落とす。義経は病的なほど強く首を横に振っている。言葉を絞り出そうとするが出て来ない。義経は——狂いそうな悲しみに襲われた。

「鏡を取って参れ」

妖尼が、氷月に、命じた。氷月はすっと体を起し——無表情で、義経の方に歩き出した。氷月にしたがい、妖尼の手下どもも、静かに歩み出す。義経の苦しみが、怒りに変る。怒りが、金縛りの網を辛くも千切り、固まっていた手は素早く動いている。巾着に手を入れた。

氷月がこちらに駆け、他の羅刹どもも一挙に殺到してきた——。物凄い速さで。黒滝の尼だけがさっと跳躍、熊の後ろに隠れる。

義経の手が豊明の小鏡を取り出した。

さっきより弱いが、眩い閃光が迸り、真正面から光を受けた二人が絶叫を上げて、焼け死んだ。——不死鬼だったのだ。さらにその後ろにいた五人が顔を押さえて蹲る。こ奴らは、殺生鬼だ。

氷月に光が当るも、ただ眩しそうに足を止めただけで、何の害も無い。

義経は黒滝の尼に光を当てようとするも熊がさえぎって上手くいかない。

羅刹が六名、義経めがけて剣や矛を振りまわし、殺到してきた。

義経はそ奴らに光る小鏡を向ける。

すると——三人が、走りながら真っ赤に燃え、金切り声が火柱に変る。そ奴らは爆発するような勢いで焼け死んだ。もう三人は、目をやられ、悲鳴をこぼして蹲っている。

だが、不思議の光はさっきよりまた弱まっていた。光の無駄遣いをふせぐため巾着にもどした義経は太刀を翻し、今、蹲った三人に猛進。

剣が吠え狂い——殺生鬼は瞬く間に首を斬られたり、心臓を突き刺されたりして、息絶えた。

黒滝の尼は熊に隠れ、氷月は茫然とし、他の邪鬼は混乱している。

黒滝の尼に仕える翁が大喝した。

「氷月とやら、その男を討ち、忠誠をしめせ！」

氷月は——さっきとは違う面差しで、死んだ不死鬼が所持していた太刀をひろうや、いきなり跳ぶ。で、自分に命令した老鬼を一刀両断してしまった。

「裏切りおった！」

男の血吸い鬼がわめくも、赤い眼火を燃やした氷月は、そ奴の首をざっくり斬り飛ばす。その迸る血を氷月は大口を開けて受け止め、飲み、さらに力を得たようで、凄まじい速度で、初めの閃光で戦意を削がれて蹲っていた五人の殺生鬼に跳びかかり、バタバタ斬り捨てた。魔性の血を浴び、口に入ったものを飲む度、氷月は加速度的に強くなる――。

義経も混乱する敵を斬って斬って、斬りまくる。鮮血が次々に舞い、噎せ返る栗の花の匂いはもはや感じられぬ。

血と臓物の臭いが赤城の森を席巻した。

晴れていた星空に、いつしか暗雲が立ち込めている。

黒滝の尼の声、他の不死鬼の声が、幾度も心に潜らんとしたが、闘気で押しやる。氷月が血吸い鬼にされた衝撃が、義経の中に猛気の積乱雲を生み、その雲の大いなる質量が、あやつろうとする呪をはね返す。

熊が、襲ってきた。

動く山のように突っ込んできた――。

さっと、黒影が飛び、熊の上に降り立っている。その者は熊の頭頂部に斬撃をくらわした。

氷月であった。

咆哮を上げてひるんだ熊に、義経が飛びかかり、両目の所に太刀を叩き込んでいる。

熊は血にまみれた顔を手で押さえ、喘ぐような憐れな声を漏らし、藪に向って逃げ出した。

刹那――魔風が吹き寄せる。

黒滝の尼。

眼を爛々と光らせ、牙を剝き、義経を一撃で屠らんと髑髏本尊の杖を振りかぶり、大跳躍してきた――。

小鏡を出す。

今まででもっとも弱い光が黒滝の尼に当る。

が、それでも十分威力があって、大きく歪んだ面貌から湯気が出、黒滝の尼は思わず杖をこぼした。同時に……さっきは小鏡の光を受けてもひるまなかった氷月が、目を押さえる動きを見せている……。まるで強酸でもかけられたように、顔がどろどろ滅形(めっけい)してゆく黒滝の尼は、蕩(とろ)ける面に手を当てて、わななきながら、

「この怨み、必ずや晴らす！」

義経はすかさず斬りかかるも、ふわっとその顔を蝙蝠めが襲い、視界をさえぎる小獣を払った時には、突風のように逃げた黒滝の尼ははや見えなくなっていた。

義経がまだ健在な敵塊に、かなり弱くなった光を当てる。

すると、焼け死にはしないものの、黒滝の尼と同様に大火傷を負ったり、目を眩ませてひるむ敵が続出した。その放射を終えると豊明の小鏡はもはや光を放たなくなったが、もう十分だった。

只人の義経、血吸い鬼の氷月は――刀を振るって崩れかかる敵に斬り込み、血の嵐が巻き起された。

敵が逃げ出す。義経と氷月は、遁走する敵を斬り伏せる。

黒滝の尼をふくめ三人の魔が逃げおおせただけで、後は全て討ち果たした。

氷月が少しはなれた銀蘭の上に転がった袋を指す。

「その袋……黒滝が落としていった」

義経は、ひろってみた。袋からは黒漆で七曜がほどこされた木箱が出てきた。開けてみると、芳香が漂い、小さな金銅製の箱が出てきた。さらに開けてみると類稀なよい香りがして、黒い粉末が入っている。

僅かだが、間違いない。

「小角聖香だ！」

義経は叫んだ。

「きっと、そうね」

——氷月のかんばせは悲しげだった。全身で返り血と自らの血が混じり合い、双眼も赤く光っていた。

義経は豊明の鏡に次ぐ第二の霊宝、小角聖香をしまうと、氷月に歩み寄る。

「きっと、共に戦える。影御先は不殺生鬼も受け入れる」

その言葉を聞いた氷月は一歩後退りした。

「……氷月？」

夜の山風で狂おしく乱れた髪が血で汚れた氷月の顔を隠す。うつむいた氷月は、肩をふるわし、

「豊明の小鏡の光が、目が潰れるほど眩しく思えた」

義経は固唾を呑んで足を止める。混乱し、何を言いたいのかわからない。

「小角聖香の香りが……耐えられないほど悪い臭いに」

刀で斬られたような面貌になるも、氷月を諭すように、自分に言い聞かせるよ

うに、

「……気の……せいだ」

「いいえ。わたしは、殺生鬼になった。奴らを斬りながら血を啜ることで。殺生鬼は——影御先に入れない」

「嘘だっ！」

義経は怒鳴りながら氷月に近寄り、激しく肩を揺さぶる。氷月は辛そうに唇を嚙み一粒の涙を流す。

「血を流しすぎたせいかしら？　喉が焼けるように渇き、どうしようもなく血を飲みたかった」

「…………」

口周りを血で汚した氷月は、涙を拭くと、悲しげに笑んで、

「血を飲んだから？　今……傷が、何だかとても温かい。……恐らく癒えかかっている」

「また、元にもどれる！」

「今もまだ飲みたい！　もどれる気がしないっ」

氷月が牙を剝き、赤い眼光をより強く迸らせ、虎に近い凄まじい形相で威嚇し

た。今度は義経が思わず一歩後退る。

その後退りが、氷月のかんばせを、悲しみに沈めている。

寂しげに微笑み、

「わかった……でしょ？　わたしは貴方を傷つける」

義経もまた悲しみと戦いながら氷月を抱きしめた。殺生鬼になったと知っても、愛おしかった。腕に力を込め、

「どうするつもりだ？」

「上洛……しようと思う」

義経の首に息をかける近さで氷月は囁く。初めて言の葉を交わした穴倉を、思い出した。一層、腕に力を入れる。

「上洛して、如何する？」

その問いに答えず、氷月は義経の首に牙を当てている。

かすかな声で、

「貴方も鬼になれば……一緒に、いられるわ」

義経は長いこと黙っていた。

氷月は、義経の首を甘嚙みした。そして、

「見た……でしょ？　強い力を得られる」

義経は言う。

「魔の者となりて、仇を討っても、冥府にいる父上は決して喜ばれぬ。激しく叱られるだろう。わたしは、自分の知恵と力で、敵を倒す」

「そう言うと思った」

氷月はかすかににじんだ義経の血を舐めて、

「……これでお別れね」

義経から、はなれた。

氷月は駆け出す。

「待てっ！」

呼び止めると——背を向けたまま立ち止り、

「無辜の民を殺したりはしない！……貴方を陰ながら助ける。わたしの家をぐちゃぐちゃにした平家を、吸い殺そうと思う」

「そのような支援をもとめぬ！」

悲痛な形相で義経が応える。湿った夜風が強まる。

元影御先の女殺生鬼は、後ろ髪を風に弄ばれながら、

「……わたしのためでもあるのよ」

そして、もう一気に駆けはじめ瞬く間に森に入ってしまった。

義経は、豊明の小鏡と、小角聖香をもったまま、一人茫然と取りのこされた――。その四囲には羅刹どもの凄絶な屍が転がっていた。

敵を駆逐したのに、視界が真っ暗になった気がして、世界に大きな穴が開いた気がして、動く気が起きない。

ぽつん。

何かが、頭に落ちる。

冷たい滴が、次々に落ちてきた。

旱に苦しむ諸国の民が待ちに待った雨であった。だが、待望の雨も、心を深く抉られた義経に喜びをもたらさない。

濡れながら立ち尽くす義経は、平家一門の本拠地、京に、凄まじい危険を覚悟で――もう一度乗り込まなければならないと感じていた。

一つには、今夜逃げた妖鬼どもから、常盤を守るためである。

もう一つには、氷月の凶行を止めるためである。

第七章　九重塔

数日後――。

京。

巨塔が、夜の都を見下ろしている。

法勝寺（ほっしょうじ）九重塔。

白河院がその権力の頂（いただき）にいた時に建てた塔で、都の東北、白河にある。洛中の何処からでも仰ぎ見られるわけだから、九階に立てば、都の全てが見渡せた。

今、この人口十二万を数える大きな街で、星空にもっとも近い所、つまり九階の瓦屋根に人影が二つある。

いずれも双眼が赤く光っていた。

一人は、腕を組んだ四十がらみの女人、いま一人は、長い髪を夜風に揺らした、色白、背が高い颯爽（さっそう）たる乙女で、杭をもっていた。

磯禅師と静。

二人は、半血吸い鬼の、影御先である。

またぞろ、都に殺生鬼が出たという噂があり、二人は山海の影御先の首領の命により、およそ一年ぶりに上洛していた。

鬼気(きき)を消す訓練をつんだ二人は、妖しい者の動きが無いか、九重塔から見張っていた。

「そろそろ別の場所に……」

磯禅師が声をかけた時である。静が、静かにして下さいと手振りしている。

じっと意識を下界の一角にあつめた静が、

「一条大路(いちじょうおおじ)を鬼気が走ったような」

「行ってみよう」

眩暈(めまい)がしそうな屋根の縁まで動いた二人は、驚くべき身のこなしで屋根の裏側に潜り、八階の瓦屋根に飛び降りた。そうやって、あっという間に下層階に行き——最後は楠(くすのき)の樹に跳びうつって、瞬く間に土埃を蹴立てている。

二人は夜の一条大路をひた走る。

ある屋敷の前で、静は立ち止った。

鬼気が入ってゆく気がしたという。

中から美しい琴の音が聞こえ、築地に大きな破れ目があり、その破れ目から木が生えていた。

藤原長成という者の屋敷だった。

すぐに、静と磯禅師は、影御先で共にはたらいたことがある義経の母、常盤が嫁いだ家だと気づいた――。

引用文献とおもな参考文献

『新編日本古典文学全集　平家物語①、②』　市古貞次校注・訳　小学館
『新編日本古典文学全集　将門記　陸奥話記　保元物語　平治物語』　柳瀬喜代志　矢代和夫　松林靖明　信太周　犬井善壽校注・訳　小学館
『新編日本古典文学全集　義経記』　梶原正昭校注・訳　小学館
『平治物語』　岸谷誠一校訂　岩波書店
『古事記（中）　全訳注』　次田真幸全訳注　講談社
『ヴァンパイア　吸血鬼伝説の系譜』　森野たくみ著　新紀元社
『吸血鬼の事典』　マシュー・バンソン著　松田和也訳　青土社
『歴史群像シリーズ⑬　源平の興亡【頼朝、義経の戦いと兵馬の権】』　学研プラス
『庶民たちの平安京』　繁田信一著　KADOKAWA　角川学芸出版
『源義経〔新版〕』　安田元久著　新人物往来社
『歴史群像シリーズ⑯　【源義経】栄光と落魄の英雄伝説』　学研プラス

『知るほど楽しい鎌倉時代』　多賀譲治著　中西立太画　理工図書
『【図説】日本呪術全書』　豊島泰国著　原書房
『信州善光寺案内』　善光寺事務局監修　しなのき書房
『修験道の本　神と仏が融合する山界曼荼羅』　学研プラス
『密教の本　驚くべき秘儀・修法の世界』　学研プラス

ほかにも沢山の文献を参考にさせていただきました。

一〇〇字書評

切り取り線

購買動機（新聞、雑誌名を記入するか、あるいは○をつけてください）

□（　　　　　　　　　　　　）の広告を見て	
□（　　　　　　　　　　　　）の書評を見て	
□ 知人のすすめで	□ タイトルに惹かれて
□ カバーが良かったから	□ 内容が面白そうだから
□ 好きな作家だから	□ 好きな分野の本だから

・最近、最も感銘を受けた作品名をお書き下さい

・あなたのお好きな作家名をお書き下さい

・その他、ご要望がありましたらお書き下さい

住所	〒				
氏名		職業		年齢	
Eメール	※携帯には配信できません	新刊情報等のメール配信を 希望する・しない			

この本の感想を、編集部までお寄せいただけたらありがたく存じます。今後の企画の参考にさせていただきます。Eメールでも結構です。

いただいた「一〇〇字書評」は、新聞・雑誌等に紹介させていただくことがあります。その場合はお礼として特製図書カードを差し上げます。

前ページの原稿用紙に書評をお書きの上、切り取り、左記までお送り下さい。宛先の住所は不要です。

なお、ご記入いただいたお名前、ご住所等は、書評紹介の事前了解、謝礼のお届けのためだけに利用し、そのほかの目的のために利用することはありません。

〒一〇一－八七〇一
祥伝社文庫編集長　坂口芳和
電話　〇三（三二六五）二〇八〇

祥伝社ホームページの「ブックレビュー」からも、書き込めます。
www.shodensha.co.jp/bookreview

祥伝社文庫

源平妖乱(げんぺいようらん)　信州吸血城(しんしゅうきゅうけつじょう)

令和 2 年 5 月 20 日　初版第 1 刷発行

著　者　武内涼(たけうちりょう)
発行者　辻　浩明
発行所　祥伝社(しょうでんしゃ)
東京都千代田区神田神保町 3-3
〒101-8701
電話　03（3265）2081（販売部）
電話　03（3265）2080（編集部）
電話　03（3265）3622（業務部）
www.shodensha.co.jp

印刷所　萩原印刷
製本所　ナショナル製本
カバーフォーマットデザイン　中原達治

Printed in Japan ©2020, Ryo Takeuchi ISBN978-4-396-34634-8 C0193

祥伝社文庫の好評既刊

武内涼　不死鬼　源平妖乱

平安末期の京を襲う血を吸う鬼を狩る《影御先》。打倒平家を誓う源義経と手を組み、鬼との死闘が始まった！

半村良　完本　妖星伝 1
鬼道の巻・外道の巻

神道とともに発生し、歴史の闇に暗躍する異端の集団、鬼道衆。吉宗退位を機に、跳梁再び！

半村良　完本　妖星伝 2
神道の巻・黄道の巻

政権混乱を狙い、田沼意次に加担する鬼道衆。大飢饉と百姓一揆の数々に、復活した盟主外道皇帝とは？

半村良　完本　妖星伝 3　終巻
天道の巻・人道の巻・魔道の巻

鬼道衆の思惑どおり退廃に陥った江戸中期の日本。二〇年の歳月をかけて、たどり着いた人類と宇宙の摂理！

半村良　黄金の血脈【天の巻】

時は慶長。牢人・鈴波友右衛門への密命は、信長の血をひく美童・三四郎の会津への護送だった！

半村良　黄金の血脈【地の巻】

「大坂の陣」前夜。幾多の敵を斬り伏せながら、常陸から陸奥へ。豊臣家、起死回生の秘策の行方は？

祥伝社文庫の好評既刊

<祥伝社文庫　今月の新刊>